KB078221

저니맨 김태식

저니맨 김태식 12

설경구 장편소설

초판 1쇄 찍은 날 § 2018년 6월 5일
초판 1쇄 펴낸 날 § 2018년 6월 12일

지은이 § 설경구
펴낸이 § 서경석

총괄팀장 § 최하나
편집책임 § 이선근
편집 § 김슬기

펴낸곳 § 도서출판 청어람
등록번호 § 제387-1999-000006호
등록일자 § 1999. 5. 31
어람번호 § 제1-2913호

주소 § 경기도 부천시 부일로 483번길 40 서경B/D 3F (우) 14640
전화 § 032-656-4452 팩스 § 032-656-4453
http://www.chungeoram.com
E—mail § chungeorambook@daum.net

ISBN 979-11-316-91753-0 04810
ISBN 979-11-316-91421-8 (세트)

설경구 장편소설

FUSION FANTASTIC STORY

12

저니맨 김태식

도서출판 청어람

저니맨 김태식

Contents

1. 스크류볼

"아직 검증이 더 필요하다. 또 나이가 너무 많다!"

지난 오프 시즌, 김태식에 대한 스카우터들의 평가였다.

이런 이유로 아무도 주목하지 않았던 김태식을 헐값에 영입한 마이크 프록터의 안목에 뉴욕 메츠의 구단주가 높은 점수를 주었기 때문에 단장 영입 제안을 한 것이었다.

물론 그게 다가 아니었다.

뉴욕 메츠에서 단장 영입 제안을 한 데는 하나의 이유가 더 있었다.

마이크 프록터를 신임 단장으로 영입하면서 김태식도 함께 영입하려는 목적을 갖고 있었기 때문이다.

"그 제안을 받아들였나?"

"거절했습니다."

"왜 거절했나? 뉴욕 메츠 같은 빅 마켓 구단의 단장을 맡는 것은 자네 커리어에도 큰 도움이 될 텐데."

스몰 마켓 구단의 단장을 맡아서 팀을 이끈 것과 빅 마켓 구단의 단장을 맡아서 팀을 이끈 것.

분명히 차이가 컸다.

'만약 뉴욕 메츠 신임 단장으로 부임해서 성공을 거둔다면?'

마이크 프록터는 가진바 능력을 인정받을 수 있을 터였다.

또, 더 큰 꿈에 도전할 수 있는 동력이 되어줄 터였다.

마이크 프록터 역시 그 사실을 누구보다 잘 알고 있었다.

그럼에도 불구하고 뉴욕 메츠 구단의 제안을 거절했던 이유.

역시 김태식 때문이었다.

"올인했다고 표현하면 될까요?"

"올인?"

"김태식 선수에게 올인을 했다는 뜻입니다."

"너무… 위험한 도박이 아닐까?"

타일러 윌슨이 우려 섞인 시선을 던졌다.

그가 우려를 표하는 데는 이유가 있었다.

샌디에이고 파드리스와 김태식이 1년 계약을 맺었다는 사실을 이미 알고 있었기 때문이다.

만약 김태식이 다른 팀으로 떠난다면?

그렇게 된다면 뉴욕 메츠 구단의 단장직 제안을 거절한 것이 너무 아깝지 않으냐?

타일러 윌슨이 우려하는 부분이었다.

물론 언제든지 벌어질 수 있는 일이었다.

아니, 그런 일이 벌어질 가능성이 벌어지지 않을 가능성보다 훨씬 더 높은 상황이었다.

"그러니까 황금알을 낳는 거위를 더욱 지켜야죠."

이런 사실을 잘 알고 있음에도 불구하고 마이크 프록터가 이런 결정을 내린 데는 한 가지 이유가 더 있었다.

"그리고… 약속을 했습니다."

"약속?"

"네."

"누구와 무슨 약속을 했단 말인가?"

"김태식 선수와 함께 월드 시리즈 우승을 하기로 약속했습니다."

예상치 못했던 말이기 때문일까.

타일러 윌슨의 말문이 일순 막혔다.

"방금… 뭐라고 했나?"

"월드 시리즈 우승을 함께하기로 약속했습니다."

"그게… 가능하다고 생각하나?"

"물론 쉽지는 않겠죠."

"내가 보기에는 불가능한 것 같은데."

타일러 윌슨은 가식이 없는 성격이었다.

그 역시 샌디에이고 파드리스의 현재 전력이나 구단 재정 상태 등을 속속들이 알고 있는 상황.

대뜸 불가능하다는 말부터 꺼냈다.

"그래도 도전은 해봐야죠."

"내년? 내후년을 노리는 건가?"

"그건 아닙니다. 내년이나 내후년에는 김태식 선수가 우리 팀 소속 선수가 아닐 수도 있으니까요."

"그럼?"

"올 시즌에 월드 시리즈 우승에 도전할 생각입니다."

타일러 윌슨의 말문이 재차 막혔다.

한참 만에 타일러 윌슨이 간신히 다시 입을 뗐다.

"무슨 수로?"

*　　　*　　　*

조셉 바우먼 VS 샌디 바에즈.

양 팀 2선발들의 맞대결이었다.

1회 초, 샌디 바에즈가 마운드로 올랐다.

우완 정통파인 샌디 바에즈는 한때 160㎞에 육박하는 강속구를 주 무기로 삼는 파이어볼러 유형의 투수였다.

그리고 구속만 빠른 것이 아니었다.

제구도 정교한 편이었다.

그렇지만 현재 그의 직구 평균 구속은 140㎞대 중후반에 불과했다.

어깨 수술의 여파 때문이었다.

3승 8패. 방어율 5.79.

샌디 바에즈가 어깨 수술과 긴 재활을 마치고 돌아왔던 시즌에 거두었던 성적이다.

"샌디 바에즈는 끝났다!"

어깨 수술과 재활를 마치고 복귀한 후, 부진한 모습을 보인 샌디 바에즈를 향해 공공연히 나돌았던 이야기였다.

그렇지만 그는 포기하지 않았다.

선발 경쟁에서 밀려 마이너리그로 강등되는 수모까지 겪었지만, 그는 재기를 위해서 노력했다.

그리고 140㎞대 중후반에 불과한 직구 구속으로 메이저리그에서 살아남는 방법을 터득한 후 메이저리그로 돌아왔다.

그가 생존을 위해서 터득한 방법.

더욱 정교해진 제구와 다양한 브레이킹 볼이었다.

디트로이트 타이거스의 단장인 타일러 윌슨은 그의 재기 가능성을 믿고 입단 계약을 맺었다.

6승 6패. 방어율 4.22.

디트로이트 타이거스 입단 첫해, 샌디 바에즈가 거둔 성적이었다.

예전 압도적이었던 모습과는 분명 거리가 멀었다.

그렇지만 디트로이트 타이거스에 입단한 샌디 바에즈는, 어깨 수술에서 복귀한 후 가장 좋은 모습을 보였다.

그리고 디트로이트 입단 2년 차인 올해.

샌디 바에즈는 또 한 번 달라진 모습을 보이고 있었다.

8승 4패. 방어율 3.24.

아직 시즌이 중후반에 접어들었을 뿐인데, 이미 지난 시즌에 거둔 승부보다 더 많은 승수를 수확했다.

또, 방어율도 3점대 초반으로 낮췄다.

이 정도면 어느 팀에서나 2선발을 충분히 맡을 수 있는 실력과 성적이었다.

'경험이 쌓였어!'

태식이 판단하는 샌디 바에즈의 재기 성공 이유였다.

그가 지난 시즌보다 올 시즌에 더 좋은 활약을 펼치는 데는 경험이 쌓였다는 요인이 크게 작용했다.

샌디 바에즈의 나이는 서른셋.

단순히 나이를 먹으면서 얻은 경험을 말하는 것이 아니었다.

태식이 주목했던 것.

어깨 수술에서 복귀한 후의 성적이었다.

복귀 첫해 성적은 3승 8패.

이듬해는 5승 8패.

그다음 해는 6승 6패.

그리고 올 시즌은 아직 시즌이 끝나지 않았음에도 벌써 8승 4패의 성적을 올렸다.

이것이 의미하는 것은 하나.

샌디 바에즈가 구속이 저하된 상황에서 투구 경험이 쌓이면서 메이저리그에서 살아남을 수 있는 방법을 스스로 찾아냈다는 것이다.

"야구 IQ가 뛰어나!"

결코 쉽지 않은 재기였다.

이미 어깨 수술을 경험해 보았기에 태식이 어느 누구보다 재기가 어렵다는 사실을 잘 알고 있었다.

그렇지만 샌디 바에즈가 보란 듯이 재기에 성공한 데는 그의 노력과 뛰어난 야구 IQ 영향이 컸다.

그리고 하나 더.

"스크류볼을 장착한 것이 컸어!"

샌디 바에즈는 기존의 구종에 또 하나의 구종을 추가했다.

바로 스크류볼이었다.

흔히 역회전공이라고도 불리는 스크류볼은 홈 플레이트 부근에서 급격한 횡 방향 움직임을 보이는 구종이었다.

그립은 커브볼과 같지만, 공을 던지는 릴리스 순간에 손목을 비트는 방향이 반대인 것이 특징인 구종.

타자 입장에서도 예측이 어려워 공략이 힘든 구종이지만, 투수 입장에서도 컨트롤이 매우 어려운 구종이었다.

물론 샌디 바에즈가 단숨에 스크류볼을 장착한 것은 아니었다.

그 역시 여러 차례 시행착오를 겪었다.

스크류볼의 제구가 뜻대로 되지 않으며 가운데로 몰린 실투가 되어 홈런을 허용한 경우도 많았다.

그러나 여러 차례 시행착오를 겪으면서도 끝까지 포기하지 않은 덕분에, 이제는 거의 완벽하게 스크류볼을 구사하고 있었다.

"나와… 비슷해!"

마운드에 서 있는 샌디 바에즈를 바라보던 태식의 입가로 희미한 미소가 떠올랐다.

"김태식은 완전히 끝났다!"

어깨 수술의 여파로 태식의 구속이 크게 줄었을 때, 공공연히 나돌았던 말이었다. 그렇지만 태식은 끝까지 포기하지 않았다.

어떻게든 살아남기 위한 방법을 찾기 위해 애썼다.

그 과정에서 새로운 구종도 장착했었다.

샌디 바에즈와 태식의 다른 점은 새로 장착했던 구종이 너클볼과 스크류볼이라는 것뿐이었다.

슈악!

샌디에이고 파드리스의 리드오프인 에릭 아이바를 상대로 샌디 바에즈가 던진 초구는 커브였다.

일반적인 커브가 아니라 슬로 커브였다.

115㎞.

전광판에 찍힌 구속이었다.

초구에 이렇게 느린 커브가 들어올 것이라고는 예상치 못했던 에릭 아이바는 물끄러미 지켜보았다.

"스트라이크!"

그리고 2구째.

슈아악!

샌디 바에즈가 선택한 공은 직구였다.

바깥쪽 스트라이크존에 걸치는 직구가 들어온 순간, 에릭 아이바도 배트를 휘둘렀다.

딱!

그러나 빗맞은 타구는 3루 측 더그아웃으로 굴러갔다.

144㎞.

방금 들어왔던 직구의 구속을 확인한 에릭 아이바가 고개를 갸웃했다.

에릭 아이바는 140㎞대 중반의 구속을 기록한 직구에 타이밍이 밀린 것이 이해가 가지 않는다는 표정을 짓고 있었다.

노 볼 투 스트라이크.

유리한 볼카운트를 선점한 샌디 바에즈가 투구 간격을 좁혔다.

슈악!

부우웅.

샌디 바에즈가 던진 3구의 구종은 슬라이더.

직구라고 판단하고 배트를 휘둘렀던 에릭 아이바는 헛스윙 삼진으로 물러났다.

삼구 삼진.

최근 타격감이 좋은 에릭 아이바를 삼구 삼진으로 돌려세운 샌디 바에즈를 바라보던 태식이 작게 고개를 끄덕였다.

'역시 노련해!'

단지 공 세 개를 던졌을 뿐이었다.

그렇지만 태식은 내심 감탄하지 않을 수 없었다.

마운드에서의 완급 조절이 거의 완벽에 가까웠기 때문이다.

"슬로 커브로 카운트를 잡고, 구속이 30㎞가량 차이가 나는 직구를 이어 던져서 에익 아이바의 타이밍을 빼앗았어."

이것이 2구째 직구에 에릭 아이바의 타이밍이 밀렸던 이유.

그게 다가 아니었다.

샌디 바에즈는 노 볼 투 스트라이크의 유리한 볼카운트를 선점하자, 의도적으로 투구 간격을 좁혔다.

타석에 선 에릭 아이바가 생각할 시간을 주지 않기 위함이었다.

그 의도는 먹혀들었다.

에릭 아이바는 유인구에 속아서 삼진을 당했으니까.

'이래서 재기에 성공했구나!'

대기 타석으로 들어선 태식이 두 눈을 빛내며 샌디 바에즈와 호세 론돈이 펼치는 대결을 살폈다.

슈아악!

'몸 쪽 직구?'

호세 론돈을 상대로 샌디 바에즈는 과감한 승부를 펼쳤다.

장타를 의식하지 않고 몸 쪽 높은 코스에 형성된 직구를 던졌다.

허를 찔려 버린 호세 론돈은 배트를 내밀지 못했다.

"스트라이크!"

당했다고 판단해서일까.

콧김을 내뿜으며 호세 론돈이 다시 타석으로 들어섰다.

슈악!

그리고 샌디 바에즈가 2구를 던졌다.

'또 몸 쪽 직구?'

태식이 두 눈을 치켜떴다.

몸 쪽 직구를 두 개 연속 던지는 것.

너무 위험한 볼 배합이라고 판단했기 때문이다.
호세 론돈도 이번에는 몸 쪽 공을 그냥 흘려보내지 않았다.
마치 기다렸다는 듯이 힘껏 배트를 휘둘렀다.
딱!
그렇지만 배트 중심에 걸리지 않았다.
'휘었다?'
태식이 두 눈을 빛냈다.
샌디 바에즈가 호세 론돈을 상대로 던진 2구.
직구가 아니었다.
마지막 순간에 공의 궤적이 횡으로 휘었다.
우타자의 몸 쪽으로 휘어져 들어온 공.
스크류볼이었다.
그리고 마지막 순간에 우타자의 몸 쪽으로 공이 휘어졌기에 호세 론돈의 배트 중심에 걸리지 않은 것이었다.
배트의 손목 부근에 공이 맞으면서 둔탁한 소리가 흘러나왔다.
힘없이 굴러가는 타구를 확인한 호세 론돈이 1루로 달려 나갔다.
디트로이트 타이거스의 2루수인 이안 킨슬레도 타구를 처리하기 위해 앞으로 대시했다. 그러나 너무 서둘렀다.
툭.
마지막 바운드가 높이 튀어 오르며 이안 킨슬레의 손목 부근을 맞고 타구가 그라운드에 떨어졌다.
공을 한번 더듬었던 이안 킨슬레가 급히 다시 공을 집어 들어

1루로 송구했지만, 이미 늦었다.

"세이프!"

이안 킨슬레의 실책을 틈타 전력 질주를 한 호세 론돈은 1루에서 간발의 차로 세이프 판정을 받았다.

'수비 조직력이 허술해!'

대기 타석에서 일련의 과정을 지켜보던 태식이 고개를 끄덕였다.

오프 시즌 동안 과감한 투자를 하며 지구 우승을 노렸던 디트로이트 타이거스였지만, 현재 지구 최하위에 처져 있었다.

디트로이트 타이거스의 올 시즌 성적이 부진한 데는 여러 가지 요인이 있었지만, 태식이 판단하기에 가장 큰 이유는 수비 조직력이 너무 허술하다는 점이었다.

현재까지 디트로이트 타이거스가 기록한 실책 개수.

리그에서 가장 많았다.

디트로이트 타이거스가 속한 아메리칸 리그 서부 지구에서 가장 많은 실책을 기록했을 뿐만 아니라, 메이저리그를 통틀어서 봐도 두 번째로 많은 실책을 저질렀다.

거기에 더해 기록에 남지 않는 눈에 보이지 않는 실책성 플레이까지.

중요한 승부처에서 실책이 쏟아지며 자멸한 경기들이 무척 많았다.

그런 상황이 계속 반복되다 보니, 투수들이 야수들에 대한 불신을 갖는 것이 당연했다.

또, 당연히 쌓아야 할 승수를 쌓지 못하고, 패 수가 자꾸 늘어나니 폭발 일보 직전까지 불만이 쌓여 있었다.

샌디 바에즈도 마찬가지였다.

평범한 내야 땅볼을 유도했음에도 실책으로 인해 루상에 주자를 내보낸 순간, 샌디 바에즈가 와락 인상을 구겼다.

경험이 풍부한 그조차 반복된 실책으로 인해 짜증을 참지 못하는 것이었다.

'허를… 찔러볼까?'

대기 타석에서 일련의 상황을 모두 지켜본 태식이 천천히 타석을 향해 걸어갔다.

2. 샌디 바에즈를 주시죠

태식의 본업은 투수.

그렇지만 어지간한 야수들을 능가하는 태식의 타격 능력도 이제는 널리 알려져 있는 상황이었다.

그래서일까.

태식이 타석에 들어서자 샌디 바에즈가 긴장한 기색을 드러냈다. 그리고 긴장한 것은 샌디 바에즈만이 아니었다.

수비진도 잔뜩 긴장한 기색이 역력했다.

슈악!

그때, 샌디 바에즈가 초구를 던졌다.

'슬로 커브!'

태식이 배트를 휘두르지 않고 그대로 지켜보았다.

"스트라이크!"

주심이 스트라이크를 선언한 순간, 태식이 고개를 끄덕였다.

'이번엔 직구다!'

슬로 커브의 구속은 117km.

이번에는 태식의 타이밍을 빼앗기 위해서 슬로 커브와 구속 차이가 가장 많이 나는 직구를 구사할 확률이 높았다.

그런 태식의 예상은 적중했다.

슈아악!

바깥쪽 직구가 날아든 순간, 태식이 번트 자세를 취했다.

'정확하게!'

틱.

태식은 서두르지 않았다.

공을 끝까지 보며 번트를 댄 후, 1루로 내달렸다.

데구르르.

번트 타구는 3루 라인을 타고 굴러갔다.

그렇지만 3루수가 번트 타구를 처리하기 위해 대시하는 것은 한참 늦었다.

기습 번트를 전혀 예상치 못했기 때문이다.

타다닷.

1루 베이스를 통과한 태식이 그제야 고개를 돌려 타구를 확인했다.

3루수는 번트 타구를 잡아서 1루로 송구하지 않았다.

이미 늦었다고 판단한 3루수는 번트 타구를 처리하는 대신, 번트 타구가 라인선상을 벗어나길 기다렸다.

그러나 번트 타구는 라인선상을 벗어나지 않고 멈췄다.

'됐다!'

라인선상 안쪽에 멈춰선 번트 타구를 확인한 태식이 만족스레 웃었다.

당연히 라인선상을 벗어나는 파울 타구가 되지 않을 거란 확신이 있었다.

비록 기습 번트 시도였긴 했지만, 스타트를 먼저 끊는 대신 끝까지 공을 확인하면서 정확히 번트를 댄 후에 스타트를 끊었기 때문이다.

어차피 상대의 허를 찌르는 기습 번트다.

수비진이 빠르게 대처하지 못할 것이다.

이런 확신이 있었기 때문에 스타트를 빨리 끊는 것보다, 정확하게 번트를 대는 것에 포커스를 맞추었던 것이다.

'허를 찌르는 작전은 성공했군!'

태식이 기습 번트를 감행한 이유는 두 가지였다.

첫 번째 이유는 디트로이트 타이거스의 수비 조직력이 허술하다는 사실을 알고 있었기 때문이다.

허를 찌르는 기습 번트를 감행하면, 무조건 살 수 있다는 확신이 있었다.

두 번째 이유는 찬스를 이어나가기 위해서였다.

좀 더 정확하게 말하면 4번 타자 코리 스프링어 앞에 주자를 모아주기 위해서였다.

태식이 기습 번트를 감행할 것을 예상하지 못해서일까?

대기 타석에 서 있던 코리 스프링어는 당황한 표정을 짓고 있었다.

"과연 이 방법이 통할까?"

코리 스프링어를 바라보던 태식이 팀 셔우드 감독과 나누었던 대화를 떠올렸다.

"4번 타자가 아니라 3번 타자로 출전하고 싶습니다."

팀 셔우드 감독을 찾아간 태식이 용건을 꺼냈다. 그리고 팀 셔우드 감독은 순순히 그 뜻을 받아들이지 않았다.

이해가 가지 않는다는 표정으로 태식을 바라보며 물었다.

"왜 3번 타자로 출전하고 싶다는 거지?"

"역효과를 없애기 위해서입니다."

"……?"

"공존할 수 있는 방법을 찾기 위한 시도를 해보려는 겁니다."

태식이 설명을 더하자, 그제야 팀 셔우드 감독이 두 눈을 빛냈다.

"타순을 바꾼다?"

"코리가 해결사 역할을 하고 싶어 하니, 기회를 주려는 겁니다."

"어떻게… 그런 생각을 했지?"

"티나 덕분입니다."

"무슨 소린지 알기 쉽게 설명해 보게."

팀 셔우드 감독의 재촉을 받은 태식이 설명을 시작했다.

"코리와 티나는 많이 달랐습니다."

"달랐다니?"

"티나에게도 내가 4번 타순에 포진한 것에 불만을 품은 것이 아닌지 물었던 적이 있습니다. 그렇지만 티나는 전혀 내게 불만이 없다고 말했습니다. 오히려 제가 4번 타순에 포진하는 것을 좋아하더군요."

"이유는?"

"견제가 줄어들었고, 찬스가 더 많이 생겼다고 대답하더군요."

"그렇긴 하지."

"그래서 제가 코리의 앞 타순에 들어가려는 겁니다."

"티나가 경험한 것을 코리도 경험하게 해주겠다?"

"일단… 계획은 그렇습니다."

"나쁘지 않은 계획이군."

팀 셔우드 감독이 고개를 끄덕였다.

그러나 여전히 우려 섞인 표정으로 물었다.

"과연… 이 방법이 통할까?"

당시의 태식은 팀 셔우드 감독이 던졌던 질문에 대답하지 못했다.

태식 역시 이 방법이 통할 것이라는 확신을 갖지 못했기 때문이다.

그렇지만 시도를 해볼 가치는 있다고 판단했다.

'직접 경험하고 나면 달라질 수도 있으니까.'

태식이 두 눈을 빛내며 샌디 바에즈와 코리 스프링어가 펼치는 대결을 바라보았다.

'어떻게 될까?'

대결의 결과에 촉각을 곤두세운 사이, 두 선수의 대결이 시작됐다. 그리고 코리 스프링어는 신중한 승부를 펼쳤다.

투 볼 투 스트라이크 상황에서 샌디 바에즈가 던진 것은 슬라이더.

회심의 유인구였지만 코리 스프링어는 배트를 내밀지 않고 잘 참아냈다.

풀카운트까지 이어진 승부.

그 모습을 지켜보던 태식이 작게 혼잣말을 꺼냈다.

“일단… 변화가 있긴 하군!”

14타수 무안타.

코리 스프링어는 볼티모어 오리올스와의 3연전을 치르는 동안 극심한 타격 슬럼프에 빠졌었다.

슬럼프에 빠졌던 가장 큰 원인.

타석에서 너무 서둘렀기 때문이다.

그런데 샌디 바에즈와 첫 대결을 펼치는 이번 타석은 달랐다.

서두르지 않고 신중하게 승부하며, 풀카운트까지 승부를 끌고 오는 데 성공했다.

그리고 6구째.

슈아악!

따악!

샌디 바에즈가 던진 바깥쪽 직구를 코리 스프링어는 가볍게 밀어 쳤다.

코리 스프링어가 때린 타구.

3루수의 키를 넘기고 라인선상 안쪽에 떨어지는 좌전 안타가 됐다.

타다닷.

타다다닷.

2루 주자였던 호세 론돈이 타구 판단을 빠르게 가져가며 3루 베이스를 통과해 홈으로 내달렸다.

"세이프!"

코리 스프링어가 15타석만에 길었던 타격 슬럼프를 끝내는 안타를 터뜨렸다. 그리고 그 안타는 선취 득점을 올리는 1타점 적시타가 됐다.

여유 있게 2루에 도착한 태식이 1루에 도착해 있는 코리 스프링어를 바라보고 있었다.

"이제 만족해?"

만약 곁에 있었다면 태식은 이렇게 질문을 던졌을 터였다. 그리고 굳이 대답은 필요하지 않았다.

본인이 바라던 대로 해결사 역할을 해내는 데 성공한 코리 스프링어의 표정은 무척 밝았으니까.

1 : 0.

샌디에이고 파드리스가 선취 득점을 올리며 경기를 리드해 나갔다. 그리고 찬스는 아직 끝이 아니었다.

1사 1, 2루의 찬스가 이어지는 가운데 타석에는 5번 타자 티나 코르도바가 들어섰다.

*　　　*　　　*

구단주 관람석에서 이어지던 대화는 잠시 끊겼다.

"무슨 수로?"

타일러 윌슨이 아까 던졌던 질문에 마이크 프록터가 답을 꺼내놓지 못했기 때문이 아니었다.

1회 초부터 경기가 급박하게 흘러갔기 때문이다.

슈악!

따악!

샌디에이고 파드리스의 5번 타자 티나 코르도바의 타구는 투수의 곁을 스치며 중전 안타로 연결됐다.

2 : 0.

그사이 2루 주자였던 김태식이 홈으로 파고들며, 두 팀의 스코어 차는 2점으로 벌어졌다.

비록 6번 타자 하비에르 게레로가 병살타를 때리면서 추가 득점은 올리지 못했지만, 마이크 프록터는 만족스레 웃었다.

"좋은 투수네요."

공수 교대가 이뤄지는 사이, 마이크 프록터가 입을 뗐다.

먼저 2실점한 디트로이트 타이거스의 단장인 타일러 윌슨을 의식해서 꺼냈던 말이 아니었다.

샌디 바에즈를 좋은 투수라고 평한 마이크 프록터는 진심이었다.

수비 실책에 기습 번트 안타 허용까지.

수비진이 흔들리는 가운데 연속 안타까지 허용한 샌디 바에즈가 경기 초반에 와르르 무너질 수도 있다고 생각했다.

그렇지만 샌디 바에즈는 쉽게 무너지지 않았다.

하비에르 게레로에게 병살타를 유도해 내면서 최소 실점만 허용하면서 위기를 넘겼다.

노련미와 위기관리 능력이 드러난 장면.

"확실히 많이 변했군."

타일러 윌슨도 평을 꺼냈다.

그가 주목한 것은 김태식과 코리 스프링어, 티나 코르도바로 이어지는 클린업트리오의 파괴력이었다.

"쉬어갈 틈이 없군!"

마이크 프록터도 수긍했다.

타일러 윌슨의 평가대로, 샌디에이고 파드리스의 클린업트리오는 투수에게 쉬어갈 틈을 주지 않았다.

"김태식이 타선에 가세한 덕분이죠."

"확실히 잘하는군. 야구를 알고 플레이를 해."

"경험이 풍부하니까요."

"황금알을 낳는 거위라는 자네의 표현이 옳았군."

김태식이 지명타자로 출전하고 난 후부터 샌디에이고 파드리스 타선의 파괴력은 한층 올라갔다.

그리고 볼티모어 오리올스와의 3연전 때와는 또 달랐다.

타석에서 부진하던 코리 스프링어마저 살아나자, 샌디에이고 파드리스의 클린업트리오는 막강해졌다.

"아까 했던 질문은 취소하지."

"어떤 질문을 말씀하시는 겁니까?"

"아까 무슨 수로라고 질문했던 것 말이야."

"……?"

"샌디에이고 파드리스는 많이 강해졌군."

타일러 윌슨의 평가가 바뀌었다.

그로 인해 기분이 좋아졌지만, 마이크 프록터는 웃지 않았다.

타일러 윌슨을 만나기 위해서 디트로이트를 찾은 이유가 칭찬을 듣기 위해서가 아니었기 때문이다.

"아직 부족합니다."

"아직 부족하다?"

"네."

"욕심이 늘었군."

"저도 사람이니까요."

씩 웃으며 대답한 마이크 프록터가 말을 더했다.

"운 좋게 황금알을 낳는 거위를 품었지만 아직 부족합니다. 우리 팀의 목표가 가을 야구 진출이 아니라 월드 시리즈 우승이니까요."

타일러 윌슨이 고개를 끄덕였다.

"목표가 월드 시리즈 우승이라면 부족한 것이 사실이지."

"네."

"그래서 부족한 부분을 채울 방법은 찾았나?"

"찾았습니다. 그래서 선배님을 찾아온 겁니다."

"……?"

"샌디 바에즈를 주시죠."

예상치 못했던 제안이기 때문일까?

타일러 윌슨의 말문이 또 한 번 막혔다.

*　　　*　　　*

4회 말.

지난 3이닝 동안 호투하던 조셉 바우먼이 갑자기 흔들렸다.

선두 타자였던 니콜라스 카스테라즈를 헛스윙 삼진으로 돌려세우며 기분 좋게 4회 말을 출발했지만, 2번 타자 이안 킨슬레와 3번 타자 제이콥 존스에게 연속으로 볼넷을 허용하면서 위기를 자초했다.

그리고.

조셉 바우먼은 1사 1, 2루에서 타석에 들어선 디트로이트 타이거스의 4번 타자 미겔 카브레라의 벽을 넘지 못했다.

따악!

묵직한 타격음이 흘러나왔다.

외야 펜스 중단에 떨어지는 역전 쓰리런 홈런이 터진 순간, 팔짱을 낀 채 경기를 지켜보던 타일러 윌슨이 입을 뗐다.

"샌디 바에즈를 원하는 이유를 알 것 같군."

방금 미겔 카브레라에게 역전 쓰리런 홈런을 허용한 조셉 바우먼은 샌디에이고 파드리스의 2선발을 맡고 있었다.

그렇지만 팀원들에게 확실한 믿음을 심어주지 못하고 있었다.

지금도 마찬가지였다.

샌디에이고 파드리스 타선이 일찌감치 2점의 리드를 안겨주었지만, 조셉 바우먼은 그 리드를 지켜내지 못했다.

"원투펀치를 구축하고 싶은 거로군."

"현재 우리 팀에서 가장 부족한 부분이라고 판단했기 때문입니다.”

“가장 부족한 부분이라.”

마이크 프록터의 대답을 들은 타일러 윌슨이 희미하게 고개를 끄덕였다.

얼마 전 퍼펙트게임이라는 대기록까지 달성한 김태식은 타 팀의 특급 에이스들과 어깨를 견주어도 손색이 없을 정도로 훌륭한 투수였다.

그렇지만 현재 샌디에이고 파드리스에는 김태식을 제외하면 확실히 1승을 책임져 줄 수 있는 투수가 없었다.

단기전에서는 투수의 역할이 더욱 중요해지는 법.

그 약점을 해결하기 위해서 마이크 프록터는 샌디 바에즈를 노리고 있는 것이다.

물론 샌디에이고 파드리스의 약점은 이게 다가 아니었다.

월드 시리즈 우승을 노리기에는 부족한 부분들이 여럿 있었다.

그러나 가장 시급히 해결해야 할 부분이 김태식과 원투펀치를 이룰 에이스급 투수를 구하는 것임은 부인할 수 없는 사실이었다.

잠시 뒤, 타일러 윌슨이 물었다.

“그런데… 왜 하필 샌디 바에즈인가?”

“여러 점들을 검토해 본 결과, 최적의 영입 대상이라고 판단했습니다.”

‘왜 최적의 영입 대상이라고 판단했을까?’

타일러 윌슨의 호기심이 치밀었다.

“이유를 들어볼 수 있을까?”

해서 타일러 윌슨이 묻자, 마이크 프록터가 웃으며 입을 뗐다.

"당연히 말씀드려야죠. 우선 경험이 풍부한 노장이라는 점입니다."

"김태식을 영입하며 역대급 잭팟을 터뜨리며 재미를 보고 난 후에, 노장들을 수집하려는 것인가?"

"그렇게 판단하실 수도 있겠네요."

"아닌가?"

"그런 부분이 아주 없지는 않지만, 더 큰 이유는 팀의 중심을 잡아줬으면 하는 바람이 있습니다."

"팀의 중심?"

"김태식이 고군분투하고 있긴 하지만, 혼자서 짐을 모두 떠안기에는 무리가 있습니다. 그래서 우리 팀의 어린 선수들을 다독이며 이끌어줄 수 있는 경험이 풍부한 노장 선수가 필요한 겁니다. 게다가 샌디 바에즈는 월드 시리즈 출전 경험도 있습니다. 월드 시리즈 우승을 노리는 우리 팀에는 꼭 필요한 경험이죠."

마이크 프록터의 말대로였다.

샌디 바에즈는 월드 시리즈 출전 경험이 있었다.

비록 우승을 차지하지는 못했지만 월드 시리즈에 출전했던 것은 귀한 경험.

월드 시리즈는커녕 디비전 시리즈 경험조차 없는 샌디에이고 파드리스의 어린 선수들에게 샌디 바에즈의 경험은 큰 도움이 될 터였다.

"두 번째 이유는 다른 유형의 투수라는 겁니다."

"다른 유형?"

“잘 아시다시피 김태식은 좌완 파이어볼러 유형의 투수입니다. 그렇지만 샌디 바에즈는 우완 투수인 데다가 파이어볼러 유형의 투수가 아닙니다. 다양한 유인구와 완급 조절이 주 무기인 투수죠. 두 투수의 유형이 전혀 다른 만큼, 원투펀치로 활용할 때 효율성이 극대화될 수 있다고 판단했습니다.”

‘그냥 찔러본 게 아니군!’

타일러 윌슨이 혀를 내밀어 입술을 적셨다.

아까 마이크 프록터가 샌디 바에즈를 달라고 불쑥 말했을 때만 해도, 그냥 한번 찔러보는 것이라고 판단했다.

그렇지만 그게 아니었다.

마이크 프록터는 이미 치밀한 계산을 마치고 난 후, 자신을 찾아와서 이런 제안을 꺼낸 것이었다.

“또 있나?”

“아직 남았습니다.”

“말해보게.”

“세 번째 이유는 연봉입니다.”

“연봉?”

“샌디 바에즈의 연봉은 높지 않은 편이죠.”

바보 같은 계약.

타일러 윌슨이 모두가 끝났다고 판단했던 샌디 바에즈를 영입했을 때의 평가였다.

잭팟.

그러나 그 평가는 얼마 지나지 않아 바뀌었다.

샌디 바에즈가 재기에 성공했기 때문이다.

비교적 헐값에 샌디 바에즈를 영입했던 타일러 윌슨의 계약은 잭팟을 터뜨렸다는 평가로 바뀌었다.

그렇지만.

"올 시즌이 끝나면 샌디 바에즈가 자유 계약 선수가 된다는 것을 잊었나?"

올 시즌 후, 자유 계약 선수로 풀리는 만큼 재기에 성공한 샌디 바에즈의 몸값은 분명히 치솟을 터였다.

스몰 마켓인 샌디에이고 파드리스가 샌디 바에즈의 치솟는 몸값을 감당할 수 있을 확률은 낮았다.

"당연히 알고 있습니다."

"그런데?"

"마찬가지 아닙니까?"

"마찬가지라니?"

"올 시즌이 끝나고 난 후 치솟을 샌디 바에즈의 몸값. 디트로이트 타이거스 입장에서도 부담스러울 겁니다."

정곡을 찔린 타일러 윌슨이 슬쩍 눈살을 찌푸렸다.

최소 지구 우승을 노리고 지난 오프 시즌에 과감한 투자를 했었다. 그러나 투자의 결과는 좋지 않았다.

스몰 마켓인 디트로이트 타이거스 입장에서는 이미 많은 투자를 한 상황.

자유 계약 선수로 풀리며 몸값이 크게 치솟을 샌디 바에즈와 재계약을 하는 것은 분명히 부담스러웠다.

"그리고 아까 제가 드린 말씀을 잊으셨습니까?"

"무슨 이야기?"

“저는 내년이나 내후년 시즌을 바라보고 있지 않습니다. 올 시즌에 우승을 노리고 있습니다.”

“바라던 대로 월드 시리즈 우승을 한다면?”

“샌디 바에즈의 계약금과 연봉을 감당할 수 있겠죠.”

“만약… 월드 시리즈 우승을 하지 못한다면?”

“내보내야죠.”

마이크 프록터가 일말의 망설임도 없이 대답한 순간, 타일러 윌슨이 두 눈을 치켜떴다.

말 그대로 도박수였기 때문이다.

샌디 바에즈를 얻기 위해서는 적잖은 출혈을 감당해야 할 터.

아직 본격적인 협상을 시작하기 전이었지만, 타일러 윌슨은 마이크 프록터가 준비한 패를 어느 정도 짐작하고 있었다.

‘유망주들!’

마이크 팀린을 비롯해 어느 정도 검증이 끝난 두세 명의 유망주와 샌디 바에즈를 트레이드하는 안을 제시할 것이었다.

그리고 이미 시즌이 후반부로 접어드는 만큼, 트레이드로 영입한 샌디 바에즈가 출전할 수 있는 경기 수는 그리 많지 않았다.

‘만약 샌디에이고 파드리스가 월드 시리즈 우승에 실패한다면?’

그렇게 된다면 스몰 마켓인 샌디에이고 파드리스는 자유 계약 선수로 풀리는 샌디 바에즈를 잡기 어려워질 터였다.

결과적으로 샌디 바에즈를 고작 열 경기 정도에 선발투수로 투입하기 위해서 유망주들을 내보내는 것이다.

그 사실을 마이크 프록터가 모를까?
절대 그럴 리 없었다.
그런 위험을 감수하고서도 샌디 바에즈 영입을 타진하고 있는 것이었다.
"너무 위험하지 않을까?"
"위험한 도박이라는 것은 저도 알고 있습니다."
"그런데?"
"해보고 싶습니다."
"……?"
"제 남은 인생을 걸고서라도."
마이크 프록터가 덧붙인 말을 들은 타일러 윌슨이 놀란 표정을 지었다.
그러나 그도 잠시, 희미한 미소가 입가에 피어올랐다.
'만약 월드 시리즈 우승에 실패한다면?'
마이크 프록터 단장의 입지는 좁아질 터였다.
아니, 고작 그 정도가 아니었다.
어쩌면 단장직에서 물러나야 할 수도 있었다.
또, 무능한 단장이란 낙인이 찍혀서 앞으로 야구계에 발을 붙일 곳이 없어질 수도 있는 위험한 선택이었다.
그렇지만.
'원래 이런 녀석이었지!'
타일러 윌슨의 기억 속에 남아 있는 마이크 프록터는 인생의 어떤 지점에서 승부수를 던질 줄 아는 스타일이었다.
경기 중 부상을 입었을 당시 재활을 포기하고 선수 생활 은퇴를 결정할 때도, 독이 든 성배라 불렸던 샌디에이고 파드리스의 단장직을 맡을 때도, 뉴욕 메츠라는 명문 구단의 단장 영입 제안을 거절할 때도.

과감하게 결단을 내릴 줄 알았다.

그리고 지금도 마찬가지였다.

'올 시즌이 샌디에이고 파드리스가 월드 시리즈 우승에 도전해 볼 수 있는 처음이자 마지막 기회일 수도 있다!'

이런 판단을 내린 순간, 마이크 프록터 단장은 무모하게 느껴지리만치 과감한 승부수를 내던지고 있었다.

"혹시… 남은 이유가 더 있나?"

"하나 더 남아 있습니다."

"뭔가?"

"디트로이트 타이거스의 올 시즌 성적입니다."

"리빌딩을 시작할 때가 됐다?"

"맞습니다."

마이크 프록터가 수긍한 순간, 타일러 윌슨이 쓰게 웃었다.

현재 디트로이트 타이거스의 성적은 아메리칸 리그 서부 지구 최하위였다.

물론 아직 시즌이 끝난 것은 아니었다.

그러니 디트로이트 타이거스가 시즌 후반부에 극적 반등에 성공해서 성적이 상승할 수 있었다.

그렇지만 지구 우승이나 월드 시리즈 우승을 노리기에는 선두권과의 격차가 너무 많이 벌어져 있었다.

기껏해야 탈꼴찌가 가능한 수준이었다.

그런 만큼 실패를 인정하고, 최대한 빨리 팀 리빌딩에 돌입하는 편이 옳았다.

"끝인가?"

"그렇습니다."

"내가 보기엔 하나 더 이유가 있는 것 같은데."

"……?"

"나와의 친분을 이용하려는 것 아닌가?"

정곡을 찔렀기 때문일까.

마이크 프록터는 부인하는 대신, 멋쩍게 웃었다. 그리고 타일러 윌슨은 딱히 불쾌한 감정을 느끼지는 않았다.

메이저리그에서 트레이드는 단장들의 합의하에 일어나는 것이 대부분이었다. 그리고 기왕이면 친분이 있는 단장과 트레이드를 하는 편이 나았다.

서로가 원하는 부분에 대해서 허심탄회하게 얘기를 나눌 수 있었으니까.

"내게… 시간을 좀 주게."

"얼마나 시간을 드리면 되겠습니까?"

"급한가?"

"네, 만약 샌디 바에즈 영입에 실패하면 다른 선수와 접촉해야 하니까요."

"……."

"그리고 정규 시즌이 후반기에 접어들었으니까요."

마이크 프록터의 대답을 들은 타일러 윌슨이 다시 입을 뗐다.

"잠깐이면 돼. 오늘 경기가 끝나기 전에는 대답하겠네."

*　　　　*　　　　*

2 : 3.

샌디에이고 파드리스가 한 점 뒤진 채로 경기는 후반으로 접어들었다.

7회 초. 샌디에이고 파드리스의 공격은 2번 타자 호세 론돈부터 시작됐다.

여전히 굳건하게 마운드를 지키고 있는 샌디 바에즈는 경기가 진행될수록 더욱 단단한 모습을 선보이고 있었다.

슈악!

딱!

샌디 바에즈는 스크류볼을 던져서 7회 초의 선두 타자인 호세 론돈을 내야 땅볼로 여유 있게 처리했다.

'역시 노련해!'

대기 타석에서 샌디 바에즈와 호세 론돈의 대결을 지켜보던 태식이 감탄했다.

경기 초반 연속 안타를 허용한 데다가 수비 실책까지 겹치며 2실점을 허용했던 샌디 바에즈는 그 후 빠르게 안정을 되찾았다.

그가 안정을 되찾을 수 있었던 요인은 투구 패턴의 빠른 변화였다.

2회부터 슬로 커브와 유인구로 타자들의 타이밍을 뺏은 후, 직구를 결정구로 가져가는 투구 패턴으로 재미를 봤던 샌디 바에즈는 경기가 중후반에 접어든 순간 또 한 번 투구 패턴에 변화를 가져갔다.

스크류볼의 비중을 늘린 것이었다.

덕분에 땅볼 유도 비율이 늘어났다.

방금 전, 호세 론돈과의 대결도 마찬가지였다.

풀카운트 승부에서 샌디 바에즈는 직구와 구별이 어려운 스크류볼을 결정구로 사용해서 평범한 내야 땅볼을 유도했다.

'스크류볼을 던지기 전에 승부를 본다.'

태식이 판단을 내린 후, 오늘 경기 세 번째 타석에 들어섰다.

지난 두 타석에서 태식은 모두 출루에 성공했다.

첫 타석에서는 기습 번트로 안타를 만들었고, 두 번째 타석에서는 볼넷을 얻어내서 출루했었다.

두 차례 모두 출루를 허용했기 때문일까.

샌디 바에즈가 승부를 앞두고 긴장을 털어내기 위해 크게 심호흡을 하는 것이 보였다.

타석에서 샌디 바에즈를 살피던 태식이 퍼뜩 떠올린 이름은… 최동현이었다.

KBO 리그 최강팀인 대승 원더스 선발진의 한 축으로 활약하고 있는 최동현을 태식이 떠올린 이유.

샌디 바에즈와 최동현이 많이 닮았다는 생각이 들었기 때문이다.

두 투수 모두 파이어볼러 유형이 아니었다.

그래서 다양한 구종의 브레이킹 볼들을 구사했고, 완급 조절을 통해서 타자들의 타이밍을 빼앗는 피칭을 했다.

특히 인상적인 것은 슬로 커브였다.

두 투수 모두 110㎞대 중반의 구속을 기록하는 슬로 커브를 구사했다. 그리고 슬로 커브를 과감하게 구사하면서 구속이 빠르지 않은 직구의 효과를 극대화하는 전략을 구사하는 것도 엇비슷했다.

물론 차이는 분명히 있었다.

우선 직구의 구속에서 차이가 났다.

최동현이 던지는 직구의 평균 구속은 130㎞대 초중반.

반면 샌디 바에즈의 직구 평균 구속은 140㎞ 중후반이었다.

이 구속 차이는 컸다.

슬로 커브와 직구의 구속차가 더욱 크게 벌어지는 탓에 타자들이 타이밍을 잡는 데 훨씬 어려움을 겪기 때문이었다.

또 다른 차이는 구종이었다.

최동현과 샌디 바에즈.

두 투수 모두 던지는 구종이 다양했다. 그렇지만 던질 수 있는 구종의 수는 샌디 바에즈가 더 많았다.

게다가 위력도 달랐다.

샌디 바에즈가 장착한 스크류볼은 결정구 역할을 톡톡히 해낼 수 있을 정도로 위력적인 공이었다.

어쨌든.

태식은 지난 시즌 KBO 리그에서 최동현을 상대한 적이 있었다. 그리고 당시에 태식은 '천적'이라 불릴 정도로 최동현에게 좋은 성적을 거두었다.

그 이유는 '눈야구'가 가능했기 때문이다.

110㎞대 중반의 구속을 기록했던 최동현의 슬로 커브.
그의 손에서 공이 떠나는 순간, 눈으로 구종을 확인하고 나서 공략해도 타이밍이 늦지 않았었다.
'샌디 바에즈도 마찬가지야!'
직구 평균 구속은 분명히 샌디 바에즈가 더 빨랐다.
그렇지만 슬로 커브의 구속은 엇비슷했다.
그런 만큼 눈으로 구종을 확인하고 공략하는 것이 가능할 터였다.
'해보자!'
태식이 결심을 굳힌 순간, 샌디 바에즈가 초구를 던졌다.

3. 하지. 트레이드

슈아악!

초구는 바깥쪽 직구.

"스트라이크!"

태식은 배트를 내밀지 않고 그대로 지켜보았다.

'2구는?'

슬로 커브를 던지지 않을까?

이런 기대를 품었는데.

태식의 기대는 또 빗나갔다.

슈아악!

샌디 바에즈가 2구째로 선택한 구종은 역시 직구였다.

144㎞.

몸 쪽 직구를 이번에도 그대로 흘려보낸 태식이 잠시 타석에서 물러났다.

'더 기다린다!'

결심을 굳히고 태식이 타석으로 돌아온 순간, 샌디 바에즈가 와인드업을 했다.

슈악!

공이 그의 손을 떠난 순간, 태식이 두 눈을 빛냈다.

'슬로 커브!'

그립을 통해 구종을 파악한 태식이 배트를 휘둘렀다.

'눈야구'를 통해 이미 구종을 파악한 상황.

구종을 확인하고 난 후 스윙을 시작했지만, 타격 타이밍은 늦지 않았다.

따악!

묵직한 타격음과 함께 타구가 우중간으로 뻗어나갔다.

중견수가 펜스 앞까지 열심히 타구를 쫓아갔지만, 타구를 잡아내기에는 역부족이었다.

터엉.

펜스를 직격한 타구가 튀어나왔다.

중견수가 펜스 플레이를 펼치는 와중에 공을 한 차례 더듬었다.

2루 베이스 근처에 도착해서 중견수가 공을 더듬는 것을 확인한 태식이 멈추지 않고 3루로 내달렸다.

"세이프!"

슬라이딩도 필요 없었다.

여유 있게 3루에 안착한 태식이 가쁜 숨을 골랐다. 그리고 샌디 바에즈와 코리 스프링어의 대결을 앞두고 기대에 찬 시선을 던졌다.

따악!

묵직한 타격음이 울려 퍼진 순간, 팀 셔우드가 감독석에서 벌떡 일어났다.

김태식이 때린 타구.

노 볼 투 스트라이크의 불리한 볼카운트에 몰려 있었지만, 거의 완벽한 타이밍에 배트 중심에 걸렸다.

'넘어갔나?'

잔뜩 기대에 찬 시선으로 타구의 궤적을 눈으로 좇고 있던 팀 셔우드가 아쉬운 기색을 드러냈다.

터엉!

김태식이 때린 타구는 펜스를 직격하고 튀어나왔다.

디트로이트 타이거스의 중견수인 니콜라스 카스테라즈가 펜스 플레이를 펼치던 도중 공을 한 번 더듬는 것이 보였다.

김태식은 그 실수를 놓치지 않고 3루까지 내달렸다.

'넘어갔으면 좋았을 것을!'

못내 아쉬운 표정을 짓고 있던 팀 셔우드가 의아한 시선을 던졌다.

3루에 안착해 있는 김태식의 표정에 전혀 아쉬운 기색이 묻어나지 않았기 때문이다.

'찬스를 만든 것에… 만족한다는 건가?'

퍼뜩 그런 생각이 든 순간, 팀 셔우드가 타석에 들어선 코리 스프링어를 살폈다.

2타수 1안타.

첫 타석에서 타격 슬럼프를 벗어나는 안타를 때려냈던 코리 스프링어는 두 번째 타석에서는 삼진으로 물러났다.

그리고 오늘 경기 세 번째 타석.

코리 스프링어의 앞에는 다시 타점을 올릴 수 있는 찬스가 만들어져 있었다.

“이번에는 어떻게 될까?”

팀 셔우드가 신중한 표정으로 코리 스프링어와 샌디 바에즈의 대결을 지켜보았다. 그리고 두 선수의 대결 양상은 이전과 흡사하게 흘러갔다.

슈악!

투 볼 투 스트라이크에서 샌디 바에즈가 선택한 결정구.

우타자의 몸 쪽으로 휘어져 들어오는 스크류볼이었다.

오늘 경기에서 여러 차례 내야 땅볼을 유도했던 위력적인 스크류볼이었지만, 코리 스프링어는 배트를 휘두르지 않고 참아냈다.

풀카운트.

세 번의 타석 모두 풀카운트 승부를 펼치고 있는 코리 스프링어를 바라보던 팀 셔우드가 희미하게 고개를 끄덕였다.

“확실히… 타석에서의 조급함은 없어졌어.”

긍정적인 부분은 분명히 존재했다.

그리고.

슈악!

샌디 바에즈가 풀카운트에서 던진 6구째 공은 슬라이더였다.
코리 스프링어도 기다리지 않고 배트를 휘둘렀다.
딱!
배트 중심에 걸린 타구는 아니었다.
그렇지만 높이 솟구친 타구의 비거리는 길었다.
타다닷.
3루 주자였던 김태식이 태그업을 시도해서 여유 있게 홈으로 들어오기에 충분했다.
"일단 동점을 만드는 데 성공했군!"
3 : 3.
경기 후반에 접어든 시점에 끌려가고 있던 경기의 균형이 맞추어졌다.
일단 안도했던 팀 셔우드의 시선에 거의 동시에 더그아웃으로 돌아오는 김태식과 코리 스프링어의 모습이 들어왔다.
조금 먼저 더그아웃 앞에 도착한 코리 스프링어는 그대로 안으로 들어가지 않았다.
김태식이 도착할 때까지 기다렸다. 그리고 김태식이 도착한 순간, 코리 스프링어가 먼저 주먹을 들어 올렸다.
콱!
두 선수가 가볍게 주먹을 부딪혔다.
그 모습을 확인하고 팀 셔우드가 놀란 표정을 지을 때, 김태식이 한쪽 눈을 찡긋했다.
'이건… 너무 쉽잖아!'
팀 셔우드가 헛웃음을 터뜨렸다.

*　　　　*　　　　*

7회가 끝났다.

3 : 3.

샌디에이고 파드리스가 동점을 만드는 데 성공했지만, 경기를 지켜보던 마이크 프록터의 표정은 밝아지지 않았다.

아직 타일러 윌슨에게서 원하던 대답을 듣지 못했기 때문이다.

"화가 많이 났군!"

그때, 타일러 윌슨이 불쑥 입을 뗐다.

"제가요?"

"아니. 샌디 바에즈 말이야."

'샌디 바에즈가 화가 났다? 왜?'

마이크 프록터가 의문을 품었을 때, 타일러 윌슨이 설명을 덧붙였다.

"우리 팀이 마음에 들지 않겠지."

"……?"

"이상하게 합이 맞지 않거든."

그 설명을 들었음에도 마이크 프록터의 의문은 사라지지 않았다.

8승 4패, 그리고 3점대 초반의 방어율.

샌디 바에즈가 디트로이트 타이거스 소속 선수로 올 시즌에 거둔 성적이었다. 그리고 오늘 경기의 성적도 나쁘지 않았다.

7이닝 3실점.

퀄리티 스타트 이상을 해내며 호투를 펼치고 있었다.

'그런데 왜 합이 맞지 않는다는 걸까?'

"만약 샌디 바에즈가 우리 팀이 아니라 다른 팀에서 뛰었다면 올 시즌 승수가 더 늘어났을 거야."

"왜입니까?"

"샌디 바에즈는 땅볼 유도가 많은 투수인데, 우리 팀 수비 조직력이 형편없거든. 그동안 잘 참아왔는데… 이제 한계에 다다른 것 같군."

그제야 말귀를 알아들은 마이크 프록터의 표정이 밝아졌다.

타일러 윌슨이 이 말을 꺼낸 이유.

트레이드에 대한 결심이 섰기 때문임을 눈치챈 것이다.

"트레이드를… 결심한 겁니까?"

"하지. 트레이드."

"감사합니다."

"고마워할 것 없네. 자네가 손해를 볼 확률이 더 높으니까."

"저도 알고 있습니다."

"그래도 승부수를 던지고 싶다니 도와줘야지."

타일러 윌슨이 씨익 웃으며 덧붙였다.

"기왕이면… 진짜 월드 시리즈 우승을 했으면 좋겠군. 그래서 빅 마켓 구단들의 코를 납작하게 해주게."

* * *

"이건… 너무 쉬운 게 아닌가?"

아까 팀 셔우드 감독이 던지던 시선에 담긴 의미였다.

솔직히 말하면 코리 스프링어가 더그아웃 앞에서 기다렸다가 주먹을 앞으로 내밀었을 때, 태식도 조금 놀랐다.

일단 숙제를 해결하기 위해 시도는 해보았지만, 이렇게 쉽게, 또 빨리 숙제를 해결하게 될 줄은 몰랐으니까.

그러나 이런 결과가 나온 데는 태식의 보이지 않는 노력이 분명히 존재했다.

첫 타석부터 세 번째 타석까지.

태식은 무슨 수를 써서라도 출루하기 위해서 노력했다.

메이저리그 무대에 진출한 후 단 한 번도 시도한 적 없는 기습 번트까지 감행한 것도 그 노력의 일환이었다.

그리고 세 번째 타석에서 2루에서 멈추지 않고 3루까지 과감하게 내달렸던 것도 코리 스프링어에게 득점 찬스를 만들어주기 위함이었다.

어쨌든.

그 노력은 결실을 맺었다.

세 차례 타석에서 모두 출루에 성공했으니까.

'덩치가 크고 인상도 험악한 편이지만… 의외로 순수한 면이 있군!'

코리 스프링어를 보면서 태식이 느낀 감정이었다.

샌디에이고 파드리스 팀 내에서는 고참 축에 속하지만, 코리 스프링어는 아직 20대 후반에 불과했다. 그리고 KBO 리그에 비해서 메이저리그에서 뛸 수 있는 자격을 얻는 것은 훨씬 더 어려웠다.
메이저리그 무대에 승격하는 관문.
무척 좁았다.
그 비좁은 관문을 통과하기 위해서 코리 스프링어는 지금까지 오롯이 야구에만 매달렸을 것이다.
그래서 때가 묻지 않았다.
'일단 첫 번째 숙제는 해결했고.'
태식이 고개를 돌려 감독석에 앉아 있는 팀 셔우드를 바라보았다.
아직 오늘 경기 승패의 향방이 갈라지지 않아서일까.
그라운드를 응시하고 있는 팀 셔우드 감독의 표정은 심각했다.
"알아챘을까?"
태식이 팀 셔우드 감독을 살피며 혼잣말을 꺼냈다.
오늘 경기에서 태식은 두 번째 숙제를 해결할 방법에 대한 힌트도 제공했다.
그렇지만 팀 셔우드 감독은 아직 그 힌트를 알아챈 기색이 아니었다.
그때였다.
팀 셔우드 감독이 고개를 돌렸다.
그와 시선이 마주친 태식이 의미심장한 미소를 던졌다.

8회 초.
디트로이트 타이거스의 투수는 릭 에드워즈로 바뀌어 있었다.

샌디에이고 파드리스의 선두타자인 7번 타자 미구엘 마못은 바뀐 투수의 초구를 노리라는 격언을 충실히 따랐다.

슈아악!

따악!

릭 에드워즈가 스트라이크를 넣기 위해 던진 바깥쪽 직구를 결대로 밀어 쳐서 우전 안타를 만들어냈다.

무사 1루 상황에서 타석에 들어선 맷 부쉬는 풀카운트 승부 끝에 유인구를 참아내며 볼넷을 얻어냈다.

무사 1, 2로 상황이 바뀌자, 디트로이트 타이거스의 감독인 론 가든하이어는 투수 교체를 단행했다.

릭 에드워즈의 뒤를 이어 마운드에 오른 것은 채드 벨.

그가 연습 투구를 하는 사이 팀 셔우드의 머릿속이 바빠졌다.

'이번 찬스에서 역전을 만들어야 한다!'

이미 경기가 후반으로 접어든 상황.

또 이렇게 좋은 득점 기회가 찾아올 확률은 낮았다.

'이안 드레이크가 진루타를 만들어준다면?'

그래서 1사 2, 3루로 상황이 바뀐다면?

후속 타자인 에릭 아이바가 큼지막한 외야플라이만 때려내더라도 추가점을 올릴 수 있었다.

'최근 타격감이 상승세인 에릭 아이바라면 외야플라이 정도는 충분히 때려낼 수 있다!'

팀 셔우드가 계산을 마쳤을 때, 9번 타자 이안 드레이크가 타석에 들어섰다. 그렇지만 이안 드레이크는 팀 셔우드의 기대에 부응하지 못했다.

슈악!

딱!

바깥쪽 슬라이더를 힘껏 잡아당긴 타구는 유격수 정면으로 향하는 내야 땅볼이었다.

6—4—3으로 이어지는 깔끔한 병살 플레이가 완성되면서, 무사 1, 2루였던 상황은 2사 3루로 바뀌었다.

'최악의 결과!'

이안 드레이크가 병살타를 때리는 것.

팀 셔우드가 가장 일어나지 않길 바랐던 최악의 결과였다.

그렇지만 아직 포기하기는 일렀다.

비록 2사 후이긴 하지만, 주자는 3루에 있는 상황.

짧은 안타, 아니, 내야안타만 나오더라도 득점을 올릴 수 있었기 때문이다.

'에릭 아이바를 믿어보는 수밖에!'

팀 셔우드가 두 손을 모은 채 에릭 아이바와 채드 벨의 대결을 주시했다.

역전을 만들어내는 적시타를 터뜨려 주길 바랐는데.

슈아악!

딱!

에릭 아이바가 때린 타구는 높이 솟구쳤다. 그렇지만 배트 상단에 맞은 터라 멀리 뻗지는 못했다.

중견수가 좌측으로 다섯 걸음 정도 이동하며 여유 있게 타구를 잡아낸 순간, 팀 셔우드가 한숨을 내쉬었다.

'병살만 나오지 않았다면?'

이안 드레이크가 진루타를 때려내지 못했던 것이 못내 아쉬웠다.

에릭 아이바가 희생플라이가 되기에 충분한 외야플라이를 쳐냈기에 더욱 아쉬움이 짙게 남았다.

그러나 후회한다고 한들 바뀌는 것은 없었다.

해서 쓰린 속을 달래던 팀 셔우드의 머릿속에 오늘 경기 초반 김태식이 기습 번트를 감행하던 모습이 떠올랐다.

4. 배수의 진

코리 스프링어의 앞에 찬스를 만들기 위한 시도.
'완벽하게 허를 찔렀군!'
김태식이 기습 번트를 시도할 것을 예상치 못했기 때문일까.
디트로이트 타이거스의 수비진은 속수무책으로 당했다.
그러나 딱 거기까지였다.
당시의 팀 셔우드는 더 깊이 생각하지 않았다.
그렇지만 지금 생각하니 이상한 점이 느껴졌다.
'왜… 굳이 기습 번트를 감행했을까?'
김태식의 타격 능력.
무척 뛰어났다.
또, 최근 타격감도 나쁜 편이 아니었다.
정상적인 타격을 하더라도 충분히 안타를 만들어낼 능력이 있었다.

그렇지만 김태식은 정상적인 타격을 하는 대신 기습 번트를 감행했다.

'대체 왜?'

재차 고민해 보았지만, 의문에 대한 답을 찾기 힘들었다. 그리고 팀 셔우드는 더 고민하기 보다는, 직접 김태식을 찾아가기로 했다.

오늘 경기에 지명타자로 출전한 김태식은 수비에 나서지 않았다.

더그아웃에 머물고 있는 김태식의 곁으로 팀 셔우드가 다가갔다.

"김태식."

"네, 감독님."

"하나 묻고 싶은 게 있어서 찾아왔다."

"무엇입니까?"

"아까 기습 번트를 감행했던 이유가 대체 뭐지?"

팀 셔우드가 질문하자, 김태식이 바로 대답했다.

"첫 번째 숙제를 해결하기 위해서였습니다."

김태식이 방금 말한 첫 번째 숙제.

코리 스프링어와의 불화를 해결하기 위함이었다는 뜻이었다. 그리고 여기까지는 팀 셔우드도 알고 있는 부분이었다.

팀 셔우드가 진짜 알고 싶은 것은 그다음이었다.

"정상적인 타격으로도 첫 번째 숙제를 충분히 해결할 수 있었잖아? 그런데 왜 굳이 기습 번트를 감행했었느냐고 묻는 거야."

"그건 확률을 높이기 위해서였습니다."

"확률을 높이기 위해서였다고?"

"네."

"좀 더 자세히 설명해 봐."

팀 셔우드가 재촉하자, 김태식이 다시 입을 뗐다.

"첫 번째 숙제를 해결하기 위해서는 무조건 출루를 해야 했습니다. 물론 감독님의 말씀처럼 정상적인 타격을 하더라도 안타를 만들 가능성은 있습니다. 그렇지만 3할 전후의 확률일 뿐입니다."

그 설명을 들은 팀 셔우드가 고개를 끄덕였다.

아무리 대단한 타자의 타율도 4할 타율을 넘지 못했다.

야구에서는 3할 타율이 좋은 타자의 지표라고 할 수 있었다.

즉, 김태식의 말처럼 정상적인 타격을 했을 때 안타를 때려낼 수 있는 확률은 결국 3할 정도에 불과했다.

"그 확률을 높일 수 있는 방법에 대해 고민했습니다."

"그래서 기습 번트를 감행했다?"

"만약 기습 번트를 감행해서 상대 수비진의 허를 찌를 수 있다면 안타를 만들어낼 확률이 9할 이상이라고 판단했습니다."

김태식이 대답을 마친 순간, 팀 셔우드가 입술을 깨물었다.

그냥 대충 흘려들을 이야기가 아니란 생각이 들었기 때문이다.

'사자는 토끼를 잡을 때도 최선을 다한다?'

최근 김태식의 타격감을 감안하면, 정상적인 타격을 했다고 하더라도 안타를 만들어냈을 확률이 거의 4할에 육박했다.

그러나 김태식은 4할의 확률로도 불안함을 느꼈다.

해서 안타를 만들어 출루할 수 있는 확률을 조금이라도 더 높이기 위해서 기습 번트를 감행했던 것이다.

'내가… 너무 안이했던 것이 아닐까?'

김태식의 이야기를 들으면서 팀 서우드가 떠올린 것.

지난 8회 초의 상황이었다.

미구엘 마못의 안타와 맷 부쉬의 볼넷으로 무사 1, 2루의 득점 찬스가 찾아왔었다.

그렇지만 9번 타자 이안 드레이크가 병살타를 때렸고, 에릭 아이바가 적시타를 때려내지 못하면서 찬스는 허무하게 무산됐다.

조금 전까지만 해도 진루타가 아닌 병살타를 때려냈던 이안 드레이크를 탓하기 바빴었는데.

그러나 지금은 생각이 조금 바뀌었다.

'막연하게 진루타를 쳐줄 것이라 기대했던 내 실수가 더 큰 것이 아닐까?'

좀 더 확실하게 득점을 올리기 위해서는 이안 드레이크가 진루타를 쳐줄 것이란 막연한 기대를 품을 것이 아니라, 희생번트 같은 작전을 지시했어야 했다.

그랬다면 에릭 아이바가 외야플라이를 때려냈을 때, 역전 득점을 올릴 수 있었을 텐데.

물론 결과론적인 이야기일 뿐이었다.

설령 이안 드레이크가 희생번트를 성공시켜서 1사 2, 3루 상황이 됐다 하더라도 에릭 아이바가 희생플라이를 때려내지 못했을 수도 있었다.

그렇지만 한 가지는 확실했다.

희생번트를 지시해서 1사 2, 3루 상황이 됐다면, 역전 득점을 올릴 수 있는 확률이 훨씬 더 상승했을 거란 점이었다.

'좀 더 적극적으로 개입해야 하나?'

팀 셔우드가 가진 성향.

적극적으로 작전을 지시하면서 경기에 개입하는 편이 아니었다.

아니, 자신만이 아니었다.

메이저리그는 감독이 작전을 펼치는 빈도가 일본 프로야구나 한국 프로야구에 비해서 적은 편이었다.

메이저리그가 스몰 볼 야구보다 빅 볼 야구를 선호하는 이유.

여러 가지 이유가 있었지만, 가장 큰 이유는 둘이었다.

일단 메이저리그에서 뛰는 선수 개개인의 능력이 뛰어났다.

또, 관중들이 스몰 볼 야구보다 화끈한 빅 볼 야구를 선호하기 때문이었다.

'과연… 옳을까?'

팀 셔우드가 눈살을 찌푸렸을 때였다.

머릿속의 생각이 다른 방향으로 이어졌다.

김태식이 타석에 서지 못할 경우 팀 타선의 파괴력이 떨어지는 문제는 또 어떻게 해결해야 할까?

인터 리그가 시작되고 볼티모어 오리올스와 3연전을 치른 후, 팀 셔우드가 받아든 두 번째 숙제였다.

그리고.

지금 고민하고 있는 부분에서 두 번째 숙제를 해결할 수 있는 답을 찾을 수 있을 것 같다는 생각이 들었다.

'결국은 확률을 더 높여야 한다!'

출루, 주루, 득점 등등.

모든 부분에서 확률을 더 높여야만, 승률을 더 높일 수 있었다.

'현재 우리 팀의 젊은 선수들은… 최고가 아니다!'

LA 다저스, 뉴욕 양키스, 보스턴 레드삭스 같은 빅 마켓 구단에는 천만 달러 이상의 연봉을 받는 최고 수준의 선수들이 수두룩했다.

그렇지만 스몰 마켓인 샌디에이고 파드리스의 상황은 달랐다.

리빌딩을 거치면서 팀의 주축이 된 젊은 선수들의 수준은 최고 수준과는 분명히 거리가 있었다.

'그들과… 똑같이 해서 성공할 수 있을까?'

보유하고 있는 선수들의 면면이 다른 상황.

그런데 더 좋은 선수들을 보유한 빅 마켓 팀들과 똑같은 패턴으로 경기를 펼쳐서 성공할 수 있을까?

이런 질문을 던졌던 팀 셔우드가 표정을 굳혔다.

당연히 성공할 수 없다는 결론이 나왔기 때문이다.

"달라져야 해."

팀 셔우드가 부지불식간에 혼잣말을 꺼냈다.

뒤늦게 그 사실을 깨달은 팀 셔우드가 고개를 들었다.

김태식에게 혼잣말을 한 것이었으니 신경 쓸 것 없다고 말해주려 했었는데.

'웃는다?'

김태식은 희미한 웃음을 머금고 있었다.

'왜… 웃지?'

팀 셔우드가 의아한 시선을 던질 때였다.

김태식이 입을 뗐다.

"두 번째 숙제를 해결하실 방법을 찾아내신 것 같습니다."

"그런 것 같군."

그 이야기를 들은 팀 셔우드가 고개를 끄덕였다.

샌디에이고 파드리스만의 야구를 하는 것.

이것이 두 번째 숙제를 해결할 수 있는 방법이었다.

"이제 하나 남았군요."

그때, 김태식이 다시 입을 뗐다.

"또 뭐가 남았나?"

팀 셔우드가 의아한 시선을 던진 순간, 김태식이 대답했다.

"오늘 경기를 승리로 장식하는 것이 남았습니다."

3 : 3.

동점 상황에서 양 팀의 경기는 9회로 접어들었다.

9회 초 샌디에이고 파드리스의 공격은 2번 타자 호세 론돈부터 시작이었다.

디트로이트 타이거스의 감독인 론 가든하이어는 마운드에 팀의 마무리 투수인 닉 스와잭을 올렸다.

"오늘 경기를 잡기 위해서는 이번 이닝에 득점을 올려야 해!"

팀 셔우드가 팔짱을 낀 채 그라운드를 지켜보았다.

2번 타자 호세 론돈부터 시작해 클린업트리오로 이어지는 샌디에이고 파드리스의 타순이 좋았다.

9회 초에 득점을 올리고, 9회 말에 마무리 투수인 히스 벨을 투입해 경기를 끝내는 것이 가장 이상적인 시나리오였다.

그리고.

9회 초의 첫 타자로 타석에 선 호세 론돈은 선두 타자의 임무를 다했다.

비록 안타는 때려내지 못했지만, 닉 스와잭에게서 볼넷을 얻어내 출루했다.

무사 1루로 상황이 바뀐 순간, 팀 셔우드의 두 눈이 기대로 물들었다.

타석에 들어서는 것이 김태식이었기 때문이다.

'안타를 만들어낼 수 있지 않을까? 아니, 김태식이라면 1루 주자를 불러들이는 장타를 터뜨리지 않을까?'

자연스레 기대치가 높아졌다.

천천히 타석을 향해 걸어가고 있는 김태식을 바라보던 팀 셔우드가 팔짱을 풀었다.

"3할!"

아까 김태식과 나누었던 대화가 퍼뜩 떠올랐기 때문이다.

김태식이 훌륭한 타격 능력을 갖고 있는 것은 사실이었다.

그렇지만 김태식의 현재 타율은 3할 후반대였다.

해결사로서의 면모가 워낙 출중해서 타석에 설 때마다 강렬한 인상을 남겼지만, 김태식의 타율은 4할에 미치지 못했다.

다시 말해 김태식이 안타를 때려낼 가능성은 4할에 미치지 못한다는 뜻이었다.

물론 안타를 때려내지 못하더라도 볼넷을 얻어내 출루할 수도 있었다.

그러나 볼넷을 얻어내는 것까지 합산한다 하더라도 5할에 미치지 못하는 확률이었다.

'확률이 더 높은 야구를 해야 하지 않을까?'

팀 셔우드의 생각이 거기까지 미쳤을 때였다.

김태식이 타석에 들어서서, 더그아웃 쪽으로 고개를 돌렸다.

그런 김태식과 시선이 마주친 순간, 팀 셔우드의 입가로 희미한 미소가 떠올랐다.

"머뭇거리지 말란 뜻이로군!"

두 번째 숙제를 해결할 방법을 이미 찾지 않았느냐?

그런데 왜 실천으로 옮기지 않느냐?

지금 김태식이 던지고 있는 시선.

꼭 이런 의미가 담겨 있는 것처럼 느껴졌다.

팀 셔우드가 더 머뭇거리지 않고 작전을 지시했다.

작전 지시를 확인한 김태식이 작게 고개를 끄덕인 후 타석에 들어섰다.

번트 모션을 취하고 있는 김태식을 확인한 닉 스와잭이 당혹스러운 표정을 지었다.

절정의 타격감을 자랑하는 지명타자 김태식이 희생번트를 감행하기 위해서 번트 모션을 취한 것.

예상치 못했기 때문이리라.

'위장이 아닐까?'

닉 스와잭이 의심하는 부분이었다.

그렇지만 위장이 아니었다.

슈악!

틱. 데구르르.

김태식은 닉 스와잭이 던진 초구에 번트를 감행했다.

3루 방향으로 댄 번트 타구의 강약 조절은 완벽했다.

전진 수비를 펼치던 3루수가 타구를 잡았을 때, 1루 주자는 이미 2루에 거의 도착해 있었다.

"아웃!"

희생번트를 성공시킨 김태식이 웃으며 더그아웃으로 돌아왔다.

1사 2루 상황에서 타석에는 4번 타자 코리 스프링어가 들어섰다.

그때, 팀 셔우드가 다시 움직였다.

"주자 교체!"

2루 주자인 호세 론돈을 대주자 루이스 벨트란으로 교체한 것이었다.

'승부를 할까?'

가능성은 반반이라는 생각이 들었다.

1루가 비어 있는 상황.

닉 스와잭이 샌디에이고 파드리스의 4번 타자인 코리 스프링어와의 대결을 피할 가능성도 충분했다.

해서 팀 셔우드가 두 선수의 대결을 주시하고 있을 때였다.

슈아악!

닉 스와잭이 초구를 던졌다.
'승부!'
그가 던진 초구를 확인한 팀 셔우드가 두 눈을 크게 떴다.
비어 있는 1루를 채울 가능성이 조금 더 높다고 판단했는데.
그 판단은 빗나갔다.
닉 스와잭은 코리 스프링어와의 승부를 선택했다.
'왜?'
디트로이트 타이거스의 배터리가 1루를 채우는 대신 코리 스프링어와의 승부를 택한 이유에 대해 팀 셔우드가 고민했다.
그 고민에 대한 답을 찾는 데는 오래 걸리지 않았다.
대기 타석에 서 있는 티나 코르도바 때문이었다.
'코리 스프링어와 승부를 하는 편이 낫다고 판단했어!'
비록 오늘 경기에서 타점을 올리긴 했지만, 코리 스프링어의 최근 타격감은 좋은 편이 아니었다.
반면 티나 코르도바는 절정의 타격감을 보이고 있었다.
이 사실을 간파한 디트로이트 타이거스는 1루를 채우는 대신 코리 스프링어와 승부를 하기로 결정한 것이었다.
코리 스프링어와 승부를 하기로 결심한 닉 스와잭은 유리한 볼카운트를 선점하기 위해 초구로 바깥쪽 직구를 던졌다.
'몰렸어!'
그렇지만 닉 스와잭이 던진 직구의 제구.
뜻대로 되지 않았다.
가운데로 몰렸고, 코리 스프링어는 실투를 놓치지 않고 스윙했다.

따악!

경쾌한 타격음과 함께 타구는 투수의 곁을 빠르게 스치고 지나갔다.

2루 베이스 위를 통과하는 중전 안타.

대주자인 루이스 벨트란은 일찌감치 타구 판단을 마치고 스타트를 끊었다.

'박빙의 승부!'

팀 셔우드가 감독석에서 벌떡 일어났다.

워낙 배트 중심에 잘 맞은 탓에 타구의 속도가 무척 빨랐다.

홈 승부를 장담하기 힘든 상황.

대주자인 루이스 벨트란이 헤드 퍼스트 슬라이딩을 감행한 순간, 중견수의 송구가 포수의 미트에 도착했다.

'아웃 타이밍!'

팀 셔우드가 이렇게 판단한 순간이었다.

루이스 벨트란이 태그를 피하기 위해서 왼손을 급히 거두어들이며 오른손으로 베이스를 터치하기 위해서 시도했다.

탁!

퍽!

루이스 벨트란의 오른손이 홈베이스를 터치한 것과 포수의 태그가 루이스 벨트란의 어깨에 닿은 것은 거의 동시였다.

'결과는?'

팀 셔우드가 주시하고 있을 때, 주심이 가로로 팔을 벌였다.

"세이프!"

주심은 루이스 벨트란의 오른손이 베이스를 터치한 게 포수의 태그보다 간발의 차로 빨랐다고 선언했다.

물론 디트로이트 타이거스의 포수인 제임스 맥켄은 주심이 내린 판정에 순순히 수긍하지 않았다.

태그가 더 빨랐다고 강하게 항의했다.

디트로이트 타이거스의 감독인 론 가든하이어도 비디오 판독을 신청했다.

그렇지만 비디오 판독을 거쳤음에도 결과는 바뀌지 않았다.

"슬라이딩이 좋았어!"

호세 론돈을 대신해 2루 주자로 들어섰던 루이스 벨트란의 베이스러닝에서는 흠잡을 곳이 없었다.

빠른 타구 판단 덕분에 스타트가 무척 빨랐고, 홈 승부 과정에서도 포수의 태그를 피하는 기지 넘치는 플레이를 선보였다.

4 : 3.

마침내 추가 득점을 올리는 데 성공한 팀 셔우드의 입가로 만족스러운 미소가 떠올랐다.

최종스코어 4 : 3.

코리 스프링어가 9회 초에 때려낸 적시타가 결승 타점이 되면서 샌디에이고 파드리스는 승리를 거두었다.

"모두 수고했네."

다음 날 아침, 태식은 마이크 프록터 단장과 호텔에서 아침 식사를 함께했다.

'무슨 용건일까?'

마이크 프록터 단장에게서 식사 제안을 받은 후 태식은 의문을 품었다.

어떤 용건 때문에 식사 제안을 했는지 감이 잡히지 않았기 때문이다.

결국 의문에 대한 답을 찾지 못한 채 태식은 식사 자리에 나갔다. 그리고 그 식사 자리에 참석한 것은 태식 혼자가 아니었다.

팀 서우드 감독, 그리고 코리 스프링어가 먼저 도착해 있었다.

'감독과 주장이 함께이다?'

태식이 자리에 앉은 순간, 마이크 프록터가 만면에 웃음을 머금은 채 입을 뗐다.

"어제 경기는 아주 짜릿했습니다."

"완벽에 가까운 경기였습니다."

팀 서우드 감독이 화답했다.

그 대답을 들은 태식이 의외라는 시선을 던졌다.

"운이 좋았습니다."

팀 서우드 감독은 겸손한 편이었다.

그래서일까.

승장 인터뷰에서도 운이 좋았다는 표현을 자주 썼다.

그런데 오늘은 달랐다.

완벽에 가까운 경기력 덕분에 승리를 거두었다고 자평했다.

'매스컴 앞이 아니기 때문일까?'

평소와 다른 팀 서우드 감독의 반응으로 인해 태식이 고개를 갸웃했을 때였다.

"특히 코리가 부진에서 벗어나 결승타를 기록한 것이 컸습니다. 덕분에 팀의 조직력이 단단해졌죠."

팀 셔우드 감독이 덧붙였다.

감독의 칭찬을 받아서일까.

팀의 주장을 맡고 있는 코리 스프링어가 콧김을 거칠게 내뿜었다.

그런 그는 기쁜 기색을 감추지 못하고 있었다.

'확실히 순수해!'

표정 관리를 하지 못하는 코리 스프링어를 보며 희미하게 웃던 태식이 팀 셔우드 감독과 시선을 교환했다.

찡긋.

윙크하는 팀 셔우드 감독을 확인한 태식이 속으로 고개를 끄덕였다.

그가 평소와 다른 반응을 드러내고 있는 이유를 어느 정도 짐작할 수 있었기 때문이다.

'아직 불안한가 보군!'

코리 스프링어가 불만을 품었던 것이 팀 셔우드 감독은 마음에 걸렸던 것이다.

그래서 일부러 코리 스프링어의 활약을 마이크 프록터 단장 앞에서 새삼 입에 올렸던 것이다.

'그게… 다가 아냐!'

팀 셔우드 감독을 살피던 태식이 두 눈을 빛냈다.

두 가지 숙제를 모두 해결했기 때문일까.

팀 셔우드 감독의 표정은 밝았다.

'자신감이 생겼어!'

반신반의.

태식이 월드 시리즈 우승이라는 목표를 밝혔을 당시, 팀 셔우드 감독은 반신반의하는 기색이었다.

굳이 나누자면 불신이 더 컸다.

'월드 시리즈 우승이 얼마나 어려운 일인지 몰라서 함부로 꺼내는 말일 뿐이다!'

이렇게 판단한 듯 보였다.

그렇지만 두 가지 숙제를 해결하고 난 지금은 생각이 좀 바뀐 듯 보였다.

'도전해 볼 만하지 않을까?'

한층 달라져 있는 팀 셔우드 감독의 표정을 태식이 눈여겨보고 있을 때였다.

"제가 함께 식사를 하자고 한 이유는 여러분께 한 가지 소식을 전해 드리기 위해서입니다."

마이크 프록터 단장이 다시 입을 뗐다.

'새로운 소식? 뭘까?'

태식이 호기심을 품었을 때였다.

"샌디 바에즈가 우리 팀에 합류하기로 했습니다."

마이크 프록터 단장이 덧붙였다.

'샌디 바에즈가 우리 팀에 합류할 거라고?'

마이크 프록터의 부연을 들은 태식이 놀란 기색을 감추지 못했다. 그리고 놀란 것은 태식만이 아니었다.

"방금 뭐라고 하셨습니까?"

팀 셔우드 감독이 물었다.

"디트로이트 타이거스 소속 선수인 샌디 바에즈가 우리 팀에 합류할 거라고 했습니다."

"언제요?"

"곧 합류할 겁니다."

"그러니까… 시즌 중에 합류할 거라는 겁니까?"

"맞습니다."

마이크 프록터 단장이 확인해 준 순간, 팀 셔우드가 잔을 들어 물을 마셨다.

당황한 기색이 역력한 팀 셔우드 감독을 확인한 마이크 프록터 단장이 웃으며 물었다.

"왜 그렇게 놀라십니까?"

"놀라지 않을 수가 없네요."

"성공했네요."

"네?"

"서프라이즈로 준비한 선물이었거든요."

마이크 프록터 단장이 만족스레 웃었다.

그렇지만 팀 셔우드 감독은 웃지 않았다.

"혹시… 현금 트레이드입니까?"

"감독님!"

"네?"

"저는 스몰 마켓인 샌디에이고 파드리스의 단장입니다."

마이크 프록터의 대답을 들은 팀 셔우드 감독이 다시 물었다.

"그럼 누굴 내주기로 했습니까?"

"마이크 팀린을 포함한 유망주 세 명을 디트로이트 타이거스에 내주기로 했습니다."

이번 트레이드에 지난 시즌 1라운드에서 선발했던 마이크 팀린이 포함됐다는 사실을 전해 들은 팀 셔우드 감독의 낯빛이 어둡게 변했다. 그리고 태식은 팀 셔우드 감독의 낯빛이 어두워진 이유를 충분히 짐작할 수 있었다.

'손해!'

팀 셔우드 감독은 마이크 프록터 단장이 단행한 이번 트레이드를 손해라고 판단했기 때문이다.

"샌디 바에즈는 올 시즌을 끝으로 자유계약 선수로 풀리지 않습니까?"

"잘 알고 계시는군요."

"그런데 왜……?"

"우리 팀에 필요한 선수라고 판단했기 때문입니다."

마이크 프록터 단장은 망설이지 않고 대답했다.

그렇지만 팀 셔우드 감독은 수긍하지 않았다.

"마이크 팀린은 내년 시즌 우리 팀 선발진의 한 축을 맡아줄 선수입니다."

"저도 알고 있습니다."

"그런데요?"

잘 알고 있으면서 내년 시즌 선발진의 한 축을 맡아줄 유망주인 마이크 팀린을 포함한 유망주들을 이번 트레이드에 포함시킨 이유가 대체 무엇이냐?

팀 셔우드 감독이 불만을 드러낸 이유였다.

“내년 시즌이니까요.”

그렇지만 마이프 프록터는 역시 망설이지 않고 대답했다.

“네?”

“마이크 팀린은 올 시즌이 아니라 내년 시즌에 팀에 도움이 될 테니까요.”

“야구는 올해만 하는 것이 아니지 않습니까? 이렇게 근시안적으로 트레이드를 감행하면, 내년 시즌, 그리고 내후년 시즌의 계획이 모두 틀어지게 됩니다.”

“저도 알고 있습니다.”

“그런데요?”

“뒤를 보지 않기로 했습니다.”

“그게 무슨 말씀이십니까?”

“올 시즌만 바라보기로 했습니다.”

‘배수의 진을 쳤다?’

태식이 두 눈을 가늘게 좁혔다.

지금 마이크 프록터 단장이 꺼내는 이야기.

돌아갈 수 없는 배수의 진을 쳤다는 말과 일맥상통하는 부분이 있었다.

“혹시 올 시즌 월드 시리즈 우승을 목표로 이번 트레이드를 단행하신 겁니까?”

그때, 팀 셔우드 감독이 다시 물었다.

“맞습니다.”

“……”

"일전에 감독님께서 말씀하시지 않았습니까? 우리 팀의 월드 시리즈 우승을 위해서는 수준급 선발투수 영입이 필수 조건이라고."

"물론 그런 말을 하긴 했지만……."

"그래서 샌디 바에즈를 영입했습니다."

"너무… 과감한 결단이 아닐까요?"

확신에 찬 마이크 프록터 단장과 달리 팀 셔우드 감독은 우려를 감추지 못했다. 그리고 태식은 방금 팀 셔우드 감독이 머뭇거린 이유를 짐작했다.

감정을 조절하며 단어를 신중하게 고르기 위함이었다.

"너무 무모한 결단이 아닙니까?"

팀 셔우드 감독이 원래 하고 싶었던 질문이었을 터였다.

그러나 마이크 프록터 단장은 그 질문에 답하지 않았다.

대신 코리 스프링어에게 고개를 돌렸다.

"코리!"

"네, 단장님!"

"나는 올 시즌 월드 시리즈 우승을 노리고 있네."

"월드 시리즈 우승……."

"주장인 자네 생각은 어떤가? 불가능하다고 생각하나? 내가 너무 헛된 꿈을 꾸고 있다고 생각하나?"

잠시 망설이던 코리 스프링어가 대답했다.

"어쩌면… 가능할 수도 있다고 생각합니다."

"왜 그렇게 판단하나?"

"선수단 분위기가 최상이니까요."

내셔널 리그 서부 지구 3위.

현재 샌디에이고 파드리스의 성적이었다.

올 시즌 초반 극심한 부진에 빠지면서 리그 최하위로 처졌던 것을 감안하면, 지구 3위에 올라 있는 지금의 샌디에이고 파드리스는 분명히 상승세를 타고 있었다.

게다가 지구 2위인 샌프란시스코 자이언츠와의 격차는 점점 좁혀지고 있는 상태였다.

꾸준히 승수를 쌓으면서 지구 선두에 올라 있는 LA 다저스와 샌디에이고 파드리스의 격차는 여전히 컸다.

그렇지만 이런 추세라면 샌프란시스코 자이언츠의 덜미를 잡을 가능성은 있다.

지구 우승은 힘들겠지만, 와일드카드는 노려볼 수 있다.

이것이 코리 스프링어의 계산이었다.

그 대답이 만족스러운 걸까.

환하게 웃던 마이크 프록터 단장이 마지막으로 태식을 바라보았다.

"나는 위험한 도박을 했네."

"……?"

"이 도박에서 지고 싶지 않네. 그러니 자네가 도와주게."

*　　　*　　　*

샌디에이고 파드리스 VS 보스턴 레드삭스.

인터 리그도 어느덧 막바지에 접어들었다.

양 팀의 3연전 마지막 경기는 팽팽한 투수전으로 흘렀다.

1 : 1.

8회 초가 끝났을 때의 스코어.

샌디에이고 파드리스의 선발투수로 출전한 태식은 보스턴 레드삭스의 강타선을 상대로 8이닝 1실점의 완벽에 가까운 투구를 펼쳤다.

그렇지만 아직 승리투수 요건은 갖추지 못한 상태였다.

보스턴 레드삭스의 선발투수였던 에두아르드 로드리게스 역시 7이닝 1실점의 역투를 펼치고 마운드를 내려갔기 때문이다.

"승리투수가 되긴 힘들겠군."

더그아웃으로 돌아온 태식이 쓰게 웃었다.

8회 말, 마운드에 올라온 보스턴 레드삭스의 투수는 크랙 킴브랠이었다.

더블 스토퍼.

올 시즌, 보스턴 레드삭스 마운드 운용의 핵심이었다.

크랙 킴브랠과 데이빗 프라이스.

보스턴 레드삭스가 두 명의 마무리 투수를 활용하는 이유는 어느 한 선수에게 뒷문을 믿고 맡기지 못할 정도로 불안한 모습을 보여서가 아니었다.

크랙 킴브랠과 데이빗 프라이스 모두 어느 팀에서든 충분히 마무리 투수로 뛸 수 있는 능력과 커리어를 갖춘 선수들이었다.

그럼에도 불구하고 보스턴 레드삭스가 기존의 마무리 투수였던 크랙 킴브랠로 모자라 데이빗 프라이스를 영입해 더블 스토퍼 체제를 구축한 이유.

크게 두 가지였다.

5. 스퀴즈

보스턴 레드삭스가 더블 스토퍼 체제를 구축한 이유는 크게 두 가지였다.

우선 기존의 마무리 투수였던 크랙 킴브랠의 체력 부담을 덜어주기 위해서였다.

30대 후반인 크랙 킴브랠은 풀타임 마무리 투수로 활약하기에는 체력적으로 어려움이 있었다.

그의 체력적 부담을 덜어주면서 그의 경험을 활용할 수 있는 방법을 찾고 있던 보스턴 레드삭스 구단이 찾아낸 방법.

바로 더블 스토퍼 체제였다.

또 하나의 이유는 월드 시리즈 우승을 위해서는 뒷문을 최대한 단단하게 구축하는 것이 필요하다고 판단했기 때문이다.

그리고 이런 판단을 내린 이유.

이미 보스턴 레드삭스가 한차례 쓰라린 경험을 겪었기 때문이다.

지난 시즌, 막강한 전력을 구축했던 보스턴 레드삭스는 강력한 월드 시리즈 우승 후보로 꼽혔다.

실제로 그해 보스턴 레드삭스는 여유 있게 지구 우승을 차지하며 아메리칸 리그 챔피언쉽 시리즈까지 진출했다.

그러나 아메리칸 리그 챔피언쉽 시리즈에서 시카고 컵스에게 완패하면서 월드 시리즈 진출에 실패하고 말았다.

당시 보스턴 레드삭스의 가장 큰 패인.

팀의 마무리 투수였던 크랙 킴브랠이 무너진 것이었다.

정규 시즌에 훌륭한 퍼포먼스를 선보였던 크랙 킴브랠은 포스트 시즌에 접어들자 체력적으로 한계를 드러냈다.

또, 크렉 킴브랠이 무너진 탓에 보스턴 레드삭스는 무리한 불펜 운영을 할 수밖에 없었고 이것이 결국 패인으로 이어졌다.

이런 쓰라린 경험을 겪었던 보스턴 레드삭스는 대책을 마련하기 위해 애썼다.

팀이 가진 장점을 유지한 채 단점을 보완하는 것.

보스턴 레드삭스가 찾아냈던 방법이었다.

그래서 그들은 크랙 킴브랠을 보유한 채 또 다른 뛰어난 마무리 투수인 데이빗 프라이스를 영입한 것이었다.

그리고.

태식이 8이닝 1실점의 호투를 펼쳤음에도 불구하고 승리투수와 인연을 맺지 못할 것이라고 판단했던 이유가 바로 여기에 있었다.

"총력전이군!"

양 팀의 3연전에서 이미 2패를 떠안았기 때문일까.

보스턴 레드삭스의 감독인 알렉시스 코라는 3연전 마지막 경기인 오늘 경기에 총력전을 펼쳤다.

7회까지 호투했던 에두아르드 로드리게스를 과감하게 내리고, 8회 말에 크랙 킴브랠을 마운드에 올렸다.

이런 투수 운용이 보스턴 레드삭스가 총력전을 펼치고 있다는 증거.

크렉 킴브랠, 그리고 데이빗 프라이스.

알렉시스 코라 감독은 팀의 더블 스토퍼를 오늘 경기에 모두 투입하는 강수를 두면서까지 승리를 원하고 있었다.

그러나 상황은 알렉시스 코라 감독의 바람처럼 흘러가지 않았다.

"스트라이크아웃!"

크랙 킴브랠은 8회 말의 첫 타자였던 에릭 아이바를 삼진으로 잡아내며 기분 좋은 출발을 했다.

하지만 2번 타자인 호세 론돈과의 대결에서 안타를 허용했다.

1사 1루 상황에서 타석에 들어선 것은 3번 타자 티나 코르도바.

슈아악!

따악!

티나 코르도바는 크랙 킴브랠의 초구를 받아쳐서 1, 2루 간을 꿰뚫는 우전 안타를 터뜨렸다.

1사 1, 3의 찬스에서 타석에는 4번 타자 코리 스프링어가 들어섰다.

'어떻게 될까?'

태식이 두 눈을 빛내며 그라운드에서 펼쳐지고 있는 두 선수의 대결을 관심 있게 지켜보았다.

원하던 대로 해결사 능력을 마음껏 뽐낼 수 있기 때문일까.

4번 타자로 출전하기 시작한 후부터 코리 스프링어의 타격은 완연한 상승세를 보이고 있었다.

21타수 10안타.

지난 다섯 경기 타율이 무려 5할에 육박했다.

샌디에이고 파드리스의 홈 팬들 역시 이 사실을 알고 있었다.

해서 코리 스프링어가 찬스에서 타석에 들어서자 기대를 감추지 않았다.

슈악!

크랙 킴브랠이 코리 스프링어를 상대로 던진 초구는 슬라이더.

스트라이크존을 통과하기 직전 바깥쪽으로 예리하게 휘어지는 슬라이더의 궤적은 무척 날카로웠다.

"볼!"

그렇지만 코리 스프링어의 배트는 끌려 나가지 않았다.

'확실히 여유가 생겼어!'

그 모습을 지켜보던 태식이 작게 고개를 끄덕였다.

일단 타석에서 조급함이 사라졌다는 것이 시사하는 바는 컸다.

타격감이 너무 좋기 때문에, 혹은 타격감이 좋지 않기 때문에 타자들은 타석에서 서두르는 경향이 있었다.
태식 역시 그런 경험이 존재했었다.
그러나 타석에서 서두르는 것은 독이 될 뿐이었다.
자신의 타격감을 맹신하지 않고, 타석에서 기다릴 줄 안다는 것은 분명히 코리 스프링어가 한 단계 더 성장한 증거였다.
하지만 상대는 크랙 킴브랠.
좋은 결과를 낙관하기는 어려웠다.
그래서 태식이 긴장을 늦추지 못하고 있을 때였다.
슈악!
크랙 킴브랠이 2구를 던졌다.
그 순간, 태식이 두 눈을 치켜떴다.
'스퀴즈?'
코리 스프링어가 돌연 번트를 감행했다.
샌디에이고 파드리스의 4번 타자.
더구나 최근 다섯 경기 타율이 무려 5할에 육박할 정도로 타격감이 좋은 코리 스프링어였다.
그래서 스퀴즈를 감행할 것이라고 태식은 전혀 예상하지 못했다.
그리고.
코리 스프링어가 스퀴즈를 시도할 것을 예상치 못한 것은 보스턴 레드삭스의 수비진도 마찬가지였다.
보스턴 레드삭스의 배터리는 물론이고 수비진도 허둥댔다.
바로 반응하지 못한 것은 주자들도 마찬가지였다.
한 박자 늦게 코리 스프링어의 스퀴즈 시도를 알아채고, 스타트를 끊었다.

틱. 데구르르.

번트 타구를 잡아내기 위한 3루수의 대시는 너무 늦었다.

투수인 크랙 킴브랠이 달려와 번트 타구를 처리하려 했다.

그렇지만 최대한 빨리 홈으로 송구해야 한다는 마음이 너무 앞선 나머지, 공을 한 번 더듬었다.

그사이, 3루 주자였던 호세 론돈은 여유 있게 홈으로 파고들었다.

홈 승부가 늦었음을 간파한 크랙 킴브랠은 1루로 송구했다.

발이 느린 코리 스프링어를 1루에서 아웃시키기 위한 선택이었지만, 이 선택은 오히려 악수가 됐다.

"세이프!"

전력 질주를 펼친 코리 스프링어는 송구가 1루수의 글러브에 도착하기 전에 이미 베이스를 통과한 후였다.

그리고 아직 끝이 아니었다.

1루 주자였던 티나 코르도바는 송구가 1루로 향하는 사이, 2루에서 멈추지 않고 3루를 노렸다.

'빨라!'

육중한 체구 때문에 발이 늦다는 이미지가 강했지만, 티나 코르도바는 그렇게 발이 느린 편이 아니었다.

"세이프!"

3루심이 세이프를 선언한 순간, 티나 코르도바가 하얀 이를 드러내며 씩 웃었다.

그런 그가 1루에 안착한 코리 스프링어를 손으로 가리켰다.

그 손짓을 확인한 코리 스프링어가 주먹을 쥐고 가슴을 팡팡 때리더니 이내 더그아웃 쪽으로 고개를 돌렸다.

코리 스프링어의 시선은 더그아웃에 앉아 있던 태식에게로 향해 있었다.

스윽!

그가 손을 들어 태식을 가리켰다.

"승리투수 요건을 갖추게 만들기 위해서 내가 스퀴즈를 시도했다!"

코리 스프링어의 손짓과 환한 웃음에 담긴 의미였다.

'작전 지시가… 있었던 건가?'

한참 동안 그라운드에서 시선을 떼지 못했던 태식이 고개를 돌렸다.

감독석에서 벌떡 일어나 있는 팀 셔우드 역시 당황한 기색이 역력했다.

'작전이 아니었군!'

굳이 찾아가서 질문할 필요도 없었다.

당혹스러워하는 팀 셔우드 감독의 표정을 통해 작전 지시가 없었다는 것을 충분히 알아챌 수 있었다.

'왜?'

거기까지 확인한 태식이 의문을 품었다.

코리 스프링어가 추가점을 올리기 위해서 스퀴즈까지 감행한 이유가 궁금했다.

그리고 의문은 금세 풀렸다.

'확률을 높이기 위해서야!'

코리 스프링어는 자신이 4번 타순에 들어서게 된 이유에 대해 팀 셔우드 감독에 대해 물었던 적이 있었다. 그리고 당시 팀 셔우드 감독은 태식이 건넸던 조언을 받아들였다고 대답했었다.

그에 대해 마음의 빚을 안고 있었던 코리 스프링어는 오늘 경기에 선발투수로 출전해서 호투한 태식을 승리투수로 만들어주고 싶어 했다.

그 확률을 조금이라도 높이기 위해서 코리 스프링어는 스퀴즈를 감행했던 것이다.

'고맙네!'

코리 스프링어 덕분에 태식은 승리투수 요건을 갖추게 된 셈이었다.

그때였다.

팀 셔우드 감독이 다시 움직였다.

계속 이어지고 있는 1사 1, 3루의 찬스에서 추가 득점을 올리기 위해서 3루 주자인 티나 코르도바를 대주자 루이스 벨트란으로 교체했다.

그런 팀 셔우드 감독의 작전은 통했다.

슈아악!

딱!

투 볼 투 스트라이크 상황에서 5번 타자 하비에를 게레로는 크랙 킴브랠이 던진 바깥쪽 직구를 받아 쳤다.

타이밍이 밀린 타구는 멀리 뻗지 못했다.

우익수가 원래 위치에서 두 걸음 정도 전진하면서 타구를 잡아낸 순간, 대주자 루이스 벨트란이 과감하게 태그업을 시도했다.

'무리가 아닐까?'

태식이 우려했지만, 루이스 벨트란의 빠른 발이 이번에도 빛을 발했다.

"세이프!"

주심이 세이프 선언을 한 순간, 태식이 바싹 마른 입술을 축였다.

3 : 1.

잇따른 득점 덕분에 태식의 승리는 더욱 가까워져 있었다.

그렇지만 그보다 더 기쁜 것이 있었다.

"샌디에이고 파드리스가… 확실히 강해졌다!"

태식의 입가로 환한 미소가 떠올랐다.

16승 5패.

인터 리그에서 샌디에이고 파드리스가 거둔 성적이었다.

6승 15패.

지난 시즌 샌디에이고 파드리스가 인터 리그에서 거두었던 성적과는 거의 정반대라고 할 정도로 확 달라진 성적이었다.

샌디에이고 파드리스가 지난 시즌과 이번 시즌에 인터 리그에서 극명하게 달라진 모습을 보일 수 있었던 가장 큰 요인.

역시 태식의 가세였다.

선발투수로 등판했을 때, 태식은 팀이 승리할 수 있도록 안정적인 모습을 마운드에서 선보였다.

또, 선발투수로 마운드에 서지 않을 때는 지명타자로 출전했다. 그리고 3번 타순에 포진했던 태식이 티나 코르도바, 코리 스프링어와 함께 이룬 클린업트리오의 파괴력은 다른 팀들을 거의 압도하다시피 했다.

물론 이게 다가 아니었다.

인터 리그를 치르는 과정에서 샌디에이고 파드리스에게는 두 가지 변화가 있었다.

첫 번째 변화는 샌디 바에즈가 가세한 것이었다.

마이크 프록터 단장이 추진했던 샌디 바에즈의 트레이드 영입.

분명히 장기적인 관점에서 본다면 비난을 받을 가능성이 농후했다.

그렇지만 단기적인 관점에서는 샌디에이고 파드리스의 전력에 커다란 플러스 요인이 되는 것이 사실이었다.

샌디 바에즈는 트레이드를 통해 샌디에이고 파드리스로 이적한 후, 두 차례의 선발 등판에서 1승을 거두었다.

두 차례 선발 등판에서 모두 퀄리티 스타트 이상을 해줬고, 덕분에 샌디에이고 파드리스의 선발진의 깊이는 더해졌다.

또 하나의 변화는 조직력이었다.

팀 컬러가 좀 더 끈끈해졌다고 표현하면 될까.

예전에는 찬스가 만들어져도 살리지 못하는 경우가 잦았다.

그렇지만 지금은 달라졌다.

득점을 만들어내야 하는 상황에서 기어이 득점을 만들어냈다.

이런 변화와 함께 샌디에이고 파드리스는 내셔널 리그 서부 지구 2위인 샌프란시스코 자이언츠와의 격차를 한 게임으로 좁혔다.

2위 탈환이 눈앞으로 다가온 것이었다.

그리고.

지구 2위 자리가 걸린 샌디에이고 파드리스와 샌프란시스코 자이언츠의 3연전이 하루 앞으로 다가왔다.

6. 노후 대비

"처음 뵙겠습니다."

태식이 인사를 건넨 후, 유인수를 바라보았다.

송나영의 직장 상사인 유인수를 직접 만난 것.

이번이 처음이었다.

그렇지만 워낙 이야기를 많이 들었기 때문일까.

유인수를 처음 만나는 것임에도 불구하고, 전혀 낯설다는 느낌이 들지 않았다.

"이렇게 만나게 되어서 영광입니다."

유인수가 앞으로 손을 내밀며 입을 뗐다.

태식이 그 손을 맞잡을 때, 송나영이 참지 못하고 끼어들었다.

"왜 이래요?"

"뭐가?"

"영광이라는 표현까지 쓰고. 평소 캡이랑 너무 다르잖아요.

"영광이니까 영광이라고 한 거지."

"……?"

"이쪽은 세계 최고의 무대인 메이저리그를 호령하고 있는 최고의 스타플레이어 김태식 선수. 그리고 나는 스포츠 전문 기자. 그러니 이렇게 만나게 된 것이 당연히 영광이지."

"그런… 가요?"

"너무 익숙해져서 그래."

"네?"

"자주 만나다 보니까 김태식 선수의 위상이 얼마나 대단한지 송 기자는 모르지? 예전에 KBO 리그에서 뛰던 김태식 선수가 아니다."

두 사람의 대화를 듣던 태식이 손사래를 쳤다.

"아직 그 정도는 아닙니다."

"아니요. 그 정도가 맞습니다."

"……?"

"김태식 선수가 아직 제대로 인기를 실감하지 못할 뿐, 지금 김태식 선수의 인기와 영향력은 대단합니다."

태식이 머리를 긁적였다.

막연하게나마 자신의 유명세를 짐작은 하고 있었다. 그렇지만 유인수의 말처럼 아직 제대로 실감을 하지는 못하고 있었다.

'시즌이 끝나고 한국에 들어가면 실감이 나려나?'

태식이 희미한 웃음을 머금었을 때였다.

"제가 송 기자에게 부탁해서 김태식 선수를 만나기를 청했던 건 하나 궁금한 것이 있어서입니다."

"무엇 때문입니까?"

"트레이드를 통해서 샌디 바에즈를 영입한 이유가 궁금합니다."

유인수가 불쑥 질문을 던졌다.

그 질문을 들은 태식이 당황한 기색을 드러냈다.

전혀 예상치 못했던 질문인 것이 첫 번째 이유.

대답하기 곤란한 질문인 것이 두 번째 이유였다.

"그건……."

"대답하기 곤란하신 겁니까?"

"그게 아니라… 제가 결정한 부분이 아니라서요."

"……?"

"샌디 바에즈 선수를 트레이드로 영입한 것은 마이크 프록터 단장이 내렸던 결정이었습니다."

태식의 대답이 끝나기 무섭게 송나영이 한심하다는 시선을 던졌다.

"설마 그것도 모르셨어요?"

"나도 단장이 트레이드를 결정한다는 것쯤은 알고 있거든."

"그런데 왜 그런 질문을 던졌어요?"

"진짜 듣고 싶은 대답은 따로 있기 때문이야."

'진짜 듣고 싶은 대답?'

태식이 의아한 시선을 던질 때, 유인수가 다시 질문했다.

"제가 진짜 알고 싶었던 것은 김태식 선수의 의중이 이번 트레이드에 영향을 미쳤는가 여부입니다."

"그건 왜 물으시는 겁니까?"
"김태식 선수의 팀 내 입지를 정확히 알고 싶어서입니다."
"저의 팀 내 입지요?"
"네. 김태식 선수의 대답 여하에 따라서 제 남은 인생이 바뀔 수도 있거든요."
유인수가 꺼내는 이야기.
좀처럼 알아듣기 어려웠다.
그리고 이해가 어려운 것은 태식만이 아니었다.
송나영도 전혀 알아들은 기색이 아니었다.
"김태식 선수의 팀 내 입지와 캡의 남은 인생행로가 대체 무슨 연관이 있는데요?"
"있어. 그것도 아주 밀접한 연관이 있어."
"그러니까 왜요?"
"투자를 하려고 하거든."
"투자… 요?"
"그것도 인생을 건 투자!"
"대체 무슨 소리예요?"
송나영이 참지 못하고 짜증을 냈지만, 유인수는 대답하지 않았다.
대신 태식을 향해 다시 질문을 던졌다.
"샌디 바에즈의 영입. 샌디에이고 파드리스가 올 시즌 월드 시리즈 우승을 노리고 있기 때문입니까?"
"그건… 맞습니다."
"가능성은요?"

“네?”

“김태식 선수가 판단하는 샌디에이고 파드리스의 월드 시리즈 우승 가능성은 얼마나 됩니까?”

“저는 삼 할 정도라고 생각합니다.”

“샌디 바에즈가 트레이드를 통해 팀에 새로이 가세하지 않았습니까? 그러니 확률이 더 올라가지 않았습니까?”

“그 부분까지 반영된 확률입니다.”

월드 시리즈 우승.

결코 쉬운 일이 아니었다.

여러 구단들이 오프 시즌 동안 막대한 투자를 했음에도 불구하고, 월드 시리즈 우승에 번번히 실패하는 것이 그만큼 어려운 일이라는 증거였다.

막강한 전력은 기본.

거기에 운까지 따라줘야지만 월드 시리즈 우승을 차지할 수 있었다.

“삼 할이라.”

유인수가 눈을 감은 채 삼 할이란 말을 되뇌었다.

“삼 할 정도면 한번 도전해 볼 만하네요.”

잠시 뒤, 유인수가 입을 뗐다.

그 이야기를 들은 송나영이 다시 물었다.

“대체 뭘 하려는 건데요?”

유인수가 대답했다.

“지분을 매입하려고 해.”

"무슨 지분요?"
"샌디에이고 파드리스의 지분."
"누가요? 캡이?"
"응."
"왜요?"
"송 기자, 사오정이니 오륙도니 하는 말 못 들어봤어?"
"사오정은 만화에 등장하는 귀머거리 캐릭터잖아요. 그리고 오륙도는 어느 섬 이름인가요? 서해안 쪽? 아니면, 남해안 쪽?"
송나영이 눈을 깜박이며 대답한 순간, 유인수가 한심하기 짝이 없다는 시선을 던졌다.
"무슨 기자가 이렇게 무식해?"
"동해안에 있는 섬인가 보죠?"
"됐다. 됐어."
고개를 절레절레 흔들던 유인수가 태식을 바라보았다.
"김태식 선수는 혹시 들어본 적 있습니까?"
"네, 들어본 적 있습니다. 이태백, 삼팔선, 사오정, 오륙도라는 표현 중에 등장하는 것이 맞습니까?"
"잘 알고 계시네요."
송나영에게 무식하다고 쏘아붙이던 아까와 달리 유인수가 흡족한 표정을 지었다.
그때, 송나영이 끼어들었다.
"이태백은 나도 알거든요. 이십 대의 태반은 백수라는 뜻의 은어잖아요."

"역시 이십 대는 다르네."
"네?"
"딱 거기까지만 알잖아."
"……."
"아까 내가 말했던 사오정은 사십오 세가 되면 정년퇴직을 해야 한다는 뜻이고, 오륙도는 남해안이나 서해안에 둥둥 떠 있는 섬이 아니라 오십육 세까지 회사에 남아 있으면 도둑이란 뜻이야."
"아!"
그제야 알아들은 송나영이 무릎을 탁 친 순간, 유인수가 의외라는 시선을 던졌다.
"그런데 김태식 선수는 어떻게 아셨습니까?"
"예전에 은퇴 직전까지 갔었으니까요."
"……?"
"그리고 삼십 대 후반이니까요."
태식이 쓰게 웃으며 대답했다.
농담을 한 것이 아니었다.
기적이 일어나기 전, 태식은 은퇴를 종용당했었다.
그래서 은퇴 후에 무슨 일을 해야 할까에 대해서 당연히 고민했고, 그 과정에서 이런 표현들을 알게 됐던 것이다.
"그런데 사오정과 오륙도라는 은어와 캡이 무슨 상관이 있어요?"
"여기 있다 보니까 자꾸 잊어버리는가 본데 나도 엄연한 직장인이다. 그리고 나도 내년이면 나이가 오십이 넘어."

"헐!"

"왜? 안 믿길 정도로 내가 너무 동안이야?"

"그게 아니라……."

"그럼 뭐야?"

"반대거든요."

"뭐라고?"

상사와 부하 직원.

유인수와 송나영의 관계였다.

그렇지만 두 사람의 모습에서 상하 관계라는 느낌은 들지 않았다.

적당한 선을 지키는 가운데서 티격태격하는 모습이 무척 좋게 느껴졌다.

'좋은 상사!'

태식이 유인수에게 내린 평가였다.

속된 말로 꼰대와는 거리가 멀었다.

"어쨌든 그게 중요한 게 아니지. 내가 이런 질문을 한 이유는 노후 준비 때문이야."

"노후 준비요?"

"곧 회사에서 밀려나게 될 테니 나도 슬슬 노후에 대한 대비책을 세워야지. 그런데 모아둔 돈이 별로 없어. 그래서 고수익을 올릴 수 있는 투자처가 필요해."

"그게… 지분 매입이다?"

"맞아."

"투자가 아니라 투기 아니에요?"

"원래 성공엔 위험이 따르는 법이지."

"너무 위험한 것 같은데?"

"그래서 내부 정보를 이용하려는 거야."

"김태식 선수를 통해서요?"

"빙고."

당당하게 대꾸한 유인수가 다시 태식을 바라보았다.

"만약 샌디에이고 파드리스가 올 시즌에 월드 시리즈 우승을 차지한다면 구단의 가치는 폭등할 겁니다. 거기에 김태식 선수가 샌디에이고 파드리스에 잔류를 선택하면서 꾸준히 좋은 성적을 거둔다면, 구단의 가치는 점점 상승하겠죠. 그리고 그때는 샌디에이고 파드리스 구단이 상장을 할 수도 있고요."

"상장요?"

"스포츠 구단이 주식시장에 상장되는 것. 더 이상 낯설거나 놀랄 일이 아닙니다. 메이저리그에서는 이미 클리블랜드 인디언스 팀이 상장됐고, 영국의 축구 클럽인 맨체스터 유나이티드도 상장이 됐으니까요. 저는 스포츠도 앞으로 점점 산업화가 될 것이라고 판단하고 있습니다. 따라서 주식 시장에 상장되는 구단들이 점점 더 늘어나겠죠. 그리고 만약 샌디에이고 파드리스가 상장이 된다면… 지분을 매입했던 저는 조물주보다 높다는 건물주가 될 수도 있습니다."

유인수가 열변을 토했다.

"그래도 겨우 삼 할의 확률에 남은 인생을 거는 것은 너무 위험하지 않나요? 뭔가 불안하다."

송나영이 우려 섞인 시선을 던졌다.

그렇지만 이미 결심을 굳혔기 때문일까?
유인수는 전혀 흔들리지 않았다.
"김태식 선수!"
"네."
"제 남은 노후를 김태식 선수에게 걸겠습니다. 그러니 꼭 월드시리즈 우승을 하셔야 합니다."
태식이 그런 그를 말리려다가 그만두었다.
지금은 무슨 말을 한다 한들 들리지 않을 것이라는 판단이 들어서였다.
'지분 투자?'
대신 태식이 두 눈을 가늘게 좁힌 채 생각에 잠겼다.

*　　　*　　　*

샌디에이고 파드리스 VS 샌프란시스코 자이언츠.
한 경기 차로 지구 3위와 2위를 달리고 있는 양 팀의 3연전 첫 경기.
샌디에이고 파드리스는 팀의 2선발 역할을 맡고 있는 샌디 바에즈가 선발투수로 나섰다.
반면 샌프란시스코 자이언츠는 3선발인 제이슨 사마자가 선발투수로 출격했다.
"확실히 큰 도움이 되네."
태식이 호투하고 있는 샌디 바에즈를 바라보며 혼잣말을 꺼냈다.

마운드 위에 서 있는 샌디 바에즈에게서 압도적이라는 느낌은 분명히 찾기 힘들었다.

실제로 여러 차례 루상에 주자를 내보내며 실점 위기를 맞았다.

그렇지만 샌디 바에즈는 노련함을 바탕으로 빼어난 위기관리 능력을 선보였다.

5과 2/3이닝 1실점.

샌디 바에즈는 샌디에이고 파드리스로 이적한 후, 세 번째 선발 등판에서도 퀄리티 스타트를 앞두고 있었다.

6회 초 2사 주자 1, 2루 상황에서 샌디 바에즈가 상대한 것은 샌프란시스코 자이언츠의 5번 타자 그레고리 파커였다.

투 볼 투 스트라이크 상황에서 샌디 바에즈가 오늘 경기 100구째 공을 던졌다.

슈악!

샌디 바에즈의 손을 떠난 공이 한가운데로 들어갔다.

그렇지만 그레고리 파커는 배트를 내밀지 못했다.

'타이밍을 뺏었어!'

샌디 바에즈가 선택한 결정구는 슬로 커브.

그레고리 파커를 상대로 계속 직구 승부를 펼치다가 구속이 30㎞ 이상 차이가 나는 슬로 커브를 기습적으로 구사해서 타이밍을 뺏는 데 성공한 것이었다.

"스트라이크아웃!"

그레고리 파커를 루킹 삼진으로 돌려세우며 퀄리티 스타트 이상을 완성하는 데 성공한 샌디 바에즈가 더그아웃으로 걸어 돌아왔다.

그렇지만 샌디 바에즈의 표정은 그리 밝지 않았다. 그리고 샌디에이고 파드리스 홈 팬들의 함성도 크지 않았다.

"환영받지 못하고 있어!"

시즌 중 이뤄진 트레이드를 통해 샌디 바에즈는 디트로이트 타이거스에서 샌디에이고 파드리스로 적을 옮겼다.

그 후, 세 차례 선발 등판을 했고, 모두 퀄리티 스타트 이상의 투구를 하는 준수한 활약을 펼쳤다.

그럼에도 불구하고 샌디 바에즈는 아직까지 홈 팬들의 환영을 받지 못하고 있었다. 그리고 태식은 그 이유를 짐작할 수 있었다.

손해!

노장인 샌디 바에즈를 영입하기 위해서 마이크 팀린을 비롯한 유망주들을 디트로이트 타이거스에 넘겨주었던 것을 샌디에이고 홈 팬들은 손해라고 판단하고 있었다.

그로 인해 불만이 생겼기에 샌디 바에즈에게 고운 시선을 보내주지 않는 것이었다.

그리고.

엄밀히 말하면 샌디 바에즈는 억울한 피해자였다.

이번 트레이드가 그의 의사와는 무관하게 진행됐기 때문이다.

어디까지나 양 팀 단장들의 합의에 의해서 이루어진 것이었다.

트레이드에 있어서는 전문가(?)나 다름없기에 태식은 지금 샌디 바에즈가 겪고 있을 마음고생이 능히 짐작이 갔다.

'내가 도움을 줘야 해!'

비슷한 경험이 많기 때문일까.

태식은 샌디 바에즈를 돕고 싶었다. 그리고 태식은 샌디 바에즈를 도울 수 있는 방법에 대해 알고 있었다.

'결국 성적이야!'

팬들의 비난을 환호로 바꿀 수 있는 가장 좋은 방법.

결국 성적이었다.

트레이드로 이적한 후, 뛰어난 활약을 펼치다 보면 팬들의 마음도 돌아설 것이 분명했다. 그리고 그 시기는 빠를수록 좋았다.

월드 시리즈 우승을 노리고 있는 샌디에이고 파드리스의 입장에서는 샌디 바에즈가 최대한 빠른 속도로 팀에 녹아드는 것이 필요했으니까.

비슷한 생각을 한 걸까.

6회 말, 샌디에이고 파드리스의 공격은 9번 타자인 샌디 바에즈부터 시작이었다.

그렇지만 팀 셔우드 감독은 대타자를 기용하는 선택을 내렸다. 그리고 팀 셔우드 감독이 선택한 대타자는 태식이었다.

와아!

와아아!

홈 팬들의 열렬한 환호 속에 태식이 타석을 향해 걸어갔다.

7. 돌발 변수

1 : 1.

승부는 균형을 이루고 있었다.

샌프란시스코 자이언츠의 선발투수인 제이슨 사마자가 5이닝 1실점으로 호투를 펼친 덕분이었다.

'여기서 균형을 무너뜨린다.'

제이슨 사마자의 컨디션이 좋다고 판단해서일까.

샌프란시스코 자이언츠의 사령탑인 브루스 보우치 감독은 아직 불펜 투수들을 준비시키지 않고 있었다.

그 사실을 간파한 태식이 두 눈을 빛냈다.

'장타를 노리자!'

인터 리그 기간 동안 줄곧 지명타자로 출전했던 태식의 타율은 3할 중반대.

결코 나쁜 편이 아니었다.

게다가 볼넷을 얻어내는 비율이 늘었다.

덕분에 출루율이 일취월장했다.

그리고 출루율이 상승한 이유는 태식이 코리 스프링어와 티나 스프링어 앞에 최대한 많은 찬스를 만들어내는 데 주력했기 때문이다.

그렇지만 샌디에이고 파드리스의 팬들은 태식의 이런 활약에도 불구하고 아쉬움을 드러냈다.

해결사 역할을 하는 빈도가 줄어들면서 강렬한 인상을 남기는 빈도 역시 줄었기 때문이다.

'이번에는 달라!'

태식이 배트를 고쳐 쥔 순간, 제이슨 사마자가 초구를 던졌다.

슈아악!

'몸 쪽 직구!'

구속에 자신이 있어서일까.

제이슨 사마자는 초구로 몸 쪽 직구를 선택했다. 그리고 태식은 이미 몸 쪽 직구에 노림수를 갖고 타석에 들어선 상태였다.

따악!

태식이 망설이지 않고 힘껏 배트를 휘둘렀다.

'넘어갔다!'

손바닥에 전해지는 울림이 묵직했다.

굳이 타구의 궤적을 눈으로 확인할 필요도 없었다.

와아!

와아아!

홈 팬들이 내지르는 환호성을 통해서 충분히 홈런임을 알아챌 수 있었다.

천천히 그라운드를 돌아서 더그아웃으로 돌아온 태식이 샌디 바에즈의 앞으로 다가갔다.

"선물이다."

"……?"

"우리 팀의 일원이 된 것을 환영하는 선물!"

올 시즌 샌디 바에즈가 거둔 승수는 9승.

만약 오늘 경기에서 승리투수가 된다면 두 자릿수 승수를 기록하게 되는 것이었다.

그리고 샌디 바에즈에게 있어서 두 자릿수 승수를 올리는 것.

개인적으로 무척 큰 의미가 있었다.

어깨 수술과 재활을 마치고 돌아온 후, 처음으로 두 자릿수 승수를 거두는 것이기 때문이었다.

태식이 던졌던 말에 담긴 의미를 알아챘을까.

샌디 바에즈의 입가로 희미한 미소가 떠올랐다.

"고맙다! 그런데 아직 너무 이른 게 아닌가?"

"……?"

"방금 터진 홈런 덕분에 리드를 잡으며 승리투수 요건을 갖추긴 했지만, 아직 6회에 불과하다. 겨우 1점차의 리드일 뿐인데 벌써 오늘 경기의 승리투수가 됐다고 속단하긴 이른 것 아닌가?"

샌디 바에즈가 던진 질문을 들은 태식이 대답했다.

"달라!"

"뭐가 다르다는 거지?"

"디트로이트 타이거스와 샌디에이고 파드리스는 다르다는 뜻이야."

"……?"

"두고 보면 곧 알게 될 거야."

태식이 씩 웃으며 덧붙였다.

"볼넷!"

쓰리 볼 원 스트라이크에서 제이슨 사마자가 던진 슬라이더는 너무 낮았다.

에릭 아이바가 볼넷을 얻어낸 순간, 제이슨 사마자가 미간을 찌푸린 채 고개를 갸웃했다.

'제구가 안 돼!'

그 표정을 살피고 있던 태식이 작게 고개를 끄덕였다.

호투하던 제이슨 사마자의 제구가 갑자기 흔들리는 이유.

방금 전 태식에게 역전 솔로 홈런을 허용했기 때문이다.

물론 태식은 오늘 경기에 선발투수로 출전했던 것이 아니었다.

대타자로 경기에 출전했었다.

그렇지만 태식의 본업은 어디까지나 투수.

제이슨 사마자는 투수인 태식에게 홈런을 허용했기 때문에 더욱 심적 충격이 큰 것이다.

그리고.

태식이 노린 것이 바로 이것이었다.

홈런에 이어 볼넷까지.

5회까지 호투를 펼쳤던 제이슨 사마자는 6회 말에 접어들자마자 급격하게 흔들리기 시작했다.

그로 인해 샌프란시스코 자이언츠의 벤치도 분주해졌다.

그러나 불펜에서 준비하고 있었던 투수가 없었던 상황.

투수 교체를 하기 위해서는 시간이 더 필요했다.

슈아악!

따악!

샌디에이고 파드리스의 타선은 그때까지 기다려주지 않았다.

무사 1루 상황에서 2번 타자 호세 론돈이 1, 2루 간을 꿰뚫는 우전 안타를 만들어내며 무사 1, 3루로 상황이 바뀌었다.

3번 타자 티나 코르도바는 타점 찬스를 놓치지 않았다.

슈악!

딱!

좌중간으로 향하는 큼지막한 외야플라이를 때려내 3루 주자를 홈으로 불러들이는 데 성공했다.

3 : 1.

점수 차가 2점으로 벌어지자, 샌프란시스코 자이언츠의 브루스 보우치 감독이 마운드로 올라왔다.

그는 제이슨 사마자를 내리고, 불펜 투수인 라이언 보거츠를 마운드에 올렸다.

"아직… 포기하긴 어렵겠지!"

지구 2위를 두고 치열한 순위 다툼을 펼치는 샌디에이고 파드리스와의 맞대결.

비록 2점차로 뒤지고 있긴 했지만, 아직 경기 중반이었다.

벌써 경기를 포기하기에는 너무 일렀다.

해서 브루스 보우치 감독은 필승조에 속해 있는 라이언 보거츠를 점수가 뒤지고 있는 상황에서 투입하는 강수를 둔 것이었다.

"악수(惡手)가 될 확률이 높아!"

그렇지만 태식은 브루스 보우치 감독의 투수 운용이 실패로 돌아갈 확률이 높다고 판단했다.

그 이유는 투수 교체를 너무 서둘렀기 때문이다.

"몸을 충분히 풀지 못했어!"

여기서 점수 차가 더 벌어지면 어렵다.

브루스 보우치 감독은 이런 조급함을 떨치는 데 실패했다.

그로 인해 몸을 충분히 풀지 못한 상태의 라이언 보거츠를 너무 일찍 마운드에 올렸다. 그리고 본인의 선택에 대한 대가를 톡톡히 치렀다.

슈악!

라이언 보거츠가 마운드에 올라온 후 던진 첫 번째 공.

슬라이더였다.

그러나 충분히 몸을 풀지 못했기 때문일까.

슬라이더의 제구는 뜻대로 되지 않으며 가운데로 몰렸다.

또, 각이 예리하지 못하고 밋밋했다.

따악!

샌디에이고 파드리스의 4번 타자인 코리 스프링어는 실투를 놓치지 않았다.

—바뀐 투수의 초구를 노려라.

야구계의 격언대로 라이언 보거츠의 초구를 노리고 타석에 들어섰던 코리 스프링어는 풀스윙을 가져갔다.

5 : 1

와아!

와아아!

넉 점차로 격차를 벌리는 코리 스프링어의 투런 홈런이 터지자, 팻코 파크를 가득 메운 샌디에이고 파드리스 홈 팬들의 환호성이 터져 나왔다.

'이겼다!'

코리 스프링어의 투런 홈런이 결정적이었다.

이것으로 오늘 경기의 승부가 갈렸다고 판단한 태식이 고개를 돌렸다.

"이제 다르다는 것을 알겠지?"

태식의 질문을 받은 샌디 바에즈가 대답했다.

"확실히 다르긴 하군."

8연승.

인터 리그부터 시작된 샌디에이고 파드리스의 상승세는 무척 가팔랐다.

샌프란시스코 자이언츠에게 스윕을 거둔 덕분에 지구 2위로 뛰어올랐고, 콜로라도 로키스에게도 스윕을 거두면서 지구 2위 자리를 확고히 했다.

10연승을 향해 달려가는 중요한 길목에서 만난 상대는 애리조나 다이아몬드백스.

연승 행진을 이어나가기 위해서 샌디에이고 파드리스의 선발 투수로 태식이 출전했다.

김태식 VS 잭 그랭키.

두 투수의 올 시즌 맞대결은 두 번째였다.

그렇지만 올 시즌 초반의 첫 대결 때와는 느낌이 달랐다.

첫 맞대결 당시 김태식은 메이저리그에 갓 데뷔한 신인이었다.

반면 잭 그랭키는 이미 메이저리그에서 검증이 끝난 특급 투수 중 한 명이었다.

하지만 두 번째 대결을 앞둔 지금은 상황이 또 달라져 있었다.

올 시즌 이미 14승을 거둔 김태식 역시 에이스급 투수로 위상이 올라가 있었기 때문이다.

'팽팽한 투수전!'

팀 셔우드가 경기를 앞두고 가졌던 예상이었다.

그러나 예상은 크게 빗나갔다.

경기는 투수전이 아니라 활발한 타격전 양상으로 흘렀다.

5 : 4.

5회 초가 끝났을 때의 스코어였다.

잭 그랭키는 물론이고, 김태식도 마운드에서 부진한 모습을 보였다.

'체력에… 문제가 생겼나?'

5회 말에도 마운드에 올라가 있는 김태식을 지켜보던 팀 셔우드가 우려 섞인 시선을 던졌다.

'최다 실점 경기.'

김태식은 오늘 경기에서 메이저리그 진출 후 최다 실점을 했다.

물론 아무리 대단한 선발투수라도 한 시즌에 출전하는 모든 경기에서 좋은 모습을 보이는 것은 불가능했다.

현존 최고 투수로 손꼽히는 LA 다저스의 클라이튼 커쇼도 한 시즌을 치르는 과정에서 와르르 무너지는 경기가 있었다.

'일시적인 부진?'

그런 만큼 이렇게 가볍게 여기고 넘길 수도 있었다.

하지만 팀 셔우드는 굳어진 표정을 풀지 않았다.

"지난 경기에서도… 부진했어!"

콜로라도 로키스를 상대로 선발투수로 출전했던 김태식이 남긴 성적.

6이닝 3실점이었다.

퀄리티 스타트를 했지만, 선발투수로 출전했던 것이 김태식이었기에 팀 셔우드는 만족하지 못했다.

게다가 투구 내용도 깔끔하지 않았다.

매 이닝 주자를 루상에 내보내면서 위기를 자초했다.

빼어난 위기관리 능력을 선보인 덕분에 최소 실점으로 막아내는 데 성공했지만, 지금까지 김태식이 마운드에서 보여주었던 모습과는 분명히 거리가 있었다.

그런데 오늘은 지난 경기에 비해 더욱 좋지 않았다.

슈악!

따악!

5회 말에 마운드에 오른 김태식은 여전히 난조를 드러냈다.

첫 타자인 앤드류 폴락에게 볼넷을 허용한 후, 애리조나 다이아몬드백스의 4번 타자인 폴 골드슈미트를 넘지 못했다.

폴 골드슈미트가 때린 타구는 좌중간을 반으로 가르며 펜스까지 굴러갔다.

중계 플레이는 깔끔했지만, 1루 주자였던 앤드류 폴락이 홈으로 들어오는 것을 막기에는 역부족이었다.

5 : 5.

폴 골드슈미트의 1타점 2루타가 터지면서 경기는 다시 동점이 됐다.

'어렵다!'

동점을 허용한 순간, 팀 셔우드 감독이 자리에서 일어났다.

'어떻게든 승리투수 요건을 갖추게 만들고 싶었는데!'

팀 셔우드 감독이 바라던 바였다.

그래서 최대한 투수 교체를 미루며 버텼는데.

동점이 된 이상, 더 미룰 수가 없었다.

저벅저벅.

마운드를 향해 걸어 올라가던 팀 셔우드가 미간을 찌푸렸다.

김태식의 부진.

단지 마운드에서만이 아니었다.

최근 들어 타석에서도 부진한 모습을 드러내고 있었다.

'역시… 체력적으로 한계인가?'

김태식의 나이는 삼십 대 후반.

풀 시즌을 뛰는 것은 분명히 체력적으로 부담이 있을 터였다.

게다가 김태식은 투수로만 경기에 나서지 않았다.

대타자로도 경기에 나섰고, 인터 리그에서는 지명타자로도 경기에 출전했다.

'여태까지 버틴 게 다행인 건가?'

팀 셔우드가 한숨을 내쉬었다.

샌디 바에즈의 가세, 그리고 젊은 야수들의 타격감이 상승하면서 샌디에이고 파드리스는 연승 행진을 이어가고 있었다.

'이대로라면 지구 우승도 불가능이 아니다.'

이런 기대를 내심 갖고 있었는데.

김태식의 부진이라는 예상치 못했던 돌발 변수가 출몰한 셈이었다.

'아냐!'

잠시 뒤, 팀 셔우드가 고개를 흔들었다.

예상치 못 했던 변수가 아니었다.

김태식의 체력 저하.

어쩌면 정규 시즌이 후반부에 접어들면 드러날 수도 있다고 예상했고, 또 우려했던 부분이었다.

다만 지금껏 애써 모른 척 외면하고 있었을 뿐이었다.

'이제… 어쩌지?'

머릿속이 복잡했다.

경기 내내 고민해 보았지만, 어떤 답을 찾아내는 데 실패했다.

그 이유는 답이 있는 문제가 아니었기 때문이다.

팀의 핵심.

샌디에이고 파드리스가 올 시즌 여기까지 올 수 있었던 데는 김태식의 역할이 컸다.

아니, 겨우 컸다는 표현으로는 부족했다.

거의 혼자서 멱살을 잡고서 끌고 왔다고 해도 과언이 아닐 정도로 김태식은 팀 내에서 중추적인 역할을 했다.

그런데 팀의 핵심이 빠진다면?

샌디에이고 파드리스는 다시 부진의 늪에 빠질 가능성이 높았다.

그사이 팀 셔우드가 마운드 위에 도착했다.

스윽.

자신의 투구가 마음에 들지 않아서일까.

김태식의 표정은 딱딱하게 굳어져 있었다.

또, 팀 셔우드가 먼저 손을 내밀기 전에 공을 건넸다.

"고생했다!"

팀 셔우드가 그 공을 받아들자, 김태식이 아무런 말도 없이 곁을 지나쳐 더그아웃으로 향해 걸어갔다.

그 순간, 팀 셔우드가 두 눈을 치켜떴다.

'아닌가?'

김태식의 단단하고 너른 등을 바라보던 팀 셔우드의 두 눈에 의아한 기색이 떠올랐다.

* * *

최종스코어 8 : 7.

샌디에이고 파드리스는 애리조나 다이아몬드 백스와의 3연전 첫 경기에서 말 그대로 신승을 거두었다.

케네디 스코어.

8 : 7의 스코어는 야구 경기에서 가장 재미있는 경기 내용을 보여준다고 알려진 스코어였다.

실제로 양 팀의 화끈한 공격 야구가 시종일관 펼쳐진 끝에 티나 코르도바의 끝내기 안타로 승리를 거둔 이날 경기를 지켜본 샌디에이고 파드리스 홈 팬들은 무척 즐거워했다.

게다가 샌디에이고 파드리스는 힘겹게 1승을 추가하면서 연승 행진을 이어나갔다.

9연승.

덕분에 올 시즌이 시작한 후 쭉 내셔널 리그 서부 지구에서 독주하고 있던 LA 다저스와의 격차는 다섯 경기로 좁혀져 있었다.

그러나 마이크 프록터는 환하게 웃지 못했다.

선발투수로 출전했던 김태식의 부진이 마음에 걸렸기 때문이다. 그리고 웃지 못하는 것은 팀 셔우드 감독 역시 마찬가지였다.

심각한 표정으로 아까부터 계속 위스키만 들이켜고 있었다.

“만약 김태식 선수의 부진이 길어진다면, 대책은 있습니까?”

마이크 프록터가 한숨을 내쉬며 질문하자, 팀 셔우드 감독이 반쯤 남은 갈색 위스키를 단숨에 비운 후 대답했다.

“대책 따윈 없습니다.”

그 대답을 들은 마이크 프록터가 눈살을 찌푸렸다.

팀 셔우드 감독은 현장에 문제가 생겼을 때 책임을 지고 어떤 대책을 세워야 하는 감독.

그런데 아무런 대책도 없다는 말을 너무 당당하게 꺼내는 것이 신경에 거슬렸다. 그러나 마이크 프록터는 그런 그를 탓하지 못했다.

'대책 따위가… 있을 리 없지!'

샌디에이고 파드리스 팀에서 김태식이 차지하는 비중은 엄청났다.

그런 김태식이 갑작스레 전력에서 이탈한다면, 어떤 해결책이나 대비책이 존재할 리 만무했다.

"어렵네요."

마이크 프록터가 한숨을 내쉬며 입을 뗐다.

"야구는 참 뜻대로 안 풀리는 것 같습니다."

마이크 프록터가 답답한 심정을 토로한 순간, 팀 셔우드 감독이 답했다.

"그게 야구의 매력이죠."

"매력… 이요?"

"우리네 인생과 비슷하죠."

"야구는 인생의 축소판이다?"

"맞습니다."

팀 셔우드 감독이 꺼낸 이야기가 옳다는 생각이 들었다.

'너무 술술 풀리는 인생에 무슨 재미가 있을까?'

성공한 인생을 산다고 해서 무조건 행복한 것은 아니었다.

마치 롤러코스터처럼 굴곡이 있는 삶을 산 사람의 인생의 행복 지수가 오히려 더 높았다.

결국 가장 중요한 것은 하나.

성공 가도를 달리다가 넘어졌을 때 실패나 위기를 극복하고 다시 일어설 수 있느냐는 점이었다.

"역시… 체력의 문제겠죠?"

서른 후반의 나이, 처음 경험하는 메이저리그라는 낯선 무대, 투타 겸업이라고 불러도 좋을 살인적인 스케줄까지.

정규 시즌 후반기에 접어든 시점이니 김태식이 체력적으로 한계에 다다랐다고 해도 하등 이상할 것이 없었다.

아니, 한계에 다다른 것이 당연했다.

'너무 욕심을 냈어!'

마이크 프록터가 후회하고 있을 때였다.

"아닙니다."

팀 셔우드 감독에게서 대답이 돌아왔다.

'아니라고?'

폭탄이 터진 것처럼 머릿속이 온통 뒤죽박죽이었다.

그래서일까?

아까 어떤 질문을 던졌는지도 잘 기억이 나지 않았다.

'김태식의 체력적인 문제에 관한 질문을 던졌었지!'

간신히 기억을 떠올리는 데 성공한 마이크 프록터가 두 눈을 치켜떴다.

당연히 김태식의 체력적인 부분에 문제가 생겼다고 판단했다. 그런데 팀 셔우드 감독은 김태식이 부진한 이유가 체력적인 문제 때문이 아니라고 했다.

"확실합니까?"

"그렇습니다."

"김태식 선수가 그렇게 말했나요?"

"그건 아닙니다."

"그럼 어떻게 알고 계신 겁니까?"

"숨이 가쁘지 않았습니다."

"네?"

"김태식 선수를 교체하기 위해서 마운드에 올라갔을 때, 투구수는 100개를 넘겼습니다. 당연히 지쳐 있을 거라고 예상했는데 김태식 선수는 전혀 지친 기색이 아니었습니다. 호흡조차 가빠지지 않았을 정도였습니다."

"하지만 그것만으로는……."

"그 사실을 알아챈 이후 단장님을 만나기 위해서 찾아오기 전까지 김태식 선수의 지난 두 경기 투구를 분석해 봤습니다."

팀 셔우드 감독이 아무런 준비도 없이 빈 손으로 찾아온 것이 아니라는 사실을 깨달은 마이크 프록터가 새삼스러운 시선을 던졌다.

"분석 결과는요?"

"구속에는 차이가 없었습니다. 그리고 이안 드레이크에게 직접 확인해 본 결과, 구위도 올 시즌 초반과 비교해서 손색이 없을 정도로 뛰어났습니다. 이게 제가 체력적인 문제가 아니라고 대답했던 이유입니다."

아까는 막연하게 느껴졌다.

그렇지만 구체적인 분석을 곁들인 덕분에 팀 셔우드 감독의 이야기에 대한 믿음이 생기기 시작했다.

"구속도 구위도 올 시즌 초반과 비교해 다르지 않다는 말씀이십니까?"

"맞습니다."

"그런데 왜 갑자기 부진에 빠진 겁니까?"

"제구의 문제였습니다."

"제구요?"

"제구가 뜻대로 되지 않는 것 같습니다. 가운데로 몰리는 실투성 공이 늘어났더군요."

"제구가 흔들리는 이유가 뭘까요?"

"크게 두 가지입니다. 우선 체력이 받쳐주지 않을 때, 제구에 문제가 생깁니다. 그렇지만 이 부분은 이미 아니라고 결론이 났으니, 나머지 하나의 이유 때문일 겁니다."

"그러니까 그 이유가 대체 뭡니까?"

"심리적인 부분이죠."

"심리적인 부분이요?"

"네."

"좀 더 구체적으로 말씀해 주실 수 없습니까?"

"음, 그건 어렵습니다."

"왜입니까?"

"제 직업은 야구 감독이지 정신과 의사가 아니니까요."

팀 셔우드 감독의 말이 맞았다.

그의 직업은 정신과 의사가 아니라, 야구 감독이었다.

김태식의 현재 심리 상태에 대해 구체적이고 정확한 분석을 하는 것을 불가능했다.

'무엇 때문일까?'

마이크 프록터가 생각의 줄기를 바꾸었을 때였다.
“한 가지 짐작이 가는 것은 있습니다.”
팀 서우드 감독이 조심스럽게 입을 뗐다.
“뭡니까?”
마이크 프록터가 질문한 순간, 대답이 돌아왔다.
“향수병!”

* * *

쏴아아.
추적추적 내리던 빗줄기는 제법 굵게 바뀌어 있었다.
커다란 우산을 쓰고 일단 집을 나서기는 했지만, 마땅히 갈 곳을 찾기 어려웠다.
“김밥이… 먹고 싶네!”
비가 와서일까.
뜨끈한 라면 국물을 곁들여 김밥을 먹고 싶었다.
그렇지만 한국에서는 그렇게 흔하던 김밥헤븐은 눈을 씻고 찾아봐도 없었다.
정처 없이 거리를 걷던 태식이 작은 카페의 문을 열고 안으로 들어갔다.
뜨거운 커피를 한 잔 주문한 태식이 구석 자리에 앉았다.
“야구가… 뜻대로 안 되네.”
가능하면 커피를 마시지 않으려고 노력했는데.
날씨 탓인지 술 생각이 났다.

술을 마시는 것보다는 커피를 마치는 편이 낫다는 생각이 들어서 주문했던 커피를 한 모금 마신 태식이 쓴웃음을 머금었다.

"왜일까?"

갑자기 야구가 뜻대로 되지 않는 이유에 대해 고민하던 태식의 표정이 이내 굳어졌다.

더 심각한 문제를 발견했기 때문이다.

"분하지가… 않아!"

경기에서 부진한 모습을 보였을 때는 항상 화가 났다.

밤잠을 이루기 힘들 정도로 분하고 억울하기도 했다.

그런데 이번에는 아니었다.

4과 2/3이닝 5실점.

지난 경기에서 메이저리그 진출 후 최악의 피칭을 펼쳤음에도 불구하고, 딱히 화가 나거나 분한 마음이 들지 않았다.

'욕심이 없어져서야!'

언제부터 이런 현상이 생겼을까를 고민하던 태식이 머잖아 답을 찾아냈다.

"퍼펙트게임을 달성한 후부터였어!"

두자리수 승수를 올리고 퍼펙트게임이란 대기록까지 달성한 후, 태식은 올 시즌에 선수로서 목표를 모두 달성했다고 판단했다.

그래서일까.

어느 순간부터인가 욕심이 사라졌다.

그 후로도 승수를 쌓고, 타석에서 활약을 펼쳤지만 흥이 나질 않았다.

"절박함이… 사라졌기 때문인가?"

어쩌면 이게 진짜 이유일지도 모르겠다는 생각이 퍼뜩 들었다.

"퍼펙트게임이라는 대기록을 달성한 덕분에 투수 김태식의 인지도가 상승했습니다. 이제 김태식 선수는 메이저리그의 수많은 스타들 가운데서도 가장 주목받는 선수로 입지가 바뀌었습니다. 음, 굳이 표현하자면 지역구 스타에서 전국구 스타로 발전한 셈이죠. 덕분에 몸값도 엄청나게 올랐습니다. 아까 김태식 선수가 퍼펙트게임을 달성한 경기에서 던졌던 마지막 공에 최소 천만 달러 이상의 가치가 있었다고 말했던 것. 그냥 해본 말이 아니었습니다."

퍼펙트게임을 달성한 후, 데이비드 오가 상기된 표정으로 꺼냈던 말이었다.

그는 후반기에 전반기에 비해 부진하더라도, 아니, 부상으로 아예 출전을 못하더라도 대박 계약을 체결할 수 있다고 호언장담했다.

메이저리그에 진출한 태식의 첫 시즌 목표.

선발 로테이션에 진입하고, 다음 계약을 체결하는 것이었다.

처음 세웠던 목표를 이미 초과 달성 했다는 것을 깨닫게 된 순간, 자연히 절박함이 사라진 것이었다.

물론 소속 팀인 샌디에이고 파드리스에 월드 시리즈 우승을 안기고 싶다는 목표는 아직 남아 있었다.

그러나 너무 서두를 필요는 없었다.

올 시즌이 아니면, 내년 시즌, 그도 어려우면 내후년 시즌에 월드 시리즈 우승을 차지하더라도 늦지 않았다.

어느 순간 이런 생각이 퍼뜩 들고 난 후, 우승에 대한 열망도 서서히 식었다.

"차라리 올 시즌이 빨리 끝나는 것이 나을 것 같아!"

한국에 돌아가고 싶었다.

한국의 음식이 그리웠고, 한국의 공기가 그리웠다.

또, 혼자 계신 어머니를 만나 함께 시간을 보내고 싶었고, 지수도 좀 더 자주 만나고 싶다는 욕심도 생겼다.

"덕수도 보고 싶네."

태식이 쓰게 웃었다.

심원 패롯스 소속 선수로 뛸 당시에는 용덕수가 곁에 있었다.

당시에는 태식이 용덕수를 끌어준다고 생각했는데.

이제 와 생각해 보니 태식도 힘들 때마다 용덕수에게 많이 기댔었다는 것을 뒤늦게 깨달았다.

"같이 치맥도 한잔하고 말이야."

용덕수와의 기억이 떠올라서일까.

마치 당연하다는 듯이 며칠 전에 걸려왔던 용덕수의 전화가 떠올랐다.

"이 시간에 무슨 일이야?"

용덕수에게서 전화가 걸려온 것은 한밤중이었다.

용덕수도 한국과 미국의 시차에 대해서는 잘 알고 있었다.

그래서 이 시간에는 전화를 걸었던 적은 한 번도 없었다.

'혹시 무슨 급한 일이 생긴 건가?'

태식이 내심 걱정했을 때였다.

—너무 늦었죠?

"그래. 좀 늦었네."

—주무시고 계셨어요?

"아직. 막 자려고 했었어."

—죄송합니다. 그런데 형도 이건 꼭 아셔야 할 것 같아서요.

"무슨 일인데?"

—지수 씨랑 관련된 일이에요.

용덕수의 입에서 지수의 이름이 흘러나온 순간, 태식이 휴대전화를 쥔 손에 힘을 더했다.

"지수? 지수가 왜?"

—그게… 소속사랑 문제가 좀 생긴 것 같아요.

"무슨 문제?"

—지수 씨의 전속 계약 만료가 다가오는데, 다른 소속사에서 오퍼가 많이 들어오는가 봐요. 그래서 지수 씨가 소속사를 옮기려고 하는 과정에서 기존 소속사와 트러블이 생긴 것 같아요.

"어떤 트러블?"

—기존 소속사에서는 계약을 계속 이어가길 원하고 있어요. 그런데 지수 씨가 다른 소속사로 옮기겠다는 의사를 내비치자, 방송 출연을 막고 있는 것 같아요. 또 악의적인 소문을 퍼뜨려 지수 씨의 이미지에 흠집을 내려는 시도도 하고 있고요.

태식이 눈살을 찌푸렸다.

태식은 야구 선수.

그래서 지수가 몸담고 연예계에 대해서는 자세히 알지 못했다.

그렇지만 야구계에서도 이와 비슷한 일이 벌어지곤 했다.

FA 협상에서 원소속 구단과 선수의 의견 차가 커서 재계약이 힘들어졌다고 판단하는 순간, 구단 측에서 악의적인 소문을 퍼뜨릴 때가 있었다.

부상 경력을 공개하거나 사생활 문제를 슬쩍 흘리는 식이었다.

악의적인 소문으로 인해 그 선수를 원하는 팀이 없어지면, 헐값에 계약하기 위함이었다.

속된 말로 '못 먹는 감, 한번 찔러나 보자' 하는 심정으로 이런 몹쓸 짓을 벌이는 것이었다.

아마 지금 지수의 기존 소속사에서 하는 짓도 비슷한 케이스일 터였다.

'지수가 많이 힘들겠구나!'

용덕수에게서 설명을 들은 후, 가장 먼저 든 생각이었다. 그리고 서운한 감정도 깃들었다.

이런 문제가 있는데 자신에게 아무런 언질도 주지 않고, 힘든 기색도 내비치지 않았던 것 때문이다.

'내가 도움을 줄 수 있는 방법이 없을까?'

태식이 고민하고 있을 때, 수화기 너머로 용덕수의 이야기가 이어졌다.

―그리고 문제가 하나 더 있어요.

"또 뭐야?"

―형과 지수 씨에 대한 소문이 돌고 있어요.

"소문?"

—그게… 엄밀히 말하면 소문이 아니라 사실이긴 하네요.

"……?"

—형과 지수 씨가 사귀는 것이 틀림없다고 주장하는 글이 올라왔거든요.

8. 외로울 겁니다

"향수병… 이요?"

마이크 프록터 단장이 의아한 시선을 던졌다.

그런 그를 향해 팀 셔우드가 덧붙였다.

"외로울 겁니다."

"누가요?"

"김태식 선수 말입니다."

팀 셔우드가 덧붙인 말을 들었음에도 마이크 프록터 단장은 전혀 이해한 기색이 아니었다.

"왜요?"

"네?"

"샌디에이고 파드리스의 수많은 팬들이 김태식 선수를 응원하고 있습니다. 감독님도 김태식 선수를 아끼고 있고, 팀 동료들도 김태식 선수를 좋아합니다. 그리고 저 역시 각별히 신경을 쓰고 있지 않습니까?"

마이크 프록터의 주장.

딱히 틀린 부분은 없었다.

김태식이 샌디에이고 파드리스 입단 이후 최고의 활약을 펼치면서 팬들은 각별한 애정을 쏟으며 응원하고 있었다.

김태식의 유니폼 판매가 샌디에이고 파드리스 팀 내 1위를 달리는 것은 물론이고, 메이저리그 전체를 통틀어 5위 안에 든다는 것이 그 증거였다.

그리고 팀 셔우드도 김태식을 아끼고 있었다.

가능한 그의 말에 귀를 기울이기 위해서 애쓰며 선수로서 존중하고 있었다.

팀 동료들도 마찬가지였다.

김태식을 이방인이 아닌 동료로 인정하고 그의 말을 잘 따랐다.

그렇지만,

"비즈니스에 의해 맺어진 관계일 뿐이죠."

팀 셔우드가 입을 열었다.

"비즈니스에 의해 맺어진 관계이다?"

"네."

"하지만……."

"솔직해지시죠."

"……?"

"단장님이 김태식 선수에게 각별히 신경을 쓰는 이유는 월드 시리즈 우승과 재계약이라는 두 가지 목적이 있기 때문이 아닙니까?"

정곡을 찔려서일까.

마이크 프록터 단장의 말문이 막힌 순간, 팀 셔우드가 덧붙였다.

"만약 김태식 선수의 부진이 길어진다면 샌디에이고 파드리스의 홈 팬들이 계속 지금처럼 응원과 지지를 할까요? 그리고 팀 동료들도 마찬가지입니다. 김태식 선수가 계속 부진하다면 차갑게 등을 돌릴 가능성이 높습니다."

"아무래도… 그렇겠죠."

"이게 비즈니스에 의해 맺어진 관계의 한계입니다."

"그렇지만……."

"그래서 김태식 선수는 외로움을 느끼며 향수병에 걸렸을 가능성이 높습니다."

비로소 말뜻을 이해한 마이크 프록터 단장이 표정을 딱딱하게 굳혔다.

"진단 결과 병명은 나온 것 같군요."

"네."

"그럼 이제 남은 것은 향수병을 치료할 방법을 찾는 것이로군요."

"그렇습니다."

"어떻게 하면 좋을까요?"

"의외로 답은 쉽습니다."

"네?"

"아까 제가 야구의 매력이 우리네 인생과 비슷하다고 말씀드렸죠?"

"그랬죠."

"그 이야기 속에 답이 숨어 있습니다."

"어떤 답이 숨어 있다는 겁니까?"

"비즈니스 측면이 아닌 인간적인 측면에서 접근하는 겁니다."

마이크 프록터 단장이 오른손에 들고 있던 위스키 잔을 입으로 가져갔다.

"어떻게요?"

"가족이죠."

"가족?"

"단장님도 가족과는 비즈니스로 맺어진 관계가 아니지 않습니까? 김태식 선수의 곁에는 외로움을 달래줄 가족이 필요합니다."

"무슨 말인지… 알겠습니다."

비로소 마이크 프록터가 알아들은 듯 고개를 끄덕였다.

그제야 팀 셔우드가 안도했다.

감독은 현장의 책임자.

그렇지만 현장의 책임자로서 해결할 수 없는 부분들이 분명히 존재했다.

그때는 단장의 협조가 있어야 했고, 다행히 마이크 프록터는 문제 해결을 위해 어떻게 움직여야 할지 알아챈 듯했다.

"저는 먼저 일어나겠습니다."

팀 셔우드가 조금은 가벼워진 마음으로 일어섰다.

"왜 벌써 가십니까?"

마이크 프록터 단장이 붙잡았지만, 팀 서우드는 거절했다.
"야구는 계속되니까요."

샌디에이고 파드리스와 애리조나 다이아몬드백스의 3연전 2차전.
어제 경기에서 샌디에이고 파드리스가 승리를 거둔 반면, 지구 선두인 LA 다저스는 패배했다.
만약 오늘 경기마저 샌디에이고 파드리스가 승리를 거두고 LA 다저스가 패한다면, 양 팀의 격차는 3경기로 좁혀졌다.
말 그대로 가시권에 들어오는 셈이었다.
그리고 샌디에이고 파드리스에게 오늘 경기는 또 다른 의미로 중요했다.
10연승.
구단 역사에 길이 남을 연승 기록을 세울 수 있는 기회였기 때문이다.
샌디 바에즈 VS 패트릭 어빙.
양 팀이 내세운 선발투수들이었다.
두 선발투수들의 호투 속에 경기는 팽팽한 투수전 양상으로 흘러갔다.
0 : 0.
7회까지 0의 행진이 이어졌다.
샌디에이고 파드리스의 타선은 패트릭 어빙이 마운드에서 내려가고 나서야 비로소 숨통을 트기 시작했다.
1사 후, 7번 타자 미구엘 마못의 볼넷과 8번 타자 이안 드레이크의 안타로 1, 3루의 득점 찬스를 맞이했다.

득점 찬스에서 팀 셔우드의 시선이 가장 먼저 향한 곳은 당연히 김태식이었다.

평소라면 주저하지 않고 김태식을 대타자로 내세웠으리라.

그렇지만 오늘은 아니었다.

어딘가 공허한 눈빛으로 그라운드를 응시하고 있는 김태식을 바라보며 팀 셔우드는 고민에 잠겼다.

'달라!'

김태식의 반응은 확실히 평소와 달랐다.

예전이었다면 이런 경우 김태식이 먼저 자신에게 시선을 던졌을 터였다.

대타자로 출전하고 싶다는 의욕을 보이기 위함이었다.

그러나 오늘 김태식은 그라운드만 주시하고 있었다.

또, 그라운드로 시선을 던지고 있었지만, 경기에 집중하고 있는 기색도 아니었다.

약간 넋이 나가 있는 느낌이랄까.

"김태식. 대타로 출전한다."

그럼에도 불구하고 팀 셔우드가 한 선택은 김태식을 대타자로 출전시키는 것이었다.

김태식이 여전히 1순위 옵션이라는 사실은 바뀌지 않았고, 마땅한 대안을 찾기도 어려웠기 때문이다.

김태식이 대타자로 나설 채비를 시작한 순간, 애리조나 다이아몬드 백스의 데이브 맥어든 감독이 마운드로 걸어 올라왔다.

승부처라고 판단한 데이브 맥어든 감독은 필승조인 로비 룹슨으로 투수를 교체했다.

'어떻게 될까?'

팀 셔우드가 우려 섞인 시선을 던질 때, 로비 롭슨이 초구를 던졌다.

슈악!

따악!

대타자로 타석에 들어선 김태식은 망설이지 않고 배트를 휘둘렀다.

"됐다!"

팀 셔우드 감독의 우려와 달리 김태식은 타석에서 좋은 스윙을 가져갔다.

2루수의 키를 훌쩍 넘긴 라인 드라이브성 타구는 우중간에 떨어졌다.

'우중간을 가르지 않을까?'

팀 셔우드가 기대했지만, 우익수의 호수비가 나왔다.

우익수는 과감하게 슬라이딩을 하면서 타구가 뒤로 빠지는 것을 막아냈다.

그사이 3루 주자였던 미구엘 마못이 홈으로 들어왔다.

1루 주자였던 이안 드레이크도 3루에 안착했다.

길었던 0의 균형을 깨뜨리는 적시타를 터뜨린 김태식은 1루에 멈춰 서 있었다.

대타 작전이 보기 좋게 성공했지만, 팀 셔우드는 환하게 웃지 못했다.

"확실히… 달라!"

김태식이 오래간만에 적시타를 터뜨린 것.

분명히 호재였다.

그럼에도 불구하고 팀 셔우드가 환하게 웃지 못한 이유는 만족스럽지 못한 부분이 여럿 존재했기 때문이다.

'실투였어!'

방금 전에 터진 1타점 적시타.

대타자로 타석에 들어선 김태식이 잘 받아 친 부분도 있지만, 바뀐 투수인 로비 롭슨이 실투를 던진 것이 더 컸다.

그리고 김태식이 초구부터 과감하게 스윙을 한 것도 마음에 걸렸다.

—바뀐 투수의 초구를 노려라.

결과적으로는 야구계의 격언을 타석에서 충실히 이행한 셈이었지만, 팀 셔우드가 보기에 김태식이 초구부터 과감하게 방망이를 내민 것은 모 아니면 도식이었다는 생각이 들었다.

수 싸움을 치열하게 펼친 것이 아니라 일단 배트를 휘둘렀는데 마침 로비 롭슨의 실투가 들어온 느낌이랄까.

아직 끝이 아니었다.

김태식의 베이스러닝도 마음에 들지 않았다.

애리조나 다이아몬드 백스의 우익수인 애드리안 마르티네즈의 빠른 타구 판단을 바탕으로 한 호수비가 나오면서 타구가 우중간을 가르지 못했다.

그러나 애드리안 마르티네즈가 슬라이딩 캐치를 하는 과정에서 볼을 한 번 더듬었다.

타구 판단이 빨랐다면 1루에서 멈추지 않고 2루까지 충분히 욕심을 내볼 수 있는 상황이었다.

그동안 김태식은 무모하다 싶을 정도로 한 베이스를 더 노리는 과감한 베이스러닝을 선보였는데.

이번에는 그렇게 하지 않았다.

"집중력이… 흐트러졌어!"

진단을 마친 팀 셔우드가 다시 움직였다.

1루 주자인 김태식을 불러들이고, 대주자인 루이스 벨트란을 투입했다.

김태식을 더 경기장에 두는 것이 위태롭고 불안하게 느껴졌기 때문이다.

슈아악!

딱!

다행인 것은 후속 타자인 에릭 아이바가 큼지막한 외야플라이를 때려내며 추가 득점을 올렸다는 점이었다.

2 : 0.

'잡았다!'

10연승에 성공했음을 직감한 팀 셔우드가 안도했다. 그렇지만 눈에 띄게 집중력이 흐트러진 김태식으로 인해 우려도 커졌다.

"또 한 번 고비가 찾아왔군!"

팀 셔우드가 짤막한 한숨을 토해냈다.

네티즌 K.

태식과 지수가 사귀고 있다고 주장하는 글을 올린 사람의 아이디였다. 그리고 네티즌 K가 올린 글은 점점 화제가 되고 있었다.

그 이유는 그가 제시한 근거들이 꽤 그럴듯했기 때문이다.

1. 도레미 퍼블릭의 멤버인 지수를 샌디에이고 파드리스 구단에서 시구자로 초청한 과정에서 석연치 않은 부분이 존재함. 샌디에이고 파드리스 구단 관계자의 발표에 따르면 애초 시구자로 김태식 선수의 어머니를 초청하려고 했으나, 어머니가 건강상의 이유로 거절하자 지수로 갑자기 선회를 했다고 함. 여기에 김태식 선수 혹은 김태식 선수의 어머니의 의도가 영향을 미쳤을 가능성이 농후함.

2. 김태식 선수가 심원 패롯스 소속 선수였을 당시, 도레미 퍼블릭의 멤버인 지수가 시구자로 나섰던 적이 있음. 소속사에서는 당시 심원 패롯스의 다른 선수에게 시구 지도를 받으려 했으나, 지수가 직접 김태식 선수에게 시구 지도를 받겠다고 함. 당시 구단 관계자에게서 흘러나온 정보이니 신뢰도가 있음.

3. 사석에서 김태식 선수와 지수가 만나는 것을 보았다는 목격담이 다수 존재함. 또, 김태식이 출전하는 경기에 지수가 관전하는 모습이 중계 카메라에 잡히기도 했었음.

이상이 네티즌 K가 제시한 근거들이었다.

여기까지는 카더라 정도로 여기고 무시할 수 있었다.

그렇지만 네티즌 K가 마지막으로 제시한 근거는 무시하기 어려웠다.

나름 과학적인 분석이 동반됐기 때문이다.

네티즌 K가 제시한 네 번째이자 마지막 근거.

바로 사진 분석이었다.

지수가 시구자로 초청됐던 한국인의 날 행사가 열렸던 경기에서 태식은 선발투수로 출전했었다.

당시 타석에도 들어섰던 태식은 두 번째 타석에서 알렉스 우즈를 상대로 역전 투런 홈런을 뽑아냈었다.

홈 팬들을 열광케 만들었던 짜릿한 홈런.

당시에 역전 투런 홈런을 터뜨렸던 태식도 기쁨을 주체하기 힘들었다. 그래서 1루로 달려 나가면서 관중석에서 경기를 지켜보던 지수 쪽으로 손을 들어 가리켰다.

그리고.

네티즌 k가 근거로 내세운 사진에 담겨 있는 것이 바로 이 장면이었다.

태식의 손이 가리킨 방향의 각도를 분석하고 당시 팻코 파크의 크기와 관중석의 위치 등을 과학적으로 분석한 끝에 네티즌 k는 태식이 손으로 가리키는 방향에 앉아 있던 것이 바로 지수였다고 주장했다.

—이 정도면 빼박캔트?

—헐, 대박.

—에이, 설마. 나의 지수가 그럴 리 없음.

—당신의 끈기와 노력에 박수를 보냅니다.

—소설 쓰고 있네.

—기자들 뭐 하냐? 취재 안 하냐?

—당신을 관종으로 임명합니다.

네티즌 K가 작성했던 게시물 아래에 달렸던 댓글들.

네티즌들은 반신반의하는 분위기였다.

어쨌든.

그 게시물을 확인한 태식은 그냥 손 놓고 있을 수 없었다.

그래서 지수와 통화를 했다.

“저는 그 사실이 알려져도 괜찮아요. 우리가 죄 짓는 것도 아니잖아요. 혹시 저 몰래 혼인신고를 했던 건 아니죠?”

이미 소속사 문제로 어려움을 겪고 있는 지수였다.

그렇지만 지수의 목소리는 차분하고 담담했다.

또, 태식의 걱정을 덜어주기 위해서 농담까지 던졌다. 하지만 태식은 그녀의 농담에도 웃을 수 없었다.

간단한 문제가 아니었기 때문이다.

태식의 직업은 야구 선수.

본업인 야구만 잘하면 되는 직업이었다.

반면 지수의 직업은 연예인.

연예인은 인기를 먹고 사는 직업이었다.

태식과의 열애 사실이 드러나면, 큰 타격을 입을 게 틀림없었다.

향수병에다가 지수에 대한 걱정까지.

태식이 야구에 집중할 수 없는 것은 어쩌면 당연한 일이었다.

“어떡해야 할까?”

태식의 고민이 깊어졌다.

*　　　　　*　　　　　*

"술 한잔할까요?"

운전석에 앉아 있던 데이비드 오가 제안했다.

"술이요?"

데이비드 오와 알고 지낸 지 벌써 일 년이 가까워져 있었다.

그렇지만 그가 술을 마시자고 제안한 것은 이번이 처음이었다.

아마 태식이 몸 관리를 위해서 술을 입에 대지 않는다는 사실을 알고 있기 때문에 그동안 제안하지 않았으리라.

어쨌든.

태식이 술을 마시자고 제안하는 데이비드 오에게 의아한 시선을 던졌다.

"가볍게 한두 잔 정도는 괜찮지 않을까요?"

"그러시죠."

술을 마시자고 제안하는 데이비드 오에게 이유를 묻는 대신, 태식은 순순히 그 제안을 받아들였다.

술을 마시고 싶어서가 아니었다.

대화를 나눌 상대가 필요했기 때문이다.

'가장 속을 터놓을 수 있는 상대!'

태식이 운전을 하고 있는 데이비드 오를 힐끗 살피며 판단했다.

한국에서라면 달랐을 것이었다.

이철승 감독과 용덕수를 비롯한 여러 사람들에게 조언을 구할 수 있었다.

그렇지만 미국은 달랐다.

거리감이랄까.

비즈니스 관계로 맺어진 터라 선뜻 속내를 드러내는 것이 쉽지 않았다.

그사이, 데이비드 오는 작은 펍 앞에 주차를 마쳤다.

"가끔씩 들르는 곳인데 아주 조용합니다. 김태식 선수의 고민을 들어주기에는 적당한 장소일 것 같습니다."

데이비드 오의 말을 들은 태식이 놀란 기색을 드러냈다.

"제가 고민이 있다는 것을 어떻게 아셨습니까?"

"에이전트니까요."

"……?"

"선수의 상태를 정확히 파악하는 게 에이전트의 기본입니다. 그래서 고민이 있다는 사실을 알 수 있었죠."

"그렇군요."

"실은 굳이 에이전트가 아니더라도 조금만 눈치가 있는 사람이라면 알아챌 수 있었을 겁니다. 김태식 선수의 얼굴에 고민이 있다고 적혀 있거든요."

데이비드 오의 말이 끝난 순간, 태식이 쓰게 웃었다.

"그 정도로 티가 나나요?"

"충고 하나 할까요?"

"어떤 충고입니까?"

"도박은 하지 마세요."

"왜죠?"

"좋은 패가 들어온 것이 표정에 다 드러날 테니까요."

태식이 실소를 흘리며 데이비드 오와 함께 펍 안으로 들어갔다.

아까 데이비드 오의 말처럼 작은 펍 안에 손님은 아무도 없었다.

주문한 맥주 두 잔이 도착하자, 데이비드 오가 잔을 들어 올렸다.

"한잔하시죠."

"네."

쨰앵.

잔을 부딪친 후 태식이 맥주를 한 모금 마셨다.

"자, 이제 말씀해 보시죠. 고민이 대체 뭡니까?"

"그게……."

태식이 선뜻 말문을 열지 못하고 망설였다.

앞에 앉아 있는 데이비드 오를 믿지 못해서가 아니었다. 막상 고민이 무엇이냐는 질문을 듣고 나니, 어느 것부터 말해야 할지 선택이 어려웠기 때문이다.

"하나가 아니군요."

다행히 데이비드 오는 눈치가 빨랐다.

"그럼 이렇게 하시죠."

"어떻게요?"

"가장 큰 고민거리부터 말씀해 보시죠."

"가장 큰 고민이라면… 지수입니다."

이번에는 오래 고민하거나 망설일 필요가 없었다.

현재 가장 신경이 쓰이는 것이 지수가 곤란한 상황에 처했다는 점이기 때문이다.

"지수요? 그게 누굽니까?"

"제 여자 친구입니다."

"여자 친구요?"

데이비드 오가 두 눈을 동그랗게 떴다.

금시초문이기 때문이리라.

그 반응을 살피던 태식이 희미한 웃음을 머금은 채 말했다.

"낙제점이군요."

"네?"

"에이전트로서 낙제점이라고 말씀드린 겁니다."

"왜입니까?"

"아까 본인의 입으로 말씀하셨지 않습니까? 선수의 상태를 정확히 파악하는 게 에이전트의 기본이라고. 그런데 기본을 지키지 못했으니 에이전트로서 낙제점이지요."

이런저런 변명을 꺼내놓을 거라 예상했는데.

태식의 예상은 빗나갔다.

"인정하겠습니다."

데이비드 오는 쿨하게 에이전트로서 낙제점이었다고 인정했다.

"정말 여자 친구가 있습니까?"

"네."

"전혀 몰랐습니다. 그래서 무척 놀랍네요."

데이비드 오는 놀란 기색을 감추려 들지 않았다.

그런 그에게 태식이 충고했다.

"아직 놀라기는 너무 이릅니다."

"더 놀랄 것이 남았습니까?"

"네."

"뭡니까?"

"제 여자 친구인 지수를 데이비드 오도 알고 있습니다."

"제가 어떻게 안다는 겁니까?"

태식이 대답했다.

"일전에 팬이라고 하셨지 않습니까?"

지난번에 나누었던 대화 중에 데이비드 오는 도레미 퍼블릭의 멤버인 지수의 팬이라고 밝혔었다. 그것을 잊지 않고 태식이 알려주자, 데이비드 오가 두 눈을 연신 깜박였다.

잠시 뒤, 데이비드 오가 반신반의하는 표정으로 물었다.

"아니죠?"

"뭐가 아니냐는 겁니까?"

"그러니까 김태식 선수가 말한 지수라는 여자 친구가 제가 알고 있는 도레미 퍼블릭의 멤버인 지수 씨는 아니죠?"

"맞습니다."

"와우!"

데이비드 오는 진심으로 놀란 기색이었다. 쩍 벌린 입을 다물지 못하고 있던 데이비드 오가 한참만에야 입을 뗐다.

"김태식 선수가 퍼펙트게임을 달성했을 때보다 더 놀랐습니다."

"그 정도로 충격적인 소식인가요?"

"이건 너무……."
"이건 너무 뭡니까?"
"부럽네요."
"네?"
"부와 명예, 그리고 사랑까지. 김태식 선수는 모두 갖지 않으셨습니까?"
데이비드 오가 간신히 충격에서 벗어나 입을 뗀 후 고개를 갸웃했다.
"솔직히 말씀드리면 이해가 안 가네요."
"무엇이 이해가 안 간다는 겁니까?"
"아까도 말씀드렸듯이 부와 명예, 그리고 사랑까지 모두 가지지 않았습니까? 그런데 무슨 고민이 있습니까?"
"지수에게 문제가 좀 있습니다."
"어떤 문제요?"
"일단 소속사랑 갈등이 있습니다."
"지수 씨의 소속사라면… 판타지아가 아닙니까?"
"그걸 데이비드 오가 어떻게 아십니까?"
"제가 스포츠 에이전트 일을 본격적으로 시작하기 전까지 매니지먼트 쪽에서 일을 했었거든요."
이건 전혀 알지 못했던 사실이었다.
"판타지아 대표라면… 강영식이죠."
"어떤 사람입니까?"
"양아치죠."
굳이 더 설명이 필요하지 않았다.

'양아치'라는 세 글자로 충분했기 때문이다.

"지수는 소속사를 옮기고 싶어 하는데 소속사 쪽에서 계약 연장을 원하는 것 같습니다. 지수가 재계약 의사를 내비치지 않자, 방송 출연을 막고 있다고 하더군요."

"양아치 짓을 하는 건 지금도 여전하네요. 그래서 지수 씨는 소속사를 옮기고 싶어 한다는 것이죠?"

"네."

"제가 한번 해결해 보겠습니다."

"데이비드 오가요?"

"저의 가장 중요한 고객이 이런 문제 때문에 고민하느라 야구에 집중하지 못하고 있는데, 에이전트인 제가 당연히 나서야지요."

"그렇지만……."

"그리고 지수 씨가 그런 어려움을 겪고 있다면 팬으로서라도 나서야죠."

"해결할 방도가 있습니까?"

"네. 친한 형님에게 연락해서 해결책을 모색해 보겠습니다."

"친한 형님이요?"

"JYP의 백진영 대표가 저와 의형제 사이거든요."

JYP의 대표인 백진영은 태식도 알고 있었다.

가수로 출발해서 대단한 인기를 누렸던 그는 현재 가수 겸 거대 기획사인 JYP의 수장으로 활동하고 있었다.

'백진영 대표라면?'

태식의 표정이 밝아졌다.

JYP의 수장인 백진영 대표의 영향력은 대단했다.

또, 그는 소속 아티스트들을 존중하면서 공정한 계약을 맺기로 소문이 자자했다.

만약 그가 직접 나서준다면, 지수가 겪고 있는 곤란한 상황을 해결해 줄 수 있을 거란 생각이 들었다.

"단, 조건이 있습니다."

"조건이요?"

"진영이 형은 기브 앤 테이크가 철저한 편이거든요."

"어떤 조건입니까?"

"나중에 식사 한번 하시면 됩니다."

"식사… 요?"

어떤 조건일까 내심 긴장하고 있었던 태식은 데이비드 오가 내건 조건에 대해 듣고서 맥이 풀렸다.

"그게 다입니까?"

"네."

"하지만……."

"진영이 형이 김태식 선수의 광팬이거든요."

"백진영 대표가 제 팬이라고요?"

"네, 솔직히 말씀드리면 제가 김태식 선수의 에이전트를 맡고 있다는 사실을 알고 난 후, 식사 자리를 마련해서 한번 만나게 해달라고 줄기차게 부탁했습니다. 제가 계속 거절하고 있었지요."

"그랬습니까?"

"제가 말씀드린 조건을 수용할 수 있겠습니까?"

"물론입니다."
지수를 위해서라면 더한 것도 할 수 있었다.
그런데 그깟 식사 한번 하는 게 뭐가 어려울까.
부담이 되긴커녕 오히려 의아하단 생각이 들었다.
너무 쉽다는 생각이 들었기 때문이다.
'이렇게 쉬워도 되나?'
해서 태식이 속으로 생각하고 있을 때였다.
"그만큼 대단한 겁니다."
"네?"
데이비드 오가 한마디를 덧붙였다.
"김태식 선수가 그만큼 대단한 인기와 영향력을 갖춘 선수가 됐다는 뜻입니다."

*　　　*　　　*

"나… 때문인가?"
샐러드를 깨작이던 유인수가 한숨을 푹 내쉬었다.
"뭐가요?"
"김태식 선수의 부진 말이야. 나 때문인가 해서."
"김태식 선수의 부진과 캡 사이에 무슨 연관이 있는데요?"
"그게… 내가 너무 부담을 준 것 같아서."
"부담이요?"
"지난번에 내가 노후 대비를 위한 투자 얘기를 꺼냈잖아."
"아, 지분 매입이요?"

"그래. 당시에 내가 투자 성공을 위해서 꼭 월드 시리즈 우승을 해야 한다고 너무 부담을 준 것이 김태식 선수의 부진으로 이어진 것 같아서 말이야."

한숨을 푹 내쉬는 유인수를 확인한 송나영이 고개를 절레절레 흔들며 말했다.

"괜한 걱정하지 마세요."

"응?"

"김태식 선수의 최근 부진과 캡은 아무런 상관이 없으니까요."

"하지만 날 만난 이후로 부진에 빠진 것은 사실이잖아?"

"그렇긴 하죠."

"그러니까."

"이런 걸 두고 오비이락이란 표현을 쓰죠."

"오비이락(烏飛梨落)?"

오비이락은 까마귀가 날자 배가 떨어진다는 뜻의 사자성어였다.

아무 관계도 없는 일이 공교롭게도 때가 같아 억울하게 의심을 받거나 난처한 위치에 서게 됨을 이르는 말이었다.

그리고 지금 유인수의 상황이 바로 그 상황이었다.

"제가 알고 있는 김태식 선수는 캡의 노후까지 걱정하고 부담을 느낄 정도로 오지랖이 넓은 편은 아니거든요."

"그럼 대체 왜 부진한 건데?"

"다른 이유가 있어요."

"다른 이유? 뭔데?"

"짐작 가는 것이 있어요."

"뭔가 아는 게 있구나."

"네."

"뭔데?"

"아직은 말할 수 없어요."

"왜?"

"비밀을 지키기로 약속했거든요."

송나영이 남은 커피를 마시고 자리에서 일어났다.

"어디 가려고?"

"김태식 선수 만나러 가요."

더 자세하게 설명하는 대신, 송나영이 김태식을 만나기 위해 바쁘게 움직였다.

약 두 시간 뒤, 송나영은 김태식과 마주했다.

9. 옛날 사람

“무슨 일로 만나자고 했어요?”

김태식이 던진 질문에 송나영이 대답했다.

“이제 때가 된 것 같아서요.”

“때가 됐다?”

“네.”

“무슨 때가 됐다는 거죠?”

“우리의 비밀을 공유할 때가 됐다는 뜻이에요.”

송나영이 추측하는 김태식의 최근 부진.

인터넷에 올라온 하나의 게시글 때문일 확률이 높다고 판단했다.

네티즌 K라는 아이디를 쓰는 사람은 그 게시글에서 김태식과 도레미 퍼블릭의 멤버인 지수가 열애 중이라는 주장을 펼쳤다.

그 주장의 근거가 무척 그럴듯했기에 네티즌들을 중심으로 설왕설래하고 있는 상황이었다.

그리고.

김태식도 이 사실을 모를 리 없다고 송나영은 판단했다.

"지수와 제가 만나고 있다는 사실을 알릴 때가 됐다는 뜻인가요?"

"맞아요."

"왜… 하필 지금이죠?"

"지금이 가장 중요한 때이니까요."

송나영이 대답했다.

그렇지만 김태식은 이해하지 못한 기색이었다.

그 반응을 확인한 송나영이 덧붙였다.

"일전에 지수 씨가 했던 부탁을 기억하세요?"

"어떤 부탁을 말씀하시는 거죠?"

"제가 두 분의 열애 사실을 기사로 내보내고 싶다고 했을 때, 지수 씨는 조금만 더 기다려 달라고 부탁했어요."

"기억하고 있습니다."

"그럼 지수 씨가 그렇게 부탁했던 이유도 기억이 나나요?"

"그건……."

잠시 기억을 더듬던 김태식이 대답했다.

"나 때문이라고 했었죠?"

"맞아요."

"송 기자님, 조금만 더 기다려 줄래요? 태식 오빠가 올 시즌을 마치고 나서 그 소식이 알려졌으면 해서요. 제가 판단하기에 오빠한테는 지금이 가장 중요한 시기 같거든요."

당시 지수가 했던 말이었다.
"이게 제가 때가 됐다고 판단하는 이유예요."
"……?"
"가장 중요한 시기에 김태식 선수가 야구에 집중하지 못하고 있으니까요."
비로소 말뜻을 알아들은 김태식의 표정이 굳어졌다.
"그렇지만……."
"뭐가 마음에 걸리는 거죠?"
"지수가 걱정이에요."
"왜요?"
"나와 만난다는 사실이 공개되면 지수가 타격을 입을 것 같아서요. 난 야구 선수이지만, 지수는 연예인이니까요."
김태식이 우려 섞인 표정으로 대답했다.
그 대답을 들은 순간, 송나영은 부러운 마음이 들었다.
열애 사실이 알려졌을 때, 지수는 김태식에게 피해가 가는 것을 걱정했다.
반면 김태식은 지수가 타격을 입을 것을 걱정하고 있었다.
서로를 걱정하는 두 사람의 모습이 질투가 날 정도로 부러웠다.
어쨌든.
송나영은 부러운 마음을 애써 감췄다.

대신 김태식에게 충고했다.
“옛날 사람!”
“네?”
“가끔씩 착각을 해요.”
“어떤 착각을 한다는 거죠?”
“김태식 선수가 워낙 동안이라서 젊다는 착각이요. 그렇지만 역시 나이는 속일 수가 없네요.”
“무슨 뜻이죠?”
“요즘은 세상이 많이 바뀌었다는 뜻이에요.”
“……?”
“옛날에는 열애설이 터졌을 때, 여자 연예인의 인기가 갑자기 떨어지곤 했었죠. 그러나 요즘은 그런 사태가 벌어지지 않아요.”
“그런… 가요?”
“연예인도 사람이다. 그들도 우리처럼 사랑을 하고 결혼을 하는 게 당연하다. 이렇게 인식이 많이 바뀌었거든요. 실제로 전지연 같은 여배우는 결혼하고 출산도 했지만 여전히 최고의 인기를 구가하고 있어요.”
“그럼……?”
“지금 쓸데없는 고민을 하고 있다는 뜻이죠.”
“내가 쓸데없는 고민을 하고 있다?”
“네. 이렇게 쓸데없는 고민을 하고 있는 게 옛날 사람이란 증거죠.”
마음이 조금 가벼워진 걸까?
아까에 비해 표정이 밝아진 김태식을 바라보던 송나영이 덧붙였다.

“물론 형편없는 사람을 만난다면 지수 씨의 팬들이 수긍하지 못하고 실망하겠죠. 하지만 상대가 김태식 선수라면 오히려 응원할 거예요.”

“정말… 그럴까요?”

송나영이 힘주어 대답했다.

“김태식 선수는 좋은 선수, 또 좋은 사람이니까.”

*　　　　*　　　　*

샌디에이고 파드리스의 연승 행진은 10연승에서 멈추었다.

11연승을 노렸던 애리조나 다이아몬드 백스와의 3연전 마지막 경기에서 샌디에이고 파드리스 타선은 침묵했다.

애리조나 다이아몬드 백스의 선발투수인 프란시스코 로드니에게 철저하게 막혔기 때문이다.

0 : 3.

단 한 점도 뽑아내지 못하고 완봉패를 당했다.

다행이라면 내셔널 리그 서부 지구 선두를 달리고 있는 LA 다저스 역시 패배했다는 점이었다.

덕분에 세 경기의 격차는 유지됐다.

그리고 하루의 휴식일을 가진 후, 샌디에이고 파드리스와 LA 다저스는 지구 선두를 두고 맞대결을 펼쳤다.

‘이기고 싶다!’

팀 셔우드가 두 손을 모았다.
정규 시즌도 어느덧 막바지로 치닫고 있는 상황.
샌디에이고 파드리스는 현재 내셔널 리그 서부 지구 2위에 올라 있었다.
지구 선두인 LA 다저스와의 격차는 단 세 경기.
선두 탈환이 요원할 것처럼 보였는데, 파죽의 10연승을 달린 덕분에 어느덧 추격의 가시권에 들어와 있었다.
—이 정도면 잘했다. 이것만으로도 만족한다!
일부 샌디에이고 파드리스 팬들의 반응이었다.
시즌이 개막하기 전까지만 해도 지구 최하위가 유력했던 샌디에이고 파드리스가 지구 2위에 오른 것만으로도 만족한다는 뜻이었다.
그렇지만 팀 셔우드는 만족하지 못했다.
'내친걸음!'
기왕지사 여기까지 온 이상, 빅 마켓 구단인 LA 다저스를 잡고 지구 선두를 차지하고 싶었다.
물론 지구 선두를 차지하지 못하더라도 가을 야구에 진출할 수 있는 방법은 있었다.
와일드카드로 가을 야구에 진출하는 것이었다.
실제로 LA 다저스의 승률이 워낙 높아서 지구 2위를 달리고 있지만, 샌디에이고 파드리스의 승률도 높았다.
이대로라면 와일드카드로 가을 야구에 진출할 가능성은 충분했다.
그렇지만 팀 셔우드 감독은 내셔널 리그 서부 지구 선두를 차지하며 가을 야구에 참가하고 싶었다.

그 이유는 하나.

샌디에이고 파드리스의 목표가 단순히 가을 야구에 진출하는 것이 아니기 때문이었다.

팀 셔우드의 목표는 어디까지나 월드 시리즈 우승.

그리고 월드 시리즈 우승을 차지하기 위해서는 와일드카드가 아닌 지구 선두를 차지해서 바로 디비전 시리즈를 치러야 했다.

샌디에이고 파드리스의 선수층이 얇은 만큼, 가능한 경기를 덜 치르면서 체력을 비축하는 것이 필요했기 때문이다.

"아쉽네!"

팀 셔우드가 한숨을 내쉬었다.

그래서 김태식의 최근 슬럼프가 더욱 아쉽게 느껴졌다.

'만약 김태식이 슬럼프에 빠지지 않았다면?'

해서 100% 전력으로 LA 다저스를 상대한다면, 최근 상승세인 팀 분위기를 등에 업고 스윕을 노려볼 수도 있었을 텐데.

"어쩔 수 없지!"

팀 셔우드가 이내 고개를 흔들었다.

김태식을 탓할 수는 없는 노릇이었다.

지금까지 해준 것만으로도 김태식은 지금 받고 있는 연봉의 수십 배는 되는 활약을 펼쳤고, 아무리 좋은 선수라고 해도 한 시즌 내내 슬럼프를 겪지 않고 최고의 활약을 펼치기는 어려웠다.

김태식에게는 시간이 필요했다.

그리고 지금은 이가 없으면 잇몸으로 버텨야 할 때였다.

그래서 경기 시작 전, 팀 셔우드가 선수들을 한데 불러 모았다.

"김태식은 오늘 경기에 출전하지 않는다!"

팀 셔우드가 입을 뗀 순간, 샌디에이고 파드리스 선수들이 동요했다.

그동안 마운드에서는 에이스 역할을, 타석에서는 해결사 역할을 맡아주었던 김태식이 오늘 경기에 출전하지 않는다는 선언.

선수들을 당혹케 만들기에 충분했다.

"왜입니까?"

팀의 주장이 코리 스프링어가 대표로 이유를 물었다.

"체력 안배를 해주기 위해서이다."

팀 셔우드가 대답한 순간, 선수들이 수긍한 듯 고개를 끄덕였다.

김태식의 나이가 적지 않다는 사실이 이미 알고 있기 때문이다.

"오늘 경기만이 아니다."

"……?"

"……?"

"김태식은 한동안 경기에 출전하지 않는다."

팀 셔우드가 설명을 더한 순간, 선수들의 동요가 더욱 커졌다.

술렁임이 일기 시작한 순간, 코리 스프링어가 다시 입을 뗐다.

"혹시……."

"혹시 뭐야?"

막상 입을 떼긴 했지만, 코리 스프링어는 바로 본론을 꺼내지 못하고 망설였다.

팀 셔우드가 재촉하고 난 후에야 코리 스프링어가 다시 질문했다.

"혹시 부상입니까?"

아까 팀 셔우드는 한동안 경기에 출전하지 않는다고 밝혔었다.

코리 스프링어는 그 이야기를 듣고 부상을 떠올린 것이었다.

샌디에이고 파드리스에서 김태식이 차지하고 있는 비중이 워낙 크기 때문일까.

선수들의 표정이 어두워진 것을 확인한, 팀 셔우드가 서둘러 말했다.

"부상은 아니다."

"그럼?"

"아까도 말했듯이 김태식은 체력적으로 지친 상태다. 아니, 좀 더 정확히 말하면 심신이 지쳐 있는 상태이다. 그래서 단장님과 상의한 끝에 김태식을 한동안 엔트리에서 제외하기로 했다."

"얼마나요?"

"다시 돌아올 때까지."

"……?"

"김태식은 한국행 비행기를 탔다."

일단 김태식이 부상을 당한 것은 아니라는 사실에 선수들은 안도했다.

대신 의문을 품었다.

김태식이 시즌 중에, 그것도 순위 다툼이 가장 치열한 시점에 돌연 한국행을 택했는지에 대해서.

그렇지만 팀 셔우드 감독이 선수들을 소집한 이유는 김태식의 돌연한 한국행에 대한 이유를 밝히기 위해서가 아니었다.

그가 선수들을 소집한 진짜 이유는 따로 있었다.

"샌디에이고 파드리스가 강한 이유는 김태식 때문이다."

"……?"

"……?"

"이런 이야기가 공공연히 돌고 있다는 사실을 알고 있나?"

팀 셔우드가 질문한 순간, 선수들 사이에서 일고 있던 술렁임이 사라졌다.

조용하게 변한 선수들과 일일이 시선을 마주치던 팀 셔우드가 다시 입을 뗐다.

"부인하기 힘든 이야기이지."

그 말이 끝난 순간, 침묵이 더욱 깊게 내려앉았다.

"자존심이 상하나?"

"……."

"……."

"나는 자존심이 상한다. 선수 한 명으로 인해 샌디에이고 파드리스가 강팀이 되었다는 것이 감독으로서 자존심이 상한다는 뜻이다. 너희들은 지금의 이런 상황에 자존심이 상하지 않나?"

이번에도 대답은 돌아오지 않았다.

그렇지만 팀 셔우드는 만족스러운 표정을 지었다.

아까까지만 해도 느껴지지 않던 독기가 선수들에게 보이기 시작했기 때문이다.

"김태식이 엔트리에서 빠진 지금은 샌디에이고 파드리스에게 있어서 무척 중요한 순간이다. 올 시즌에 우리들의 노력이 결실을 맺을 수 있느냐 없느냐가 앞으로 남은 많지 않은 경기들에 의해 갈리기 때문이다. 그래서 김태식의 부재는 우리 팀에 큰 위기인 것이 분명하지만, 나는 오히려 기회라고 생각한다."

"어떤 기회란 말씀이십니까?"

"샌디에이고 파드리스가 강한 이유가 김태식 때문이라는 이야기가 틀렸다는 것을 증명할 수 있는 좋은 기회이지."

김태식은 한동안 경기에 출전할 수 없다.

그로 인해 많은 사람들이 우려하고 있다.

또, 샌디에이고 파드리스가 예전처럼 금세 약팀이 될 것이라고 예상하고 있다.

오히려 지금이 그들의 우려와 예상이 틀렸다는 것을 증명할 수 있는 좋은 기회라고 생각하지 않느냐?

이것이 팀 셔우드가 진짜 하고 싶은 이야기였다.

그 말이 자극이 됐을까?

선수들의 전투욕이 불타오르는 것을 확인한 팀 셔우드가 목소리 톤을 한껏 낮추면서 다시 입을 뗐다.

"나는 우리가 김태식에게 빚을 졌다고 생각한다. 지친 그가 돌아올 때까지 끝까지 지구 선두 싸움을 벌이는 모습을 보여준다면 그 빚을 조금은 갚을 수 있을 거라 판단하고 있다. 나도 최선을 다할 테니, 너희들도 최선을 다해다오."

표정이 비장하게 바뀐 선수들을 확인한 팀 셔우드가 웃으며 덧붙였다.

"자, 이제 그라운드에서 우리의 각오를 보여주자."

10. 이 보 전진을 위한 일 보 후퇴

"진짜 가는구나!"

오랜만에 다시 돌아가는 고국이었다.

'시즌이 끝나기 전에는 돌아가지 못할 거라 예상했는데!'

그래서 한국행 비행기에 몸을 실은 태식은 기분이 들뜨는 것을 감추기 어려웠다.

"어떻게 변했을까?"

1년이 채 흐르지 않은 시간.

짧다면 짧고, 길다면 긴 시간이었다.

그사이 태식은 많은 것이 변했다.

두려움과 기대가 반반씩 섞인 채로 시작했던 미국행.

그렇지만 지금은 두려움이 사라졌다.

두려움은 성공에 대한 확신으로 바뀌었다.

"좌석도 바뀌었네."

미국행 비행기에 올랐던 당시와 달리 비즈니스 좌석을 타고 돌아가는 것부터 변한 모습이었다.

"고맙네."

어둠이 물들어 있는 창밖으로 시선을 던지던 태식이 작게 입을 뗐다.

태식이 전혀 예상치 못했던 시즌 중 한국행을 선뜻 먼저 제안했던 것은 마이크 프록터 단장이었다.

"쉽지 않은 결정이었을 텐데."

그래서 그에게 고마운 마음이 들었다. 그리고 태식이 마이크 프록터 단장과의 짧았던 만남을 떠올렸다.

"방금 뭐라고 하셨습니까?"

태식이 의아한 시선을 던졌다.

마이크 프록터 단장이 방금 전 꺼낸 말을 제대로 듣지 못했기 때문에 다시 물었던 것이 아니었다.

워낙 예상치 못했던 말이라 재차 확인하기 위해서 질문한 것이었다.

"잠시 한국에 다녀오라고 했네."

마이크 프록터 단장이 재차 말하고 난 후에야, 태식은 아까 잘못 들었던 것이 아님을 확실히 깨달았다.

"언제 말입니까?"

"지금."

"네?"

"준비는 내가 해뒀네."

태식이 두 눈을 깜박였다.

마이크 프록터 단장은 지금 의중을 묻는 것이 아니었다.

이미 모든 준비를 마친 후 통보를 하는 것이었다.

그래서 오히려 태식이 더욱 당황했다.

'최소 며칠은 걸릴 터!'

한국과의 거리와 비행시간을 감안하면 태식이 한국행을 마치고 돌아올 때까지는 최소 며칠은 걸릴 터였다.

지금은 정규 시즌 후반기.

순위 경쟁이 가장 치열하게 벌어지는 시기였다.

특히 샌디에이고 파드리스는 지구 선두인 LA 다저스와의 격차를 세 경기로 좁혀놓은 상태였다.

이런 상황에서 자신이 엔트리에서 빠지는 것은 전혀 예상치 못했던 부분이었다.

"왜… 이런 결정을 내리신 겁니까?"

"좀 지쳐 보이더군. 기계가 아닌 이상, 휴식은 필요한 법이지."

마이크 프록터 단장은 대수롭지 않게 말했다. 그렇지만 태식은 여전히 당혹스러운 기색을 감추지 못한 채 물었다.

"감독님도 동의하신 겁니까?"

"물론이네."

"하지만……."

"팀 셔우드 감독이 자네에게 전해주라는 말이 있네."

"……?"

"결코 쉽지 않겠지만 버텨보겠다. 그사이에 다시 예전 김태식의 모습을 회복하고 돌아와 줬으면 좋겠다고 하더군."

태식이 혀를 내밀어 바싹 마른 입술을 축였다.

"대체 이유가 뭡니까?"

"팀 셔우드 감독은 빚을 갚는다고 표현하더군."

"빚이요?"

"팀의 성적을 위해서 그동안 자넬 너무 혹사시켰다고 생각하는가 봐."

팀 셔우드 감독의 배려에 고마움을 느끼며 태식이 물었다.

"단장님도 같은 생각이십니까?"

"나는 이 보 전진을 위한 일 보 후퇴라고 생각하네."

"이 보 전진을 위한 일 보 후퇴?"

"승부수를 띄웠다고 할까?"

"……?"

"내 목표는 여전히 월드 시리즈 우승이네. 그리고 우리 팀의 월드 시리즈 우승을 위해서는 시즌 초중반의 김태식이 꼭 필요하거든."

태식이 쓰게 웃었다.

정규 시즌 초중반과 정규 시즌 후반.

태식의 성적과 활약은 조금 달랐다.

허무함이 더해진 심리적인 문제로 인해 정규 시즌 초중반에 비해 정규 시즌 후반의 성적이 떨어진 것은 부인할 수 없는 사실이었다.

그리고 마이크 프록터 단장은 이 부분을 놓치지 않았다.

'적절한 해법!'

태식이 그리 판단했을 때였다.

"휴가는 일주일이네."

마이크 프록터 단장이 두 눈을 빛내며 덧붙였다.

'일주일!'

정규 시즌 후반기, 그리고 샌디에이고 파드리스의 현 상황을 감안하면 무척 긴 휴가라고 할 수 있었다.

마이크 프록터 단장과 팀 셔우드 감독이 이런 어려운 결단을 내리기까지 얼마나 고심했을지 충분히 짐작이 갔다.

"휴가를 주셔서 감사합니다."

그래서 태식이 감사 인사를 건넸다.

가장 필요한 순간에 주어진 휴가라는 생각이 들었기 때문이다.

"여기 일은 신경 쓰지 말고 잘 다녀오게."

마이크 프록터 단장이 웃으며 화답했다.

* * *

팻 메이튼 VS 다르빗 유.

샌디에이고 파드리스와 LA 다저스의 3연전 첫 경기에 나서는 양 팀의 선발투수들이었다.

선발투수의 이름값만 놓고 보자면 분명히 LA 다저스의 2선발을 맡고 있는 다르빗 유 쪽으로 무게 추가 기울었다.

그렇지만 팀 셔우드는 지레 경기를 포기하지 않았다.

"나를, 그리고 우리 팀 선수들을 믿는다!"

팀 셔우드가 1회 초 첫 타석을 향해 걸어가는 에릭 아이바를 응시했다.

"초반이 아주 중요해!"

김태식의 부재.

샌디에이고 파드리스에게는 최악의 상황이었다.

이런 최악의 상황을 맞아 선수들만 각오를 다진 것이 아니었다.

감독인 팀 셔우드도 단단히 각오를 다졌다.

그래서 LA 다저스와의 객관적인 전력 차를 극복할 수 있는 방법을 찾기 위해 뜬눈으로 밤을 지새웠다.

그 결과 팀 셔우드가 주목한 것은 팻 메이튼의 성적이었다.

타선이 선취점을 올렸을 때와 그렇지 못할 때, 팻 메이튼의 투구는 극명한 차이를 드러냈다.

'만약 경기 초반에 선취점을 올릴 수 있다면?'

심리적으로 안정을 찾은 팻 메이튼의 투구.

다른 에이스급 투수들에 못지않았다.

상대가 다르빗 유라고 하더라도 밀리지 않을 가능성이 농후했다.

즉, 팻 메이튼이 호투하기 위한 필요조건은 샌디에이고 파드리스 타선이 경기 초반에 선취점을 올리는 것이었다.

그 사실을 알고 있기 때문일까.

샌디에이고 파드리스의 리드오프인 에릭 아이바는 나름 필사적으로 출루를 할 방법을 찾아왔다.

슈아악!

다르빗 유가 초구를 던진 순간, 에릭 아이바가 갑자기 번트 모션을 취했다.

위장이 아니었다.

에릭 아이바는 초구부터 번트를 시도했다.

틱! 데구르르.

기습 번트.

3루 베이스 쪽으로 굴러가는 번트 타구의 강약 조절은 완벽했다.

3루수가 앞으로 대시하며 손으로 타구를 잡아내 송구했지만, 에릭 아이바는 빠른 발을 뽐내며 세이프 판정을 받았다.

무사 1루.

기습 번트 시도가 성공하면서 찬스가 만들어진 순간, 팀 셔우드가 적극적으로 움직이기 시작했다.

희생번트.

팀 셔우드가 지시한 작전이었다.

2번 타자 호세 론돈이 충실하게 작전을 수행해 주길 바랐는데.

호세 론돈의 선택은 달랐다.

'희생번트 작전을 이행하는 것으로 부족하다!'

이렇게 스스로 판단을 내리고 실행으로 옮겼다.

슈악!

틱! 데구르르.

다르빗 유가 초구를 던진 순간, 호세 론돈이 번트를 감행했다.

그리고.

지시대로 번트를 댄 것은 맞았다.

그렇지만 호세 론돈은 미리 번트 자세를 취하지 않았다.

타격 자세를 취하고 있다가 다르빗 유가 투구 동작으로 진입했을 때 갑자기 번트 자세로 전환했다.

'기습 번트!'

호세 론돈의 선택.

희생번트가 아니라 기습 번트였다.

두 타자 연속으로 기습 번트를 감행할 것을 예상치 못했기 때문일까. 아니면, 1루 측으로 기습 번트를 시도할 것을 예상치 못해서일까.

1루수의 대시가 조금 늦었다.

투수인 다르빗 유가 침착하게 번트 타구를 잡아서 1루로 송구했다,

다르빗 유의 대처는 침착했고, 송구는 정확했다.

아웃 타이밍.

그렇지만 2루수가 베이스 커버를 들어오는 것이 조금 늦었다.

송구를 건네받은 2루수 코레이 시거의 발이 1루 베이스에 닿은 것과 전력 질주 한 호세 론돈의 발이 베이스에 닿은 것.

거의 동시였다.

"세이프!"

유심히 지켜보고 있던 1루심이 세이프 선언을 하는 것을 확인한 팀 셔우드가 팔짱을 풀었다.

"효과가 있었네!"

경기를 앞두고 선수들을 소집했던 것.

분명히 효과가 있었다. 독기를 품어서일까?

선수들은 단순히 지시를 이행하는 것에 만족하지 않고, 그 이상을 해내기 위해서 필사적으로 고민하고 있었다.

그 덕분에 1회 초부터 득점 찬스가 만들어져 있었다.

무사 1, 2루 상황에서 타석에 들어선 것은 티나 코르도바.

"진루타가 필요한데!"

혼잣말을 꺼내던 팀 셔우드가 이내 고개를 흔들었다.

막연하게 티나 코르도바가 진루타를 때려내 주기를 바라는 것은 위험하다는 사실을 알기 때문이었다.

'흔들자!'

클린업트리오에 포진한 티나 코르도바에게 희생번트를 지시하는 것.

분명히 무리수였다. 티나 코르도바가 번트에 능하지 않은 만큼, 작전 실패의 위험이 너무 컸다.

그로 인해 고민하던 팀 셔우드가 내린 결론은 LA 다저스 수비진의 방심의 허를 찌르는 것이었다.

경기가 시작되자마자 연속 기습 번트 안타를 허용한 터라, LA 다저스의 수비진은 어수선한 분위기였다.

그리고 팀 셔우드는 이 부분을 파고들었다.

'유인구를 던지지 않을까?'

샌디에이고 파드리스의 테이블세터진인 에릭 아이바와 호세 론돈. 두 타자는 모두 다르빗 유의 초구에 과감하게 기습 번트를 감행했다.

무사 1, 2루.

티나 코르도바가 희생번트, 혹은 기습 번트를 감행할 가능성을 배제하기 힘든 상황인 만큼, 다르빗 유와 야스만 그랜달로 구성된 LA 다저스의 배터리도 이 부분을 의식하고 있을 것이었다.

따라서 정직한 직구 승부가 아닌 유인구를 던져서 타석에 들어선 티나 코르도바의 반응을 확인할 가능성이 높았다.

'해보자!'

여기까지 생각이 미친 팀 셔우드가 과감하게 작전 지시를 내렸다.

슈악!

부우웅.

다르빗 유가 티나 코르도바를 상대로 초구를 던진 순간, 루상에 나가 있던 두 명의 주자가 동시에 스타트를 끊었다.

더블스틸!

'유인구였다!'

타다닷!

타다다닷!

더블스틸 작전을 간파한 포수 야스만 그랜달이 공을 포구하자마자 지체 없이 3루로 송구했다.

그렇지만 너무 서둘러서일까.

송구는 조금 높았다.

그사이 헤드 퍼스트 슬라이딩을 감행한 에릭 아이바의 손이 베이스에 닿았다.

"세이프!"

'됐다!'

더블스틸 작전이 보기 좋게 성공한 순간, 팀 셔우드가 다시 감독석에 앉으면서 팔짱을 꼈다.

'여기까지!'

감독이 경기에 개입하는 것은 여기까지였다.

이제부터는 클린업트리오에 포진한 타자들을 믿고 기다릴 때였다. 그리고 티나 코르도바는 팀 셔우드의 기대에 부응했다.

슈아악!

따악!

풀카운트 승부 끝에 6구째로 들어온 바깥쪽 직구를 밀어 쳐서 우익수 앞에 떨어지는 깔끔한 우전 안타를 만들어냈다.

2 : 0.

두 명의 주자가 모두 홈으로 파고들면서, 이른 시점에 선취점을 올리는 데 성공한 팀 셔우드의 표정이 밝아졌다.

* * *

송나영의 MLB 취재 수첩.

톡, 톡, 토도독.

기사를 작성하던 것을 멈추고 송나영이 환하게 웃었다.

평소에는 김태식의 경기 내 활약상과 경기 외적인 부분들에 대해 취재한 것이 기사 내용의 주를 이루었다.

그렇지만 이번 기사는 달랐다.

엄밀히 말하면 스포츠 관련 기사가 아니라, 연예 관련 기사에 가까웠다.

그 이유는 메이저리그에서 활약하고 있는 야구 선수 김태식과 도레미 퍼블릭의 리더인 지수의 열애 사실을 알리기 위한 기사였기 때문이다.

단독 보도.

두 사람의 열애 사실을 처음 알리는 특종 중의 특종이었다.

"송 기자!"

곁눈질로 기사를 살피고 있던 유인수가 넌지시 불렀다.

"왜요?"

"글 잘 쓰네."

유인수가 건넨 칭찬.

무척 낯설었다.

'언제였더라?'

글을 잘 쓴다는 칭찬을 마지막으로 받았던 것이 대체 언제인지 기억을 더듬던 송나영은 결국 기억을 떠올리는 데 실패했다.

'처음이구나!'

이런 칭찬을 받은 것이 이번이 처음이었기 때문이다.

"왜 이래요? 사람 당황스럽게?"

"글을 잘 쓰니까 잘 쓴다고 칭찬하는 거지."

"다른 속셈이 있는 것 아니에요?"

"다른 속셈?"

"내가 회사를 떠날까 봐 두려워서 칭찬을 남발하는 것 아닌가요?"

"아니라니까. 진짜 잘 써서 칭찬한 거야."

손사래까지 치면서 강변하는 유인수를 확인한 송나영이 그제야 환하게 웃었다.

"기자 생활을 오래 하다 보니 글이 좀 늘긴 했죠?"

"확실히 늘었어."

"제가 그동안 캡의 구박을 받으면서 노력했던 것이 마침내……."

"이참에 전직하는 게 어때?"

"전직… 이요?"

"로맨스 소설 쪽을 잘 쓸 것 같은데."

"……?"

"글에서 절절함이 느껴지네!"

송나영이 감상평을 늘어놓고 있는 유인수를 매섭게 노려보았다.

"이제 알겠네요."

"뭘?"

"내가 못 먹으니 남도 못 먹게 만들 심산인 거죠?"

"그건 또 무슨 소리야?"

"다른 회사에 빼앗길까 봐 아예 이 바닥을 뜨게 만들려는 거잖아요?"

송나영이 추궁하자, 유인수가 재차 손사래를 쳤다.

"그런 거 아니거든. 진짜 재능이 있어 보여서 그래. 그리고 로맨스 소설가로 전직하는 것이 송 기자의 장래를 위해서 더 나을 수도 있어."

"내 미래를 위해 나을 수도 있다고요?"

"요새 로맨스 소설 작가들 수입이 엄청나거든."

"그래요?"

"잘 모르는구만. 억대 연봉이 수두룩해."

"억대… 연봉이요?"
갑자기 귀가 솔깃해졌다.
'진짜 기자 생활 관두고 로맨스 소설 작가로 전업할까?'
진지하게 고민하던 송나영이 이내 마음을 다잡았다.
"나중에 한번 고민해 볼게요. 지금은 특종을 터뜨리는 게 급하거든요."
"그래. 일단 기사를 쓰는 것이 급하지."
"암요."
"부럽다."
"제가 특종을 터뜨려서요?"
"아니."
"그럼요?"
"김태식이 부러워."
"……?"
"돈과 명예, 사랑까지 다 가졌잖아."
유인수는 부러운 기색을 감추지 않았다.
송나영도 고개를 끄덕였다.
그의 말처럼 김태식은 돈과 명예, 그리고 사랑까지 모두 가졌으니까.
그렇지만 시기나 질투라는 감정은 일지 않았다. 그냥 당연하다는 생각이 들었다.
"여러 차례 시련을 겪었지만, 끝까지 야구를 포기하지 않았던 것에 대한 보상을 받는 것 같아요."
"그건 그렇지."

"좋은 선수이고, 또 좋은 사람이기도 하니까요."

유인수가 고개를 끄덕이며 수긍하는 것을 확인한 송나영이 다시 자판 위로 손을 올렸다.

김태식과 지수의 열애설을 가장 먼저 보도하고 싶었던 이유.

일단 기자로서 특종에 대한 욕심이 있었기 때문이다.

그렇지만 그 이유가 다가 아니었다. 또 하나의 이유는 두 사람의 사랑을 사실에 근거해서 최대한 예쁘게 포장해 주고 싶어서였다.

—우리가 절대 놓치지 말아야 할 부분은 두 사람의 사랑이 시작된 시점입니다. 두 사람이 사랑을 키워가기 시작한 시기는 김태식 선수가 메이저리그라는 세계 최고의 무대에 진출하기 전이었습니다. 그보다 훨씬 전이었죠. 김태식 선수가 KBO 리그에서 심원 패롯스로 이적한 지 얼마 지나지 않아서 두 사람의 사랑이 싹트기 시작한 겁니다. 당시 김태식 선수는 주전도 확보하지 못했던 보잘것없는 노장 선수였습니다. 어떤 계산을 한 것이 아니라 말 그대로 조건 없는 사랑이었죠. 우리는 이런 사실을 간과해서는 안 됩니다. 그리고 두 사람의 사랑이 아름다운 또 하나의 이유는…….

자판을 두드리는 송나영의 손놀림이 더욱 빨라지기 시작했다.

11. 금의환향

"여기 일은 신경 쓰지 말고 잘 다녀오게."

마이크 프록터 단장은 휴가를 떠나는 태식에게 샌디에이고 파드리스의 성적에는 신경 쓰지 말라고 조언했다.

아마 태식의 마음을 편하게 만들어주기 위함이리라.

그렇지만 신경이 쓰이는 것은 어쩔 수 없었다.

"잘하네!"

스마트폰으로 경기 스코어를 확인한 태식이 희미한 웃음을 머금었다.

7 : 1.

샌디에이고 파드리스는 LA 다저스와의 3연전 첫 경기에서 압승을 거두었다.

팻 메이튼이 9이닝 1실점의 완투승을 거두는 사이, 타선이 일찌감치 폭발했기 때문에 전문가들의 예상을 깨고 압승을 거둔 것이었다.

자신의 부재 속에서도 샌디에이고 파드리스가 승리를 거두었다는 사실을 알고 나자, 태식의 마음이 한결 가벼워졌다.

그때, 입국장 게이트가 열렸다.

무심코 게이트를 빠져나가려 했던 태식이 멈춰 섰다.

찰칵. 찰칵.

엄청난 플래시 세례가 쏟아졌다.

워낙 빛이 강렬한 탓에 눈을 뜨는 것조차 힘들 정도였다.

카메라 셔터를 누르는 소리가 줄어들고 나서야, 비로소 공항 내부의 모습이 제대로 보이기 시작했다.

얼핏 살펴도 백 명이 훌쩍 넘는 기자들이 모여 있었다. 그리고 기자들만 모여 있는 것이 아니었다.

김태식 선수의 금의환향을 격하게 환영합니다.

국위 선양의 아이콘.

김태식을 사랑하는 사람들의 모임.

한국 야구의 자존심, 김태식 선수.

다시 돌아와요. 심원 패롯스로.

각양각색의 내용이 적힌 플랜카드를 들고 있는 야구팬들도 공항에 몰려와서 격하게 환영해 주었다.

"이제 실감이 나기 시작하십니까?"

그때, 동행했던 데이비드 오가 물었다.
"뭐가요?"
"김태식 선수의 인기 말입니다."
데이비드 오의 말대로였다.
어마어마한 취재 열기.
또, 수많은 팬들이 공항에 운집해 있는 것을 확인하고 나자, 태식은 자신의 인기를 조금은 실감할 수 있었다.
또, 자신이 한 일이 생각보다 더 대단한 것이라는 사실도.
"대한민국에 있는 스포츠 관련 기자는 전부 몰려온 것 같군요."
태식이 웃으며 입을 떼자, 데이비드 오가 틀렸다는 듯이 고개를 흔들었다.
"한국의 스포츠 기자들이 다 몰려와도 이렇게 많지는 않을 겁니다."
"네?"
"다른 기자들도 몰려왔다는 말입니다."
"그게 무슨……?"
데이비드 오에게 질문하려던 태식이 도중에 입을 다물었다.
낯익은 얼굴을 발견했기 때문이다.
커다란 꽃다발을 손에 쥔 채 다가오는 앳된 소년의 얼굴은 분명히 낯이 익었다.
"아저씨, 안녕하세요?"
예전에 봤을 때에 비해서 키가 훌쩍 크고 살도 붙었다.
그렇지만 가장 큰 차이는 머리였다.

예전에는 항암 치료 때문에 머리카락이 다 빠져 있었는데, 지금 앳된 소년은 머리가 길게 자라 있었다.
"지훈이, 맞지?"
"네. 맞아요. 기억해 주셔서 감사합니다."
"당연히 기억하지."
"그리고 그때 문자 보내주셔서 감사합니다."
"이제 건강해져서 다행이다."
"이거 받으세요."
지훈이가 내밀고 있는 꽃다발을 태식이 건네받았다.
찰칵. 찰칵.
다시 플래시 세례가 쏟아질 때, 지훈이가 말했다.
"약속 지켜주셔서 감사합니다."
"약속?"
"나중에 제가 다 낫고 나면 같이 야구하기로 했었잖아요. 저와 했던 그 약속을 지키기 위해서 계속 야구하고 계신 거잖아요."
"응? 그래."
"아저씨와 했던 약속을 지키기 위해서 저도 열심히 치료받았어요."
"그래. 잘했다."
"그럼 그때 했던 약속, 지키실 거죠?"
"물론이지."
태식이 환하게 웃으며 지훈이의 머리를 쓰다듬을 때였다.
"월드 스타 김태식 선수!"

재차 낯익은 목소리가 들렸다.

"이게 누구야?"

"설마 그새 절 잊은 것은 아니시겠죠?"

"월드 스타 용덕수를 어떻게 잊을까?"

태식이 웃으며 화답한 순간, 용덕수가 머리를 긁적였다.

"월드 스타라는 표현은 넣어두시죠."

"왜?"

"형 앞에서 명함도 못 내미니까요."

환하게 웃으며 다가온 용덕수와 태식이 서로를 껴안았다.

"보고 싶었습니다."

"나도 너와 함께하던 치맥이 그리웠다."

"제가 아니라 치맥이 그리웠던 겁니까?"

"당연히 너도 보고 싶었지."

"그럼 말 나온 김에 오늘 같이 치맥 할까요?"

용덕수의 제안에 답하는 대신, 태식이 화제를 돌렸다.

"그런데… 여기 왜 나와 있어?"

"네?"

"아직 시즌 중이잖아."

"그게… 부상 중입니다."

"부상?"

태식이 의아한 시선을 던졌다.

가끔씩 전화 통화를 할 당시 용덕수가 부상을 입었다는 이야기를 꺼낸 적이 없었기 때문이다.

또, 기사에서도 용덕수의 부상 소식은 접하지 못했었다.

"심한 부상이야?"
"꾀병이에요."
용덕수가 입을 귀에 갖다 댄 채 속삭였다.
"꾀병?"
"형을 보고 싶어서 꾀병을 부린 거예요."
"아주 잘했다."
"칭찬이시죠?"
태식이 대답 대신 고개를 절레절레 흔들고 있을 때였다.
"예약한 겁니다."
"예약?"
"치맥 말입니다."
"알았다."
용덕수가 약속을 받아내는 데 성공하자 옆으로 비켜나자, 마치 기다렸다는 듯이 기자들의 질문이 쏟아지기 시작했다.
"김태식 선수, 아직 시즌이 한창 진행되고 있는 중인데 갑자기 귀국하신 이유가 뭡니까?"
"구단과 합의한 한국행입니까?"
"혹시 재계약 문제로 구단과 마찰을 빚고 있는 겁니까?"
"샌디에이고 파드리스와 결별하는 겁니까?"
기자들은 태식이 시즌 중에 갑작스레 귀국한 이유에 대한 질문을 던졌다.
또, 갑작스러운 귀국을 통해서 샌디에이고 파드리스와 재계약에 난항을 겪고 있지 않느냐는 추측성 질문도 쏟아냈다.
그렇지만 모두 추측일 뿐.

사실과는 거리가 멀었다.

"개인적인 사정으로 일시 귀국한 겁니다."

태식이 데이비드 오와 상의를 마친 귀국 이유를 밝혔다.

"혹시 이번에 나온 열애설 때문입니까?"

"올 시즌이 끝난 후에 결혼한다는 소문이 사실입니까?"

"도레미 퍼블릭의 멤버인 지수 씨를 만나기 위해 찾아온 겁니까?"

"정말 두 분이 결혼하십니까?"

마치 당연하다는 듯이 다시 질문이 쏟아졌다.

그렇지만 태식은 질문에 대답하는 대신 고개를 돌렸다.

환하게 웃으며 서 있는 지수의 모습을 뒤늦게 발견했기 때문이다.

"지수다!"

"지수가 공항에 나타났다!"

"뭐 해? 빨리 찍어!"

"더 빨리 움직여!"

지수의 예고 없는 등장으로 인해 공항 내의 기자들은 다시 분주해졌다.

그러나 태식은 기자들의 반응에 신경 쓰지 않았다.

아니, 공항에 모여 있는 사람들의 시선을 의식하지 않았다.

성큼성큼.

태식이 지수의 앞으로 다가갔다.

잠시 지수와 시선을 마주치던 태식이 환하게 웃으며 그녀를 품에 안았다.

찰칵. 찰칵.

마치 축하라도 하듯이 뜨거운 플래시 세례가 쏟아졌다.

*　　　*　　　*

3 : 2

샌디에이고 파드리스와 LA 다저스의 3연전 2차전의 결과 결과였다.

미구엘 디아즈 VS 리차드 힐.

샌디에이고 파드리스의 5선발인 미구엘 디아즈와 최강 선발진을 구축했다는 평가를 받는 LA 다저스의 3선발을 맡고 있는 리차드 힐의 선발 맞대결.

리차드 힐의 올 시즌 활약은 준수했다.

12승 5패 방어율 2.76.

만약 LA 다저스가 아니라 다른 팀 소속이었다면 1선발 혹은 2선발로 활약하기에 손색이 없을 정도였다.

그래서 많은 팬들과 전문가들이 경기 전 LA 다저스의 우세를 점쳤지만, 경기 결과는 달랐다.

4과 1/3이닝 2실점.

미구엘 디아즈는 나름대로 호투를 펼쳤다.

비록 위태롭긴 했지만 미구엘 디아즈가 마운드에서 버텨주는 사이, 샌디에이고 파드리스 타선은 리치 힐을 괴롭혔다.

김태식의 부재로 더욱 책임감을 느껴서일까.

클린업트리오에 포진된 코리 스프링어와 티나 코르도바는 각

각 1타점 적시타를 때려내며 제몫을 해냈다.

2 : 2.

동점 상황에서 접어든 5회 말.

미구엘 디아즈가 1사 1, 2루의 위기에 처하자, 팀 셔우드는 비교적 이른 시점에 과감하게 투수 교체를 단행했다. 그리고 토니 그레이와 앤디 콜, 히스 벨로 이어지는 필승조의 투입은 성공을 거두었다.

필승조가 LA 다저스 타선을 무실점으로 막아낸 사이, 타선에서는 하비에르 게레로가 힘을 냈다.

김태식을 대신해 클린업트리오에 포진된 하비에르 게레로.

그는 김태식의 부재를 지우기 위해서 더욱 경기에 집중했다. 그리고 그 집중력이 결실을 맺었다.

8회 초 2사 주자 없는 상황에서 타석에 들어선 하비에르 게레로는 결승 솔로 홈런을 터뜨렸다.

“이제 한 경기 차이!”

시즌 초반부터 내셔널 리그 서부 지구 선두를 유지했던 LA 다저스와 샌디에이고 파드리스의 격차는 한때 15경기까지 벌어졌다.

그래서 격차를 따라잡는 것이 불가능하다고 여겼는데.

시즌이 후반기로 접어든 시점, 샌디에이고 파드리스와 LA 다저스의 격차는 불과 한 게임으로 줄어들어 있었다.

“만약 오늘 경기마저 잡는다면?”

그럼 두 팀의 격차는 없어진다.

내셔널 리그 서부 지구 선두 자리에 오르는 것도 더 이상 꿈이 아니었다.

"이기고 싶다!"

야구는 흐름이 중요했다.

이미 위닝 시리즈를 확보한 상황.

비록 팀의 핵심 선수인 김태식이 엔트리에서 빠졌지만, 샌디에이고 파드리스 선수들은 하나로 똘똘 뭉쳐서 좋은 경기력을 선보이고 있었다.

팀이 상승세를 타고 있는 만큼, 기세를 이어 LA 다저스를 상대로 스윕을 거두고 싶었다.

그럼 향후 내셔널 리그 서부 지구 선두를 두고 다투는 순위 경쟁에서도 우위를 점할 수 있었기 때문이다.

카일 맥그리스 VS 알렉시스 우즈.

3연전 마지막 경기의 선발투수들이었다.

팀 셔우드가 선택한 것은 마이너리그에서 올린 카일 맥그리스에게 선발 기회를 주는 것이었다.

좋은 기회임을 알고 있기 때문일까.

비장한 표정으로 경기를 준비하고 있는 카일 맥스리스를 확인한 팀 셔우드의 두 눈이 기대로 물들었다.

*　　　*　　　*

"사생활이라 밝힐 수 없습니다."

데이비드 오와 상의를 마쳤던 기자들의 질문에 대한 답이었다.

그렇지만 태식은 그 대답을 꺼내지 못했다.

지수의 갑작스러운 방문 때문이었다.

예고 없이 공항으로 찾아온 지수를 본 순간, 머릿속에서 그 대답이 흔적도 없이 지워져 버렸다.

그래서 준비했던 대답을 꺼내는 대신, 태식은 지수에게 다가가서 품에 안아버렸다.

'화를 내지 않을까?'

원래 준비했던 대답 대신, 돌발 행동을 한 태식으로 인해 데이비드 오가 단단히 화가 났을 수도 있다고 생각했는데.

데이비드 오의 반응은 예상과 달랐다.

전혀 화가 난 기색이 아니었다.

"저라도 똑같이 행동했을 겁니다."

오히려 태식의 돌발 행동을 이해했다.

"그나저나 마이크 프록터 단장이 신경을 많이 썼네요."

공항 앞에 대기하고 있는 리무진 차량을 발견한 데이비드 오가 웃으며 말했다.

"지수 씨도 타시죠."

"저도요?"

"함께 가실 곳이 있습니다."

데이비드 오의 제안을 받은 지수가 태식에게 시선을 던졌다. 그리고 태식은 다음 목적지가 어디인지 이미 알고 있었다.

JYP의 백진영 대표를 만나기 위해서 찾아가는 것이었다.

그렇지만 태식은 일부러 그 사실을 알려주지 않았다.

지수를 놀라게 해주고 싶었기 때문이다.

"가보면 알게 될 거야."

태식이 지수와 함께 리무진에 올랐다.

잠시 뒤, 리무진 차량은 JYP 본사 앞에 도착했다.

"여기는……?"

지수가 JYP를 모를 리 없었다. 그래서 의아한 시선을 던지고 있을 때, 데이비드 오가 먼저 내렸다.

"자, 가시죠. 진영이 형이 기다리고 있습니다."

뒷문을 열어주며 데이비드 오가 말했다.

차에서 내린 태식의 눈에 백진영 대표가 보였다.

그는 대표실에서 기다리는 대신, 아예 본사 앞까지 나와서 태식 일행이 도착하기를 기다리고 있었다.

"드디어 만나게 되는군요."

백진영 대표가 환하게 웃으며 다가왔다.

웃을 때 드러나는 유난히 하얀 이가 인상적인 그와 태식이 인사를 나누었다.

"만나게 돼서 영광입니다."

"김태식 선수를 만나서 제가 영광이죠."

악수를 마친 백진영 대표가 지수에게로 시선을 던졌다.

"지수 씨, 오랜만이에요."

"네, 오랜만에 뵙겠습니다."

같은 분야에서 활동하는 만큼, 두 사람은 이미 안면이 있었다.

그래서 간단한 인사를 나눈 후, 백진영 대표가 말했다.

"내 꿈이 이뤄졌네요."

"네?"

"지수 씨와 함께 일하는 것이 내 꿈이었거든요."

백진영 대표가 사람 좋은 미소를 지은 채 설명했다.
"그게 무슨… 말씀인가요?"
제대로 말뜻을 이해하지 못한 지수가 의아한 시선을 던졌다.
그 질문에 답하는 대신 백진영 대표가 화제를 돌렸다.
"김태식 선수가 지수 씨를 많이 아끼나 봅니다."
"네?"
"귀국 후 첫 스케줄로 JYP를 찾아온 걸 보면 알 수 있죠."
"……?"
"가장 급한 것이 지수 씨가 겪고 있는 문제의 해결이라고 판단했기 때문일 겁니다. 맞습니까?"
정곡을 찔린 태식이 멋쩍게 웃을 때, 지수가 물었다.
"오빠, 이게 무슨 말이에요?"
"네가 소속사 때문에 곤란한 상황에 처한 걸 알고 내가 부탁을 좀 했어."
"무슨 부탁이요?"
"너와 소속사 사이의 문제를 해결해 달라고."
비로소 영문을 알아챈 지수가 놀란 표정을 지었다.
그때, 백진영 대표가 웃으며 말했다.
"이제 걱정할 것 없어요."
"……?"
"강영식 대표와는 합의를 봤으니까요."
"네? 그게 사실인가요?"
"사실이에요."
"하지만……."

"물론 지수 씨의 생각처럼 쉽지는 않았습니다. 그렇지만 여러 차례 만나서 설득한 끝에 합의를 이끌어냈습니다. 지수 씨만 허락해 준다면, JYP 소속 아티스트로 새 출발을 하시게 됩니다."

백진영 대표의 설명을 듣던 태식이 쓰게 웃었다.

설득이란 표현보다 협박이란 표현이 옳은 것이 아닌가 하는 생각이 들어서였다.

어쨌든.

중요한 것은 백진영 대표가 직접 나서서 지수와 소속사 사이의 문제를 해결하는 데 성공했다는 점이었다.

"오빠!"

"이제 맘이 좀 편해졌어?"

"그게… 고마워요."

"내가 더 빨리 알아채고 나섰어야 했는데. 늦어서 미안하다."

"아니에요."

어느새 눈물이 고인 지수의 손을 태식이 잡았을 때였다.

"형, 약속했던 물건입니다."

데이비드 오가 캐리어를 뒤져서 작은 상자를 꺼냈다.

"저게 뭔가요?"

지수의 질문에 태식이 대답했다.

"글러브."

"글러브요?"

"퍼펙트게임을 달성했을 때 내가 직접 사용했던 글러브야. 지수네 문제를 해결해 준 것에 대한 감사의 의미로 주는 선물이야."

야구광인 백진영 대표는 상자를 열어보고 눈에 띄게 표정이 밝아졌다.

"이렇게 귀한 걸 선물로 주셔서 감사합니다."

"제가 오히려 더 감사하죠."

황홀한 표정으로 글러브를 손으로 더듬던 백진영 대표가 퍼뜩 떠오른 듯 말했다.

"참, 김태식 선수가 대단하긴 한가 봅니다."

"그게 무슨 말씀이시죠?"

"혹시 스쿠터 브라운이라고 아십니까?"

"스쿠터 브라운이요?"

처음 듣는 이름이었다.

그래서 태식이 고개를 흔들자, 백진영 대표가 설명했다.

"세계적으로 유명한 음악 프로듀서이자 기획자입니다. 저스틴 비버와 칼리 레이언 잭슨 등의 스타들을 발굴한 기획자이죠."

스쿠터 브라운이라는 이름은 생소했다.

그렇지만 저스틴 비버와 칼리 레이언 잭슨은 달랐다.

그들의 음악은 자세히 알지 못했지만, 여러 차례 이름을 들었고 기억할 정도로 유명한 스타들이었다.

덕분에 스쿠터 브라운이 대단한 기획자라는 사실을 알게 된 태식이 물었다.

"그런데 왜 갑자기 스쿠터 브라운의 이야기를 꺼내신 겁니까?"

"실은 스쿠터 브라운 측에서 연락이 왔습니다."

"네?"

"지수 씨와 함께 작업을 해보고 싶다는 뜻을 밝히더군요."

태식은 담담한 표정을 유지했다.

그렇지만 지수의 반응은 달랐다.

상기된 표정을 감추지 못하고 백진영 대표에게 질문했다.

"그게 정말인가요?"

"네, 사실입니다."

"왜요?"

"네?"

"왜 스쿠티 브라운이 제게 공동 작업을 제안한 건가요?"

"지수 씨의 재능을 눈여겨봤기 때문이죠."

"그렇지만……."

지수가 선뜻 말을 잇지 못하고 있을 때, 백진영 대표가 태식을 보며 입을 뗐다.

"실은… 스쿠티 브라운이 샌디에이고 파드리스의 광팬이라고 하더군요."

"그런가요?"

"그리고 스쿠티 브라운에게 지수 씨를 추천한 것은 샌디에이고 파드리스의 마이크 프록터 단장입니다."

"마이크 프록터 단장이요?"

이건 전혀 예상치 못했던 상황이었다.

그래서 태식이 의아한 시선을 던질 때, 백진영 대표가 말을 더 했다.

"그 제안을 받은 스쿠티 브라운이 지수 씨의 한국 활동 영상을 찾아봤다고 하더군요. 그리고 샌디에이고 파드리스 구단에서 마련했던 한국인의 날 행사에서 지수 씨가 애국가를 부르는 모습을 현장에서 직접 본 것도 공동 작업을 하겠다는 결심을 하는 데 영향을 미쳤을 겁니다."

"그렇군요."

"이게 제가 아까 김태식 선수가 대단하다고 말했던 이유입니다. 마이크 프록터 단장은 물론이고, 스쿠티 브라운까지 움직이게 만들었으니까요."

백진영 대표의 이야기를 들으며 태식이 떠올린 것은 유인수가 일전에 건넸던 말이었다.

"김태식 선수가 아직 제대로 인기를 실감하지 못할 뿐, 지금 김태식 선수의 인기와 영향력은 대단합니다."

그때까지만 해도 제대로 실감하지 못했는데.

한국에 입국하고 난 후, 조금씩 그 말이 실감이 나기 시작했다.

"지수야."

"네?"

"좋은 일이지?"

"당연하죠. 제게는 엄청난 기회이니까요."

"다행이다."

"……."

"내가 도움이 될 수 있으니까."

태식이 기뻐하는 지수를 흐뭇하게 바라보았다.

처음 지수와의 만남을 시작했을 당시, 태식은 은퇴 위기에 몰렸던 노장 선수였다.

그래서 지수를 위해서 해줄 수 있는 것이 없었다.

오히려 계속 받기만 했었다.

그래서 늘 미안했었는데.

이제 지수에게 도움이 될 수 있다는 사실이 기뻤다.

"또, 지수가 좋아하니까."

환하게 웃고 있는 지수를 확인한 태식의 입가에도 환한 미소가 떠올랐다.

*　　　　*　　　　*

0 : 0.

4회까지 0의 행진이 이어졌다.

김태식을 대신해서 선발투수로 출전한 카일 맥그리스는 4이닝을 무실점으로 막아내는 호투를 펼쳤다.

그렇지만 5회가 되자, 흔들리기 시작했다.

5회 말의 첫 타자인 코스비 벨린저에게 오늘 경기 두 번째 안타를 허용하면서 루상에 주자를 내보냈다.

슈악!

따악!

그리고 작 피더슨에게도 깔끔한 중전 안타를 허용했다.

무사 1, 2루.

연속 안타를 허용하며 위기에 몰린 카일 맥그리스가 마운드 위에서 고개를 갸웃했다.

그 모습을 유심히 지켜보던 팀 셔우드가 투수 코치에게 마운드 방문을 지시했다.

"욕심이 생겼어!"

4회까지 호투하던 카일 맥스리스가 5회 말에 접어들자마자 갑자기 흔들리는 이유를 팀 셔우드는 짐작할 수 있었다.

우선 승리투수에 대한 욕심이 생겼다.

6회 초, 샌디에이고 파드리스의 타순.

3번 타자인 티나 코르도바부터 시작이었다.

최근 절정의 타격감을 선보이는 클린업트리오가 타석에 등장하는 만큼, 득점을 올릴 가능성은 충분했다.

그 사실을 카일 맥그리거도 알고 있었다.

'5이닝까지만 무실점으로 막아내면 승리투수 요건을 갖출 수 있다. 여기까지만 버티도록 하자!'

부지불식간에 이런 욕심이 생겼을 가능성이 높았다.

그래서 자연히 몸에 힘이 들어가면서 공이 가운데로 몰리기 시작한 것이었다.

"이걸로… 해결이 될까?"

팀 셔우드의 눈동자가 착 가라앉았다.

마운드에 올라간 투수 코치에게 이런 부분을 지적하며 몸에서 힘을 빼고 투구하라는 말을 전하라고 지시했다.

그렇지만 팀 셔우드의 불안함은 쉬이 가시지 않았다.

"투구 폼이 읽혔어!"

카일 맥그리스가 4회까지 무실점 호투를 펼칠 수 있었던 데는 그의 특이한 투구 폼의 역할이 컸다.

좌완 사이드암.

메이저리그에서 흔히 접하기 힘든 투구 폼이었다.

그래서 투구 폼에 생소함을 느낀 타자들의 타이밍을 빼앗는데 성공했었는데.

타순이 한 바퀴 돌고 나자, LA 다저스 타자들이 타이밍을 제대로 잡고 타격을 하기 시작했다.

슈악!

"볼!"

투수 코치가 마운드에서 내려온 후, 카일 맥그리스는 6번 타자 체이스 어틀리와 풀카운트 승부를 펼쳤다.

'막아라!'

팀 셔우드가 간절히 바랐지만, 풀카운트 승부의 결과는 아쉽게 끝났다.

"볼넷!"

카일 맥그리스가 유인구로 던진 커브의 궤적은 날카로웠다.

그렇지만 체이스 어틀리는 배트를 내밀던 도중에 가까스로 멈춰 세웠다. 그리고 주심과 1루심은 모두 배트가 돌지 않았다고 판단했다.

'아쉬워!'

팀 셔우드가 아쉬운 기색을 감추지 못한 채 한숨을 내쉬었다.

만약 카일 맥그리스가 체이스 어틀리를 삼진으로 돌려세웠다면?

LA 다저스 공격의 맥을 끊으면서, 조금 안정을 찾을 수 있는 가능성이 높아졌을 것이다.

아쉽게 볼넷을 허용하면서 상황은 무사 만루로 바뀌었다.

팀 셔우드가 팔짱을 풀며 자리에서 일어났다.

계속 아쉬워하고 있을 때가 아니었기 때문이다.

'바꿀까? 참을까?'

오늘 경기의 투수 운용에 대해 고민하던 팀 셔우드가 선뜻 결정을 내리지 못하고 망설였다.

카일 맥그리스를 지금 시점에 마운드에서 내리고 불펜 투수들을 투입하는 것이 맞다는 생각이 들었다.

그럼에도 불구하고 팀 셔우드가 망설인 이유는 어제 경기에서 불펜 투수들의 소모가 심했다는 점 때문이다.

'조금만… 더 끌고 가자!'

결국 팀 셔우드는 카일 맥그리스를 믿고 좀 더 마운드를 맡기기로 결심했다. 그리고 타석에는 LA 다저스의 7번 타자인 야스엘 푸이그가 등장했다.

슈아악!

따악!

야스엘 푸이그는 초구부터 과감하게 배트를 휘둘렀다.

경쾌한 타격음이 흘러나온 순간, 팀 셔우드가 벌떡 일어났다.

우중간으로 향하는 타구.

최소 2루타성 코스였다.

'만약 빠진다면?'

루상의 주자를 모두 불러들이기에 충분한 타구였다. 그리고 그때는 승부의 추가 확 기울게 될 터였다.

'잡아라!'

팀 셔우드 눈에 타구의 낙하지점을 예측하고 맹렬히 쫓아가는 우익수 맷 부쉬의 모습이 들어왔다.

타구 판단이 빨랐던 덕분에 맷 부쉬의 스타트는 빨랐다.
'잡을 수 있지 않을까?'
그래서 팀 셔우드의 기대가 한껏 높아진 순간이었다.
"어……!"
맷 부쉬의 움직임만 바라보고 있던 팀 셔우드의 시선에 갑자기 중견수인 미구엘 마못이 끼어들었다.
퍼억!
두 선수가 강하게 충돌하며 그라운드에 쓰러졌다.
툭. 데구르르.
맷 부쉬가 간신히 잡았던 공이 바닥에 떨어져 굴렀다. 그렇지만 맷 부쉬는 다시 일어나지 못했다.
중견수 미구엘 마못이 다시 일어나 공을 송구했다.
그 후로 중계 플레이가 이어졌지만, 팀 셔우드의 시선은 그라운드에 쓰러져 있는 맷 부쉬에게 고정됐다.
"안 돼!"
그라운드 위에서 뒹굴면서 통증을 호소하고 있는 맷 부쉬를 바라보던 팀 셔우드의 머릿속에 하나의 단어가 떠올랐다.
'최악!'

12. 부상이라는 돌발 변수

"마이크 프록터 단장 말입니다. 이번에 김태식 선수에게 점수를 따기 위해 제대로 준비했네요."

데이비드 오가 웃으며 덧붙였다.

"스위트룸을 숙소로 잡아줬네요."

"스위트룸이요?"

"네."

"일반 객실도 괜찮은데……."

"아닙니다. 스위트룸이 좋습니다."

"물론 좋긴 하겠지만……."

어차피 잠만 잘 텐데 가격이 너무 비싸지 않으냐?

이것이 태식이 하려던 말이었다.

그러나 데이비드 오가 조금 더 빨랐다.

"중요한 손님이 찾아올 테니까요."

"중요한 손님이요?"

"네."

"누군데요?"

"곧 아시게 될 겁니다."

리무진에서 내린 태식이 데이비드 오와 함께 컨티넨탈 호텔 스위트룸으로 들어갔다.

최고급 호텔의 스위트룸.

무척 넓고 화려했다.

"외국 정상들이 방문하면 여기서 자주 묵는다고 하더군요."

"아무리 생각해도 너무 과한……."

태식이 너무 과하다며 고개를 흔들 때, 벨이 울렸다.

문을 열었던 태식이 두 눈을 치켜떴다.

"어머니!"

원래 계획은 내일 어머니가 머무는 곳으로 찾아가는 것이었다. 그래서 어머니가 이곳에 찾아올 줄은 전혀 예상치 못했다.

그리고.

예상치 못했기에 반가움은 더욱 컸다.

"아들!"

태식이 팔을 벌려 어머니를 안았다.

"여긴 어떻게 오셨어요?"

"아들이 한국에 왔으니 당연히 아들 보러 와야지."

"제가 내일 찾아가려고 했는데……."

"힘들잖아."

"네?"

"비행기 오래 타고 와서 가뜩이나 힘들 텐데. 애미 있는 데까지 오려면 너무 힘들 것 같아서 애미가 왔어."

"어머니도 참!"

태식의 말문이 막혔다.

자식을 생각하는 어머니의 마음이 전해졌기 때문이다.

"힘들지 않으셨어요?"

"하나도 안 힘들었어. 커다란 차를 타고 서울로 올라오는데 아주 편하더라."

"그나마 다행이네요."

"그런데 여긴 어디야?"

"스위트룸이요."

"스위트룸?"

"오늘 여기서 주무실 거예요."

"누가? 내가?"

"네, 저와 어머니요."

어머니의 두 눈이 휘둥그레졌다.

넓고 화려한 스위트룸이 낯설고 어색한 듯 한참을 두리번거리던 어머니가 목소리를 낮추며 말씀하셨다.

"아들. 나가자."

"네? 왜요?"

"여긴 너무 비쌀 것 같아."

"괜찮아요."

"아냐. 그냥 요 앞에 여관 가서……."

어머니가 태식의 옷깃을 잡아끌 때, 데이비드 오가 나섰다.

"어머님, 처음 뵙겠습니다. 현재 김태식 선수의 에이전트를 맡고 있는 데이비드 오라고 합니다."

"아, 네. 반가워요."

"스위트룸의 가격 때문이라면 아무 걱정 하실 것 없습니다. 김태식 선수가 돈을 지불하는 것이 아니니까요."

"그럼 누가……?"

"마이크 프록터란 사람이 냈습니다."

"마이크 푸록터요?"

"네."

"그 외국 사람이 왜 그리 비싼 돈을 대신 냈어요?"

"김태식 선수에게 잘 보여야 하거든요."

"우리 태식이에게요?"

"네, 어머님. 그러니까 아무 걱정하지 마세요."

그제야 조금 안심한 표정인 어머니에게 데이비드 오가 덧붙였다.

"그리고 김태식 선수는 앞으로 돈을 아주 많이 벌 겁니다. 최소 수백억은 벌 테니까 돈 문제는 걱정하실 필요 없습니다."

"수백… 억이요?"

"네. 제가 그렇게 만들 테니까 믿어주십시오. 그리고 저는 이만 갈 테니, 두 분은 즐거운 시간 보내십시오."

어머니에게 꾸벅 인사한 후, 데이비드 오가 스위트룸을 나갔다.

넓은 스위트룸에 둘만 남게 되자, 어머니가 다시 걱정스러운 기색을 드러냈다.

"왜 그러세요?"

"아들, 저 남자랑 친해?"

"네? 네."

"너무 친하게 지내지는 마."

"왜요?"

"허풍이 너무 심한 것 같아."

그 이야기를 들은 태식이 실소를 터뜨렸다.

아까 데이비드 오가 앞으로 태식이 최소 수백억을 번다고 한 말이 어머니는 허풍처럼 느껴진 것이었다.

"허풍이 아니라 진짜예요."

"응?"

"앞으로 제가 수백억을 벌 거예요. 어쩌면 더 많이 벌 수도 있고요."

"말도 안 되는 소리."

"정말인데."

"……?"

"어머니 아들이 야구 잘한다고 인정을 받고 있거든요."

어머니는 아버지와 달랐다.

야구에 대해 잘 알지 못했다.

당연히 메이저리그 정상급 선수들이 얼마나 많은 연봉을 받고 있는지 전혀 알지 못했다.

"그러니까 앞으로는 돈 걱정 하지 마시고 하고 싶은 것은 하시고 드시고 싶은 것은 드셔도 돼요."

"그래도……."

"음, 일단은 식사부터 할까요?"

태식이 룸서비스를 시켰다.

"너무 많이 시킨 것 아니야?"

"이것도 마이크 프록터 단장이 계산하는 거니까 어머니는 부담 가지지 마시고 편하게 드셔도 돼요."

"그래?"

"고생하셨어요."

"……?"

"이제부터 호강시켜 드리겠다는 약속. 지킬게요."

태식이 어머니의 거친 손을 잡았다.

"아버지도 함께 계셨다면 좋았을 텐데."

당연하다는 듯이 아버지 생각이 났다.

'내가 메이저리그에서 성공하는 모습을 보셨다면 얼마나 기뻐하셨을까?'

야구에 대해 잘 알고 계시는 아버지는 야구 선수가 메이저리그에서 뛰는 것이 얼마나 대단한 일인지 알고도 남으셨다.

또, 태식이 메이저리그에서 이룬 것이 얼마나 대단한 것인지도 아실 터였다.

만약 살아계셨다면 무척 기뻐하셨을 터인데.

"보고 계실 거야."

"네?"

"저 하늘에서 흐뭇하게 웃으며 지켜보고 계실 거야."

"그러시겠죠?"

"그럼."
"앞으로 더 잘해야겠네요. 아버지가 기뻐하실 수 있도록."
태식이 어머니의 손을 잡은 채 서울의 야경을 바라보았다.
도란도란 이야기꽃이 핀 사이, 서울의 밤이 깊어졌다.

*　　　　*　　　　*

0 : 7.
샌디에이고 파드리스와 LA 다저스의 3연전 마지막 경기의 결과였다.
LA 다저스에게 완패를 당하며 샌디에이고 파드리스는 내셔널리그 서부 지구 선두에 올라설 수 있는 절호의 기회를 날려 버렸다.
LA 다저스와의 격차는 두 경기로 벌어졌다.
그렇지만 더 아픈 것은 경기 중에 발생한 부상이었다.
야스엘 푸이그가 때린 우중간으로 향하는 타구를 처리하기 위해서 달려들었던 맷 부쉬와 미구엘 마못은 타구를 처리하는 과정에서 서로 부딪혔다.
콜 플레이 미스.
맷 부쉬가 콜을 먼저 외쳤으니, 미구엘 마못이 피했어야 했다.
그렇지만 누구의 잘잘못을 따지는 게 중요한 것이 아니었다.
"의욕이 너무 앞섰어!"
팀 셔우드가 한숨을 내쉬었다.
김태식의 부재 속에서도 샌디에이고 파드리스는 절대 약하지 않다는 것을 증명하고 싶다는 욕심.

LA 다저스를 상대로 스윕을 거두며 올 시즌 처음으로 내셔널리그 서부 지구 선두에 오르고 싶다는 욕심.

물론 이런 욕심이 나쁜 것은 아니었다.

그렇지만 욕심으로 인해 너무 의욕이 과했고, 결국 부상이라는 최악의 결과가 초래된 것이었다.

불행 중 다행인 것은 미구엘 마못은 부상을 피했다는 점이었다.

하지만 맷 부쉬는 아니었다.

"복귀까지 두 달!"

정밀 검사를 마친 결과였다.

맷 부쉬는 부상 회복과 재활까지 포함해 복귀까지 8주가 걸린다는 의료진과 트레이닝 파트의 소견이 있었다.

"올 시즌은 끝났군!"

이미 정규 시즌이 막바지로 접어든 시점.

맷 부쉬의 복귀는 물 건너 간 셈이었다.

더 큰 문제는… 맷 부쉬의 빈자리를 메꿀 선수가 마땅치 않다는 점이었다.

"선수층이 얇다는 약점이 결국 드러났군!"

맷 부쉬가 부상을 당하자, 대체 자원이 부족했다.

"릭 에스팔토를 보낸 게 아쉽군!"

샌디 바에즈를 영입하기 위해서 마이크 프록터 단장은 마이크 팀린을 비롯한 세 명의 유망주들을 디트로이트 타이거스로 보냈다. 그리고 릭 에스팔토는 트레이드에 포함된 유망주 가운데 한 명이었다.

3할 초반대의 타율과 안정적인 수비.

릭 에스팔토가 올 시즌 마이너리그에서 남긴 기록이었다.

더구나 릭 에스팔토는 메이저리그에서 뛴 경험도 있었다.

맷 부쉬의 갑작스러운 부상이 발생했을 때, 대체 요원이 될 수 있는 훌륭한 자원이었는데.

릭 에스팔토의 부재로 인해 팀 셔우드의 고민이 깊어졌다.

"브라이언 스탠튼!"

장고 끝에 팀 셔우드가 떠올린 이름이었다.

릭 에스팔토와 네이선 다이어가 트레이드로 디트로이트 타이거스로 떠나버린 현재 마이너리그에서 가장 좋은 모습을 보이고 있는 외야 자원이었다.

그렇지만 팀 셔우드의 표정은 밝아지지 않았다.

"경험이… 너무 없어!"

브라이언 스탠튼은 메이저리그에서 뛴 경험이 단 한 차례도 없었다.

이렇게 어린 선수가 순위 다툼이 가장 치열한 정규 시즌 막바지에 콜업이 돼서 긴장하지 않고 본인의 기량과 플레이를 펼칠 수 있는 가능성은 무척 낮았다.

그러나 달리 선택의 여지가 없었다.

"요행을 바랄 수밖에!"

팀 셔우드가 미간을 찌푸린 채 선발 라인업을 작성하기 시작했다.

* * *

끝내기 홈런.

우송 선더스와의 대결에서 용덕수는 심원 패롯스의 승리를 결정짓는 극적인 끝내기 홈런을 터뜨렸다.

"훌륭한 스윙이었다!"

태식이 칭찬을 건네자, 용덕수가 환하게 웃으며 대답했다.

"이번 끝내기 홈런, 전부 형 덕분입니다."

"내 덕분이라고?"

"네."

"난 경기장을 찾아가지도 않았는데?"

태식이 의아한 시선을 던지자, 용덕수가 씩 웃으며 덧붙였다.

"치맥 약속이 잡혔으니까요."

"……?"

"연장전에 접어들면 큰일 나겠다 싶어서 제가 마지막 타석에서 이를 악물고 집중력을 발휘했습니다."

용덕수가 힘주어 더한 말을 들은 태식이 실소를 터뜨렸다.

1 : 1.

용덕수의 말처럼 극적인 끝내기 홈런이 터지지 않았다면, 경기는 연장으로 접어들었을 것이었다.

그랬다면 치맥 약속은 취소될 수도 있었다.

어떻게든 치맥 약속을 지키기 위해서 용덕수는 마지막 타석에서 극도의 집중력을 발휘했고, 덕분에 끝내기 홈런을 터뜨릴 수 있었던 것이었다.

"본의 아니게 도움을 줬네."

"네?"

"내 덕분에 심원 패롯스가 1승을 거둔 거잖아."

"그래 봐야 꼴찌입니다."

용덕수가 씁쓸한 표정으로 대답했다.

올 시즌 심원 패롯스의 성적은 리그 최하위.

그리고 아직 정규 시즌이 끝나지는 않았지만, 이미 리그 최하위가 거의 확정적인 상황이었다.

'이철승 감독님의 말처럼 됐네!'

태식이 쓰게 웃을 때, 용덕수가 물었다.

"안 돌아오실 거죠?"

"어디로?"

"심원 패롯스로는 안 돌아오실 거죠?"

"왜 그렇게 생각해?"

"메이저리그에서 너무 잘하고 계시니까요. 또, 워낙 끝이 안 좋게 헤어졌으니까요."

"돌아올 거야."

"네?"

"언젠가는 다시 돌아올 거라고."

예상치 못했던 대답이기 때문일까.

용덕수가 놀란 기색을 감추지 못한 채 물었다.

"언제요?"

"적당한 때가 되면."

"그게 언제인데요?"

"박순길 단장이 물러나고 난 후가 되겠지."

용덕수는 알지 못했지만, 태식은 이철승 감독과 약속을 했다.

언젠가 다시 심원 패롯스에서 함께하기로.

비록 정확한 시기까지는 알 수 없었지만, 박순길 단장이 물러나고 나면 차근차근 계획이 진행될 터였다.

"이거 본의 아니게 심원 패롯스의 프랜차이즈 스타가 되겠는데요."

"내가?"

"제가요."

"……?"

"형이 언젠가 심원 패롯스로 돌아온다고 하니 팀을 옮길 수가 없지 않습니까?"

비로소 말귀를 알아들은 태식이 재차 실소를 터뜨렸다.

치킨 두 마리와 맥주 몇 잔.

말 그대로 간단한 술자리였다.

그렇지만 용덕수와 오랜만에 함께 술자리를 하니 무척 즐거웠다.

"자, 한잔하시죠."

"그래! 마시자."

채앵.

가볍게 잔을 부딪힌 후, 태식이 맥주를 시원하게 들이켰다.

'맛있네!'

태식이 웃음을 머금은 순간, 용덕수가 말했다.

"자, 재미없는 심원 패롯스 얘기는 그만하고, 샌디에이고 파드리스 얘기나 하시죠."

"무슨 얘기를 할까?"

"월드 시리즈 우승, 가능할까요?"

용덕수의 질문을 받은 태식이 대답했다.

"4할!"

"너무 낮게 잡은 것 아닙니까?"

"높아진 거야."

"네?"

"얼마 전에 똑같은 질문은 던진 사람이 있었어."

"누구요?"

"노후 준비를 하고 있는 직장인."

"……?"

"그때, 3할이라고 대답했거든."

유인수가 같은 질문을 던졌을 때, 태식은 샌디에이고 파드리스가 월드 시리즈 우승을 차지할 확률이 3할이라고 대답했다.

그로부터 얼마 흐르지 않은 시점에 용덕수에게서 똑같은 질문을 받은 태식은 4할이라고 대답했다.

샌디에이고 파드리스의 월드 시리즈 우승 확률을 1할 높게 평가한 것이었다.

"왜 1할이 더 높아진 건데요?"

용덕수가 두 눈을 빛내며 물었다.

"내가 변했거든."

13. 우승 프리미엄

"올 시즌에 월드 시리즈 우승을 하고 싶어졌어."

"갑자기 왜 마음이 바뀌셨는데요?"

"고마워서."

"뭐가 고마운데요?"

"날 위해서 세심하게 신경을 써주는 사람들에게 보답하고 싶달까?"

용덕수는 말뜻을 제대로 이해한 기색이 아니었다.

그렇지만 더 자세한 질문을 던지지는 않았다.

대신 화제를 돌렸다.

"메이저리거가 되더니 확실히 바뀌시긴 했네요."

"뭐가 바뀌었지?"

"일단 자신감이 생기셨어요."

"자신감이 생겼다?"

"형이 마음먹기에 따라서 우승 확률이 무려 1할이나 상승한다는 말에 벌써 자신감이 팍팍 묻어나잖습니까? 예전에 심원 패롯스 소속이었을 당시의 형은 이런 자신감을 드러내지 않으셨거든요."

용덕수가 말을 마친 순간, 태식이 작게 고개를 끄덕였다.

심원 패롯스 소속 선수였을 때와 지금은 또 달랐다.

그때는 기적이 찾아오고 난 후 얼마 흐르지 않은 시점.

스스로에게 확신을 가지기에는 조금 일렀다.

그래서 매사에 조심스러웠다.

그렇지만 메이저리그라는 세계 최고의 무대에서 성공을 거두고 난 후인 지금은 스스로에게 확신이 생겼다.

그것이 이런 자신감의 차이를 만든 것이었다.

"또 뭐가 달라졌지?"

"술을 끊어 드시지 않네요."

"응?"

"예전에는 맥주 한 잔을 앞에 두고 고사를 지내는 게 아닌가 하는 싶을 정도로 끊어 드셨는데. 오늘은 시원하게 드시잖습니까?"

용덕수의 지적은 이번에도 정확했다.

예전의 태식은 맥주 한 잔을 여러 차례에 걸쳐 끊어 마셨다.

굳이 첨언을 하자면, 아껴 마셨다고 표현하는 것이 정확했다.

물론 지금도 마찬가지였다.

태식은 술을 최대한 절제하고 있었다.

미국 생활이 외로워서 술 생각이 간절할 때도, 애써 참으며 지냈으니까.

그럼에도 불구하고 오늘 치맥을 하는 자리에서 시원하게 맥주를 들이키는 데는 나름의 이유가 있었다.

"오늘이… 휴가 마지막 날이거든."

"네?"

"휴가의 마지막 날이니 즐겨야지."

태식이 대답한 순간, 용덕수가 의아한 시선을 던졌다.

"한국에 며칠 더 머무는 것 아니었어요?"

"원래는 그러려고 했어."

"그런데요?"

"문제가 생겼어."

"무슨 문제요?"

"맷 부쉬가 부상을 당했거든."

마이크 프록터 단장은 샌디에이고 파드리스의 성적이나 상황에 대해서 일절 신경을 끊고 휴가를 즐기라고 당부했었다.

그렇지만 그게 말처럼 쉽지 않았다.

자꾸 신경이 쓰이는 것은 어쩔 수 없었다.

그리고.

최근에는 해외 야구, 특히 태식이 뛰고 있는 샌디에이고 파드리스에 대한 기사가 한국에서도 자주 등장하는 편이었다.

<속보, 샌디에이고 파드리스 우익수 맷 부쉬. 부상으로 시즌 마감>

맷 부쉬가 경기 중에 미구엘 마못과 충돌해서 부상을 입었다는 소식이 속보라는 타이틀을 달고 한국 포털 사이트에 떴을 정도였다.

그런데 어찌 모를 수 있을까.

"샌디에이고 파드리스에게 난관이 닥쳤네요."

용덕수가 어두운 표정으로 말한 순간, 태식이 대답했다.

"마이크 프록터 단장이 큰 비난에 직면할 거야."

*　　　*　　　*

샌디에이고 파드리스 VS 콜로라도 로키스.

두 팀의 올 시즌 마지막 대결이었다.

쿠어스 필드에서 펼쳐지는 3연전 첫 경기.

샌디에이고 파드리스는 샌디 바에즈를 선발투수로 내세웠다. 그리고 부상을 당한 맷 부쉬를 대신해 브라이언 스탠튼을 콜업해서 경기에 투입했다.

브라이언 스탠튼의 타순은 8번.

그렇지만 팀 셔우드가 브라이언 스탠튼에게 기대하는 것은 그리 많지 않았다.

"수비만 안정적으로 해주면 좋을 텐데."

메이저리그 데뷔 무대이기 때문일까.

브라이언 스탠튼은 잔뜩 긴장한 기색이 역력했다.

팀의 주장인 코리 스프링어와 함께 수비 호흡을 맞출 미구엘 마못이 일부러 다가가서 장난을 치며 긴장을 풀어주려 시도했다.

그렇지만 그들의 장난에 애써 웃음을 짓는 브라이언 스탠튼의 입꼬리는 딱딱하게 굳어져 있었다.

긴장을 털어내지 못했다는 증거.

'불안해!'

그런 브라이언 스탠튼을 유심히 지켜보던 팀 셔우드의 불안감이 증폭됐다.

그렇지만 달리 선택의 여지가 없었기에 브라이언 스탠튼을 우익수로 출전시킬 수밖에 없었다.

그리고.

팀 셔우드의 우려는 현실이 됐다.

1회 말 콜로라도 로키스의 공격.

부담감이 커서일까.

샌디 바에즈는 경기 초반부터 제구가 흔들렸다.

콜로라도 로키스의 리드오프인 트레비스 스토리에게 볼넷을 허용했고, 2번 타자인 마크 레이놀즈는 몸에 맞는 공으로 출루시켰다.

무사 1, 2루.

다행히 3번 타자 이안 다이아몬드를 헛스윙 삼진으로 돌려세우며 샌디 바에즈는 한숨을 돌렸다.

1사 1, 2루 상황에서 타석에 들어선 것은 4번 타자 알렉스 로즈웰.

슈아악!

딱!

투 볼 원 스트라이크 상황에서 알렉스 로즈웰은 바깥쪽 직구를 밀어 쳤다.

배트 상단에 맞았지만, 타이밍은 완벽했다.

더구나 알렉스 로즈웰은 손목 힘이 대단했다.

비거리가 클 것이라고 판단했던 팀 셔우드가 눈살을 찌푸리며 감독석에서 일어났다.

타닷.

타격음이 흘러나온 순간, 앞으로 전진하는 브라이언 스탠튼을 발견했기 때문이다.

뒤늦게 타구의 비거리가 크다는 것을 알아챈 브라이언 스탠튼이 몸을 돌려 펜스 쪽으로 달려가기 시작했다.

'늦었어!'

팀 셔우드가 한숨을 내쉬며 속으로 소리쳤다.

'멈춰!'

타구를 처리하기에는 너무 늦어 있었다.

그러니 펜스 플레이를 준비하는 편이 옳았다.

하지만 브라이언 스탠튼은 멈추지 않고, 끝까지 타구를 좇았다.

그리고. 결과는 좋지 않았다.

알렉스 로즈웰의 타구는 브라이언 스탠튼의 키를 넘기고 떨어졌다.

당연히 펜스 플레이는 제대로 이루어지지 않았고, 루상의 주자들은 모두 여유 있게 홈으로 파고들었다. 그리고 타자 주자인 알렉스 로즈웰은 발이 트린 편임에도 불구하고 3루에 안착했다.

2타점 3루타.

0 : 2.

일찌감치 두 점을 내준 후, 팀 셔우드의 표정이 굳어졌다.

부상을 당한 맷 부쉬를 대신해서 경기에 출전한 브라이언 스탠튼이 안정적인 수비만 펼쳐주길 바랐는데.

브라이언 스탠튼은 팀 셔우드의 기대에 미치지 못했다.

"경험 부족!"

팀 셔우드가 진단한 문제였다.

알렉스 로즈웰의 타구.

원래라면 큼지막한 외야플라이가 됐어야 했다.

그렇지만 브라이언 스탠튼은 최초 타구 판단에 실패했다.

아까 알렉스 로즈웰이 타격한 순간, 뒤로 물러나는 대신 앞으로 전진했던 것이 타구를 오판한 증거였다.

그리고 하나 더.

브라이언 스탠튼은 콜로라도 로키스의 홈구장인 쿠어스 필드의 특징을 간파하는 데 실패했다.

쿠어스 필드는 해발 1,610m의 고지대에 있어 타 구장에 비해서 타구의 비거리가 길고 홈런도 자주 나왔다.

흔히 투수들의 무덤이라고 불리는 원인.

그런 만큼 평소보다 타구의 비거리가 길다는 것을 감안하고 수비에 임해야 했다.

그렇지만 브라이언 스탠튼은 그 부분을 간과했다.

이런 쿠어스 필드의 특징을 미리 알았다면, 끝까지 타구를 쫓는 대신 펜스 플레이에 대비하는 편이 맞았다.

그랬다면 2루 주자가 홈으로 파고드는 것은 막지 못했더라도,

1루 주자의 홈 쇄도는 막을 수 있었을 텐데.

"후우!"

팀 셔우드가 길게 한숨을 내쉬었다.

여러모로 아쉬움이 남는 수비였다. 그리고 브라이언 스탠튼의 엉성한 수비로 인한 대가는 아직 다 치른 것이 아니었다.

슈악!

따악!

5번 타자 조나단 머피는 샌디 바에즈의 가운데로 몰린 슬라이더를 놓치지 않고 받아쳐서 좌중간 담장을 넘기는 투런 홈런을 터뜨렸다.

0 : 4.

순식간에 넉 점차로 벌어진 순간, 팀 셔우드의 낯빛이 어두워졌다.

"젔디!"

후우.

데이비드 오의 한숨은 무척 깊었다.

마치 땅이 꺼져라 한숨을 내쉬는 그를 확인한 태식이 말했다.

"한숨은 그만 쉬시죠."

"왜요?"

"비행기가 추락할까 봐 걱정돼서요."

태식이 농담을 건넸다.

그렇지만 데이비드 오는 전혀 웃지 않았다.

"꼭… 그렇게 하셔야겠습니까?"

데이비드 오가 내키지 않는 기색으로 물었다.

그렇지만 태식은 단호하게 대답했다.

"네. 해야 합니다."

"하지만……."

"체력에는 문제가 없습니다."

"……."

"부상을 당하지 않을 자신도 있습니다."

태식이 힘주어 말하자, 데이비드 오는 반박하는 대신 고개를 흔들었다. 이미 한번 결정하면 절대 타협하거나 물러서지 않는 태식의 고집에 대해 알고 있기 때문이리라.

"마이크 프록터 단장 말입니다. 손익계산을 참 잘하네요."

"무슨 말씀입니까?"

"휴가를 며칠 보내주고 더 큰 것을 얻지 않았습니까?"

"마이크 프록터 단장이 뭘 얻었습니까?"

"김태식 선수의 마음이요."

데이비드 오의 대답을 들은 태식이 부인하지 못하고 고개를 끄덕였다. 원래 일정보다 더 빨리 미국행 비행기에 오른 것.

더 늦어지면 샌디에이고 파드리스의 우승에 차질이 생길 것을 우려해서였다.

4박 5일의 무척 짧은 휴가. 그렇지만 그 휴가 기간 동안 태식은 당면했던 많은 문제들을 해결했다.

그로 인해 마음의 짐을 덜 수 있었고, 마이크 프록터 단장에게 빚을 졌다는 것을 부인할 수 없었다.

또, 다시 각오도 다질 수 있었다.

'월드 시리즈 우승!'

올 시즌이 아니면, 다음 시즌, 그다음 시즌에 월드 시리즈 우승을 차지하면 된다고 생각했다.

그런 생각을 갖기 시작하자, 마치 당연하다는 듯이 마음이 느슨해졌다.

그런데 짧은 휴가가 특효약이 됐다.

짧은 휴가를 보내고 나서 태식은 재차 각오를 다질 수 있었다.

정규 시즌 후반기에 트레이드를 통해 샌디 바에즈를 영입한 것.

마이크 프록터 단장의 입장에서는 엄청난 모험을 한 셈이었다.

그리고 그가 위험을 감수하고 이런 모험을 한 이유.

월드 시리즈 우승을 차지하고 싶다는 열망이 강해서였다.

태식 역시 그 사실을 모를 리 없었다.

그리고.

일전에도 말했지만, 월드 시리즈 우승을 차지하는 것을 결코 쉽지 않았다.

탄탄한 전력을 구축하는 것은 물론이고, 운도 따라야 했다.

그만큼 월드 시리즈 우승을 차지하는 것은 어려웠고, 월드 시리즈 우승의 기회는 자주 찾아오지 않았다.

'올 시즌을 마치고 다른 팀으로 옮긴다면?'

우승과 근접한 빅 마켓 구단으로 이적한다고 해서, 월드 시리즈 우승을 차지할 수 있는 가능성은 높지 않았다.

시즌을 치르는 과정에서 어떤 돌발 변수가 발생할지 알 수 없기 때문이었다.

어쩌면 올 시즌이 월드 시리즈 우승의 적기일 수 있었다.

그리고 하나 더.

기왕이면 스몰 마켓 구단인 샌디에이고 파드리스에서 주역으로 월드 시리즈 우승이라는 업적을 이뤄내고 싶었다.

"어쩔 수 없죠."

데이비드 오가 체념한 표정으로 말했다.

그렇지만 그의 목소리는 의외로 밝았다.

"기왕이면… 꼭 우승하십시오."

그 당부를 들은 태식이 새삼스러운 시선을 던졌다.

"이제 포기한 겁니까?"

"물론 그건 아닙니다. 저희 회사 최고의 고객을 포기할 수는 없죠."

"그럼… 데이비드 오도 이제 샌디에이고 파드리스의 팬이 된 겁니까?"

"그것도 아닙니다."

"그럼 대체 왜?"

데이비드 오가 대답했다.

"우승 프리미엄이 붙으면 더 대박 계약을 맺을 수 있을 테니까요."

14. 최악의 경기

0 : 10.

샌디에이고 파드리스는 콜로라도 로키스와의 3연전 첫 경기에서 말 그대로 완패를 당하고 말았다.

"최악의 경기!"

팀 셔우드 감독이 경기가 끝난 후 굳은 표정으로 꺼냈던 평가였다.

마이크 프록터도 그런 그의 평가에 수긍했다.

샌디에이고 파드리스 타선은 콜로라도 로키스의 에이스인 크레익 홀랜드의 호투에 막혀 단 한 점도 뽑아내지 못했다.

이렇다 할 득점 찬스조차 만들어내지 못했을 정도로 빈타에 허덕인 끝에 완봉패를 당하고 말았다.

샌디에이고 파드리스의 선발투수로 출전했던 샌디 바에즈는 초반에 찾아온 위기를 넘기지 못하고 와르르 무너졌다.

샌디 바에즈의 뒤를 이어 마운드에 올랐던 불펜 투수들도 콜로라도 로키스의 강타선을 막아내기에는 역부족이었다.

수비도 불안하기는 마찬가지였다.

맷 부쉬의 부상으로 긴급 투입된 브라이언 스탠튼은 실점으로 이어지는 결정적인 실책을 두 번이나 범했다.

또, 스코어 차가 일찌감치 크게 벌어지면서 집중력을 잃어버린 야수들은 실책성 플레이를 남발했다.

무기력하기 짝이 없었던 졸전.

올 시즌 샌디에이고 파드리스가 펼쳤던 경기들 가운데 최악이라고 표현해도 절대 과언이 아니었다.

"확실히… 어렵네요."

팀 셔우드 감독이 답답한 표정으로 꺼낸 말을 들은 마이크 프록터가 한숨을 내쉬었다.

그가 어렵다고 토로하는 것.

단순한 엄살이 아님을 알고 있었기 때문이다. 그리고 팀 셔우드 감독의 표정은 불과 며칠 전과 확실히 달라져 있었다.

"버텨보겠습니다. 아니, 버틸 수 있을 겁니다."

마이크 프록터가 김태식에게 일주일간 휴가를 주자는 의견을 내놓았을 때, 팀 셔우드 감독이 꺼냈던 대답이었다.

당시 대답을 하던 팀 셔우드 감독의 표정에는 자신감이 묻어났다.

그렇지만 그로부터 불과 며칠이 흐른 지금, 팀 셔우드 감독의 표정에서 자신감은 흔적도 찾기 힘들었다.

김태식이라는 팀의 핵심이자 구심점 역할을 해주던 선수 없이 경기를 치르는 것이 중과부적이라는 사실을 확연히 깨달았기 때문이리라.

'무리수였나?'

샌디에이고 파드리스 입장에서 가장 중요한 시점에 팀의 주축 선수인 김태식에게 일주일간 휴가를 줬던 것이 너무 무모했던 결정이 아닐까 하는 생각이 들어서 마이크 프록터가 후회했을 때였다.

갈색 위스키를 한 모금 마신 후, 팀 셔우드 감독이 입을 뗐다.

"아주 많은 것을 잃은 경기였습니다."

수많은 경기 가운데 한 경기를 패한 것뿐이었다. 그러나 마이크 프록터는 반박하는 대신 고개를 끄덕여 수긍했다.

정규 시즌에 치르는 모든 경기의 비중이 같은 것은 아니었다.

팀이 처한 입장에 따라서 경기들의 비중은 달라졌고, 이번 패배는 무척 뼈아픈 패배였다.

또, 이번 경기에서 완패하면서 샌디에이고 파드리스는 잃은 것이 많았다.

"맷 부쉬가 부상을 당하면서 여러 곳으로 유탄이 튀고 있습니다. 일단 브라이언 스탠튼이 유탄의 피해자가 됐죠."

4타수 무안타.

마이너리그에서 콜업돼서 메이저리그 데뷔전을 치른 브라이언 스탠튼은 단 하나의 안타도 때려내지 못했다.

네 차례 타석에 등장했지만, 모두 삼진으로 물러났다.

그리고 수비는 더욱 심각했다.

실점으로 이어졌던 결정적인 실책들을 잇따라 범하면서, 완패의 빌미를 제공했다.

—메이저 수준에 한참 못 미침.

—공수 모두 함량 미달.

—이런 선수가 출전할 정도로 선수층이 얇은 것이 샌디에이고 파드리스가 처한 현실.

—최악의 선수.

브라이언 스탠튼의 메이저리그 데뷔전에 대해서 샌디에이고 파드리스 팬들은 냉정한 평가를 내렸다.

물론 브라이언 스탠튼의 메이저리그 데뷔전 경기가 무척 형편없기는 했다.

그렇지만 고작 한 경기에 불과했다.

아직 스물세 살에 불과한 어린 선수에게는 너무 가혹하고 냉엄한 비난이 한꺼번에 쏟아진 셈이었다.

"시기가 안 좋았죠."

팀 셔우드 감독이 빈 잔에 위스키를 쏟아부으며 던진 말을 들은 마이크 프록터가 또 한 번 고개를 끄덕였다.

브라이언 스탠튼이 과하다 싶을 정도로 비난을 받는 이유 중 하나는 메이저리그 데뷔 시기에 있었다.

내셔널 리그 서부 지구 선두를 달리고 있는 LA 다저스와 2위 샌디에이고 파드리스의 격차는 단 두 경기.

충분히 지구 선두를 탈환할 가능성이 남아 있는 상황이니 만큼, 샌디에이고 파드리스 입장에서는 무척 중요한 시점이었다.

또, 샌디에이고 파드리스 팬들의 기대치는 잔뜩 상승해 있었다.

그런데 브라이언 스탠튼은 팬들의 기대에 전혀 미치지 못하는, 엉성하고 허술한 플레이들을 펼쳤다.

그로 인해 샌디에이고 파드리스가 경기에서 패배했으니, 팬들이 화가 난 것은 어쩌면 당연한 일이었다.

"아마… 브라이언 스탠튼은 슬럼프에 빠질 겁니다."

스물세 살의 어린 선수가 감당하기에는 너무 벅찬 무대였고, 자리였다.

더구나 팬들의 격려가 아닌 비난은 어린 선수인 브라이언 스탠튼의 가슴에 커다란 상처로 남았을 터.

당장 이 상처를 딛고 다시 일어서기는 힘들 것이었다.

팀 서우드 감독의 지적대로 브라이언 스탠튼은 한동안 극심한 슬럼프에 빠질 가능성이 높았다.

'트레이드?'

그로 인해 한숨을 내쉬던 마이크 프록터가 퍼뜩 떠올린 것은 또 한 번 트레이드를 단행하는 것이었다.

'누가 좋을까?'

트레이드를 떠올린 순간, 마이크 프록터의 머릿속이 바빠지기 시작했다.

마치 당연하다는 듯이 수많은 후보군들이 머릿속에 떠올랐다가 사라지기를 반복했다.

그렇지만 딱 맞는 후보는 없었다.

맷 부쉬 이상의 활약을 펼칠 수 있는 선수.

지구 우승이나 와일드카드를 노리고 있지 않은 팀의 선수.

이런 두 가지 전제 조건이 선택의 폭을 크게 제한했기 때문이다.

그리고.

마이크 프록터는 얼마 지나지 않아 트레이드를 포기했다.

좀 더 근본적인 문제를 발견했기 때문이다.

'카드가… 없어!'

샌디 바에즈를 영입하는 과정에서 마이크 팀린을 비롯한 유망주들을 트레이드 카드로 활용한 후였다.

더 이상 샌디에이고 파드리스에는 다른 팀이 탐내는 트레이드 카드로 활용한 유망주들이 남아 있지 않았다.

'어렵군!'

그래서 마이크 프록터가 한숨을 내쉬었을 때, 팀 셔우드 감독이 다시 말을 이었다.

"다음으로 샌디 바에즈가 억울하게 유탄을 맞았죠."

3이닝 5실점.

선발투수로 경기에 출전했던 샌디 바에즈가 남긴 기록이었다.

샌디에이고 파드리스로 이적 후 세 경기에서 샌디 바에즈는 모두 퀄리티 스타트 이상의 투구를 기록했는데.

네 번째 등판에서는 달랐다.

경기 초반에 찾아온 위기를 넘기지 못하고 와르르 무너지고 말았다.

그리고.

샌디에이고 파드리스의 팬들은 단 한 차례 부진한 모습을 보인 샌디 바에즈에게 무척이나 가혹한 평가를 내렸다.

—실패한 트레이드.

—처음부터 무리수였음.

—최악의 트레이드로 남을 가능성이 높음.

—릭 에스팔토와 네이션 다이어만 있었다면 경기 양상이 달라졌을 텐데.

—샌디 바에즈를 영입한 이유를 도무지 모르겠음.

단 한 차례 부진한 투구를 했던 샌디 바에즈에게 샌디에이고 파드리스의 팬들이 쏟아낸 비난들이었다.

더구나 샌디 바에즈를 영입하는 대가로 디트로이트 타이거스로 보낸 유망주들의 이름까지 거론했다.

샌디 바에즈가 자존심에 상처를 입은 것은 당연지사.

"앞으로 샌디 바에즈는 마운드에 오를 때마다 극심한 부담감에 시달릴 겁니다."

이번에도 팀 셔우드 감독의 지적이 옳았다.

단 한 차례의 부진한 투구로 인해 팬들의 맹비난을 받은 만큼, 샌디 바에즈의 부담감은 극심할 터였다.

투수는 무척 민감한 동물.

샌디 바에즈가 이런 부담감을 털어내고 다음 경기, 또 그다음 경기에서 호투를 펼치는 것은 절대 쉽지 않을 터였다.

"마지막 유탄은… 단장님께 향했죠."

절반 이상 담긴 위스키를 단숨에 비운 후 팀 셔우드 감독이 꺼낸 말을 들은 마이크 프록터가 쓰게 웃었다.

그의 말대로였다.

최악의 경기.

또, 3경기로 벌어진 LA 다저스와 샌디에이고 파드리스의 격차.

그로 인해 분노한 샌디에이고 파드리스 팬들의 성난 민심은 마지막 종착지를 자신으로 택했다.

마이크 프록터가 샌디 바에즈 트레이드를 주도했던 장본인이었기 때문이다.

"이미… 각오하고 있었습니다."

"팬들의 분노가 심상치 않습니다."

"저도 알고 있습니다."

"어떻게 이 난관을 타개해야 할까요?"

"결국… 성적이죠."

마이크 프록터가 망설이지 않고 대답했다.

만약 샌디에이고 파드리스가 반등하는 모습을 선보여서 LA 다저스를 제치고 내셔널 리그 서부 지구 우승을 차지한다면?

거기서 더 나아가 월드 시리즈 우승을 차지한다면?

분노한 팬심은 금세 환호로 바뀔 터였다.

팀 셔우드 감독도 수긍한다는 듯 고개를 끄덕였다.

그렇지만 그의 표정은 밝아지지 않았다.

"문제는… 그게 어렵다는 것이죠."

김태식이 부재한 상황.

맷 부쉬의 부상으로 인해 긴급 투입된 브라이언 스탠튼은 기량이 부족했고, 심리적으로도 쫓기고 있었다.

이런 상황에서 극적인 반전을 이룰 가능성이 얼마나 될까.

무척 낮은 가능성이었다.

"어떤 방법이 있을 겁니다."

"어떤 방법이요?"

"그건… 저도 모르겠네요."

총체적인 난국을 타개할 확실한 해법을 제시하기 어려웠다.

그래서 마이크 프록터가 자신 없는 목소리로 대답을 꺼냈을 때였다.

똑똑.

노크 소리와 함께 프런트 직원이 들어왔다.

"무슨 일인가?"

"김태식 선수가 귀국 일정을 변경했습니다."

"일정을 변경했다고?"

"그렇습니다."

"한국 체류 일정을 늘린 건가?"

"아닙니다."

"그럼?"

"체류 일정을 줄였습니다."

"왜인가?"

"아무래도 맷 부쉬의 부상 때문인 것 같습니다."

직원의 대답을 들은 마이크 프록터가 반색했다.

김태식이 원래 일정을 앞당겨 귀국하는 것.
샌디에이고 파드리스 입장에서는 분명히 호재였기 때문이다.
"어쩌면… 김태식 선수의 조기 합류가 총체적인 난국을 겪는 우리 팀에 해법이 되지 않을까요?"
마이크 프록터가 기대에 찬 표정으로 물었다.
그렇지만 팀 서우드 감독의 표정은 밝아지지 않았다.
"잠시 비웠던 자리를 다시 채우는 것이 다입니다."
"……?"
"근본적인 해결책이 될 수는 없다는 뜻이지요."

*　　　　*　　　　*

4박 5일.
무척 짧은 일정의 휴가였다.
그렇지만 짧은 휴가를 마치고 돌아온 지금, 샌디에이고 파드리스의 상황은 휴가 전과 많이 달라져 있었다.
3연패.
다시 연패에 빠지면서 내셔널 리그 서부 지구 선두를 달리는 LA 다저스와의 격차가 4경기로 벌어져 있었다.
"기왕 간 김에 휴가를 푹 즐기지 않고, 왜 서둘러 복귀했나?"
마이크 프록터 단장이 태식에게 물었다.
"다시 돌아갈까요?"
"응?"
"농담입니다."

"그런 무서운 농담은 하지 말게."

마이크 프록터 단장이 가슴을 쓸어내리며 대꾸했다.

그 반응을 확인한 태식이 쓰게 웃었다.

평소의 마이크 프록터 단장과는 달랐기 때문이다.

항상 여유가 넘쳤던 마이크 프록터 단장이었는데.

오늘 마이크 프록터 단장은 가벼운 농담조차 웃으며 받아넘기지 못할 정도로 여유가 없었다.

초조한 기색이 역력한 그를 응시하던 태식이 팀 셔우드 감독에게로 고개를 돌렸다.

"얼굴이 많이 상하셨습니다."

"빈속에 술을 들이켜고 밤에 잠을 제대로 못 잤어. 게다가 재미없는 경기를 매일 지켜봐야 했지. 그러니 몸이 상할 수밖에."

"걱정이네요."

"뭐가 말인가?"

"감독님의 건강 말입니다."

"비록 말뿐이긴 하겠지만… 신경 써줘서 고맙네."

팀 셔우드 감독이 한숨을 내쉬며 대답했다.

"말뿐이 아닙니다."

그런 그에게 태식이 틀렸다는 듯 고개를 흔들며 입을 뗐다.

"제가 감독님께 드리려고 챙겨온 것이 있습니다."

"뭔가?"

"받으십시오."

태식이 준비한 선물은 술이었다.

산삼주.

"이건… 술인가?"

"네, 술입니다."

"술을 더 마시고 병에 걸려서 감독직을 내려놓으라고 사온 선물인가?"

"위스키보다는 몸에 좋을 겁니다."

"그래?"

"한국에서는 약주라고도 불리니까요."

태식이 설명을 마친 순간, 마이크 프록터 단장이 끼어들었다.

"난 선물이 없나?"

"네."

"왜 내 선물은 준비하지 않은 건가? 자네에게 휴가를 준 것도 내 의견이었는데."

마이크 프록터 단장이 억울한 표정을 지었다.

"조금 미루기로 했습니다."

"미루다니?"

"월드 시리즈 우승이라는 선물을 드리고 싶거든요."

태식이 말을 마치자, 마이크 프록터 단장이 두 눈을 빛냈다.

"결심한 건가?"

"네, 결심했습니다."

"휴가를 줬던 보람이 있었군."

마이크 프록터 단장이 흡족하게 웃었다.

그렇지만 팀 셔우드 감독의 표정은 밝아지지 않았다.

"월드 시리즈 우승은 자네가 결심한다고 해서 이룰 수 있는 것이 아닐세."

"저도 알고 있습니다."

"정말 알고 있나?"

"……?"

"샌디에이고 파드리스는 선수층이 얇은 것이 약점이네. 맷 부쉬가 부상으로 이탈한 후, 마땅한 대체 자원이 없다는 것이 단적인 예이지. 그래서 난 와일드카드로 진출한다면 월드 시리즈 우승을 차지할 확률이 낮다는 판단을 내렸네. 즉, 희박하지만 월드 시리즈 우승 가능성을 조금이라도 높이려면 내셔널 리그 서부 지구 우승을 차지해야 하지. 그런데 자네가 휴가를 즐기는 사이에 샌디에이고 파드리스는 연패에 빠지면서 지구 선두인 LA 다저스와의 격차는 이미 네 경기까지 벌어졌네. 내셔널 리그 서부 지구 우승을 차지할 확률이 무척 낮아졌다는 뜻이지."

팀 셔우드 감독의 지적은 무척 날카로웠다. 그리고 태식도 비슷한 생각을 갖고 있었다.

"그러니까 우선 지구 우승을 노려야죠."

"물론 그래야지. 그런데… 무슨 수로?"

퉁명스러운 목소리로 묻는 팀 셔우드 감독에게 태식이 대답했다.

"제가 맷 부쉬를 대신해서 우익수로 뛰겠습니다."

15. 쿠어스 필드

〈샌디에이고 파드리스 선발 라인업〉
1번. 에릭 아이바
2번. 호세 론돈
3번. 김태식
4번. 코리 스프링어
5번. 티나 코르도바
6번. 하비에르 게레로
7번. 미구엘 마못
8번. 이안 드레이크
9번. 파넬슨 레이먼
피처: 파넬슨 레이먼

샌디에이고 파드리스와 콜로라도 로키스의 3연전 마지막 경기.

팀 셔우드 감독이 발표한 라인업을 확인한 릭 켄거닉이 두 눈을 빛냈다.

"김태식 선수가 선발 출전을 했다?"

이미 김태식 선수에 대한 특집 기사를 작성했던 적이 있었다.

그 기사를 작성하는 과정에서 김태식의 고국인 한국까지 직접 날아가서 철저한 취재를 거쳤다.

릭 켄거닉이 당시 주목했던 것은 김태식 선수가 메이저리그에 진출하기 직전 시즌에 펼쳤던 활약이었다.

"투타 겸업!"

김태식 선수는 KBO 리그에서 정규 시즌 후반부로 접어든 시점부터 본격적으로 투타 겸업을 했다.

더 놀라운 것은 투타 겸업을 하면서도 김태식 선수의 활약상이 공수 양면에서 모두 대단했다는 점이었다.

"왜… 투타 겸업을 하지 않는 거지?"

이미 KBO 리그에서 투타 겸업을 한 경험이 있는 김태식 선수였다.

그렇지만 메이저리그에 진출한 후, 김태식 선수는 투타 겸업을 하지 않았다.

물론 간간히 대타로 나섰고, 인터 리그에서는 지명타자로 출전하긴 했지만 수비에는 일절 나서지 않았다.

그 이유에 대해 릭 켄거닉은 두 가지를 짐작했다.

에이전트의 반대, 그리고 체력적인 부담이었다.

어쨌든.

정규 시즌 후반기에 맷 부쉬의 부상이라는 암초를 만난 샌디에이고 파드리스는 눈에 띄게 전력이 약해졌다.

맷 부쉬를 대신해서 마이너리그에서 콜업된 브라이언 스탠튼이 투입됐지만, 그의 공백을 메우기에는 역부족이었다.

—내셔널 리그 서부 지구 우승 경쟁은 끝났다!

맷 부쉬의 부상 이후, 샌디에이고 파드리스는 3연패에 빠졌다. 그리고 연패보다 더 나빴던 것은 경기 내용이었다.

샌디에이고 파드리스의 경기력은 공수 양면에서 무기력하기 짝이 없었다.

그래서 모든 전문가들이 내셔널 리그 서부 지구 우승은 LA 다저스의 차지가 될 것이라고 확신했다.

그렇지만 릭 켄거닉의 생각은 조금 달랐다.

"화가… 복이 되어서 돌아오지 않을까?"

이것이 릭 켄거닉이 당시 품었던 생각이었다.

이런 생각을 품었던 이유는 릭 켄거닉이 김태식 선수에 대해서 누구보다 잘 알고 있었기 때문이다.

'브라이언 스탠튼이 아니라 김태식 선수가 맷 부쉬를 대신해서 우익수로 경기에 출전한다면?'

김태식 선수의 타격 능력은 출중했다.

김태식 선수가 간간히 대타자로 출전하는 것보다 경기 내내 타석에 들어서는 것.

샌디에이고 파드리스의 공격력 측면에서는 분명히 큰 플러스 요인이 될 터였다.

또, KBO 리그에서 외야수로 활약했던 김태식 선수의 수비력도 나쁘지 않았다.

브라이언 스탠튼에 비해서는 훨씬 안정적이었고, 맷 부쉬와 비교하더라도 손색이 없는 수준이었다.

'이게… 신의 한 수가 되지 않을까?'

거기까지 생각이 미쳤던 릭 켄거닉은 기사를 작성하려 했다.

그렇지만 릭 켄거닉이 작성했던 기사는 결국 빛을 보지 못했다.

어설픈 소설 쓰지 말라는 핀잔과 함께 데스크의 승인이 떨어지지 않았기 때문이다.

"이제… 내 가설이 소설이 아니라는 것이 증명됐군!"

릭 켄거닉이 잔뜩 기대한 채 그라운드를 지켜보았다.

"이제야 중심이 잡힌 느낌이군!"

무척 짧았던 휴가를 마친 김태식이 타선에 복귀한 순간, 팀 셔우드가 흐뭇한 미소를 머금었다.

김태식이 빠졌던 클린업트리오.

어딘가 허전한 느낌이었다.

물론 김태식을 대신해 클린업트리오에 포진됐던 하비에르 게레로가 나름대로 활약을 하기는 했다.

그러나 김태식만큼 확실한 믿음은 주진 못했다.

또, 하비에르 게레로를 클린업트리오에 포진시키자, 하위 타순의 파괴력이 약해지는 다른 문제가 발생했었다.

그런데 휴가에서 복귀한 김태식이 클린업트리오에 포진하자, 샌디에이고 파드리스의 타선이 꽉 찬 느낌이 들었다.

그리고 김태식의 복귀에는 또 하나의 효과가 있었다.

맷 부쉬의 부상, 그리고 정규 시즌 막바지에 연패에 빠지며 불안해하던 젊은 선수들이 안정감을 찾았다는 점이었다.

'얼마나 달라질까?'

1회 초, 샌디에이고 파드리스의 공격이 시작됐다.

콜로라도 로키스의 선발투수는 채드 브렛.

160㎞에 육박하는 강속구를 주 무기로 삼는 우완 파이어볼러였다.

슈아악!

팡!

샌디에이고 파드리스의 리드오프인 에릭 아이바를 상대로 채드 브렛은 초구로 직구를 선택했다.

한복판으로 날아든 직구.

제구 미스가 아니었다.

칠 수 있으면 쳐보라는 듯 일부러 한복판으로 던진 공이었다.

그리고 에릭 아이바는 배트를 내밀지 못하고 그대로 지켜보았다.

"스트라이크!"

주심이 스트라이크를 선언한 순간, 에릭 아이바가 절레절레 고개를 흔들었다.

채드 브렛의 직구를 지켜본 후, 공략이 쉽지 않다고 판단했기 때문이리라.

슈아악!

채드 브렛의 2구 역시 직구.

162㎞의 구속을 기록한 데다가 이번에는 제구마저 완벽했다.

"스트라이크!"

바깥쪽 스트라이크존을 통과한 직구에 주심은 스트라이크를 선언했다.

노 볼 투 스트라이크.

불리한 볼카운트에 몰린 에릭 아이바가 주먹으로 헬멧을 툭툭 쳤다.

"볼!"

"볼!"

신중하게 타격에 임한 에릭 아이바는 두 개의 유인구를 잘 참아냈다.

슈아악!

투 볼 투 스트라이크에서 채드 브렛은 바깥쪽 직구를 선택했다.

딱!

낮은 쪽 스트라이크존에 걸친 직구를 확인한 에릭 아이바가 가볍게 밀어 쳤다.

정타는 아니었다.

그렇지만 타구의 코스가 좋았다.

3루수가 글러브를 뻗었지만 미치지 못했다.

유격수가 간신히 타구를 잡아내는 데 성공해서 역동작으로 송구를 했지만, 에릭 아이바는 빠른 발을 뽐내며 내야안타를 만들어냈다.

무사 1루.

리드오프인 에릭 아이바가 출루한 순간, 팀 셔우드가 움직였다. 그리고 2번 타자 호세 론돈은 작전 수행 능력이 뛰어난 편이었다.

슈아악!

틱. 데구르르.

3루 방면으로 향하는 희생번트를 침착하게 성공시켰다.

1사 2루.

주자가 득점권에 보내진 순간, 타석에는 휴가에서 복귀한 김태식이 등장했다.

'이번엔 무엇을 보여줄까?'

잔뜩 기대에 찬 시선을 던지던 팀 셔우드가 김태식과 나누었던 대화를 떠올렸다.

"방금… 뭐라고 했나?"

팀 셔우드가 두 눈을 연신 깜박이며 물었다.

"제가 우익수로 뛰겠다고 했습니다."

"자네가 우익수로 경기에 출전하겠다고?"

"그렇습니다."

김태식이 재차 확인해 준 순간, 팀 셔우드는 눈앞이 환해지는 느낌이었다.

현재 샌디에이고 파드리스는 총체적인 난국에 빠져 있었다.

그렇지만 그 가운데서도 가장 큰 문제는 맷 부쉬의 부상으로 인해 공백이 생긴 우익수 포지션이었다.

마이너리그에서 콜업한 브라이언 스탠튼으로 맷 부쉬의 공백을 메워보려 했지만, 이미 역부족이라는 것이 검증된 상태.

더 큰 문제는 마땅한 대안이 없다는 점이었다.

이제는 트레이드조차도 불가능한 상황이었기 때문이다.

'답이 없다!'

정규 시즌 종료까지 얼마 남지 않은 시점.

이 문제를 해결할 길은 요원하게 느껴졌다.

그로 인해 팀 셔우드는 계속 고민하며 불면의 밤을 보냈었는데.

방금 김태식이 꺼낸 이야기를 듣는 순간, 도무지 찾을 수 없을 것 같았던 해결 방법이 불쑥 모습을 드러내 있었다.

그러나 그도 잠시.

팀 셔우드는 이내 신중함을 되찾았다.

아직 환호를 터뜨리기에는 너무 이른 시점이었기 때문이다.

'두 가지 숙제가 남았어!'

이렇게 판단한 팀 셔우드가 질문했다.

"데이비드 오와는 합의가 된 건가?"

팀 셔우드가 만났던 데이비드 오는 뛰어난 에이전트였다.

충분히 신중하고, 계산적이었다.

또, 자신의 고객인 선수 보호를 최우선으로 두는 것도 그가 뛰어난 에이전트라는 증거 중 하나였다.

올 시즌 초중반, 김태식에게 슬그머니 제안했던 투타 겸업이 거절당했던 것도 데이비드 오의 반대 때문이었다.

그러나 데이비드 오를 탓할 수는 없었다.

샌디에이고 파드리스의 단장인 마이크 프록터와 감독인 팀 셔우드, 그리고 김태식 선수의 에인전트인 데이비드 오.

각자 처한 상황이 달랐다.

그러니 입장도 다른 것이 당연했다.

김태식의 부상을 우려한 데이비드 오가 투타 겸업 제안에 반대했던 것은 당연한 결정이었을 터였다.

그리고.

팀 셔우드가 우려하는 것도 김태식의 에이전트인 데이비드 오의 반대였다.

"합의는 끝났습니다."

"그게… 정말인가?"

"물론 데이비드 오는 그리 내키지 않아 하긴 했지만, 제가 고집을 부렸습니다."

둘 사이에 어떤 대화가 오갔는가는 중요치 않았다.

데이비드 오가 김태식의 투타 겸업을 수용했다는 것이 중요했다.

'됐다!'

하나의 관문을 넘은 팀 셔우드가 안도했다.

그렇지만 아직 끝이 아니었다.

하나 더 해결해야 할 숙제가 남아 있었다.

'수비력은… 괜찮을까?'

김태식의 공격력은 이미 검증이 끝난 상태였다.

맷 부쉬에 비해 타석에서 훨씬 임팩트 있는 활약을 펼쳐 줄 터였다. 그러나 김태식의 우익수 수비는 아직 검증이 끝난 상황이 아니었다.

"외야 수비는… 잘할 수 있겠나?"

"적응 과정이 필요하긴 하겠지만… 익숙한 포지션입니다."

"익숙하다?"

"KBO 리그에서 외야수로 뛴 경험이 있으니까요."

"그렇지만……."

KBO 리그와 메이저리그는 다르다.

팀 셔우드가 이렇게 말하려고 했을 때, 김태식이 먼저 입을 뗐다.

"일단 믿어주십시오."

김태식은 믿어달라고 말했다.

그렇지만 팀 셔우드는 쉬이 믿을 수 없었다. 그래서 불안한 표정을 감추지 못하고 있을 때, 김태식이 웃으며 덧붙였다.

"달리 선택의 여지도 없지 않습니까?"

"그래. 달리 선택의 여지가 없긴 하지."

팀 셔우드가 쓴웃음을 머금었다.

당시 김태식이 꺼냈던 말이 옳았다.

비록 김태식의 외야 수비 능력이 검증되지 않았다고 하더라도, 그를 우익수로 출전시키는 것 외에 마땅한 다른 선택지는 없었다.

'브라이언 스탠튼보다는 낫지 않을까?'
이런 생각으로 김태식을 우익수로 출전시켰다.
물론 불안한 마음이 완전히 사라진 것은 아니었다.
'부디 잘해주기를!'
팀 서우드가 속으로 간절히 바랐다.

'첫 타석이 중요하다!'
태식이 타석을 향해 천천히 걸어가며 떠올린 생각이었다.
샌디에이고 파드리스는 현재 연패에 빠져 있었다.
당연히 팀 분위기가 가라앉아 있는 상황.
그래서 경기 초반 득점 찬스가 만들어졌을 때, 어떻게든 선취점을 뽑아내는 것이 꼭 필요했다.
그리고 하나 더.
태식이 휴가를 마치고 다시 엔트리에 복귀한 것만으로도 선수들은 어느 정도 안정을 되찾았다.
그렇지만 태식은 휴가를 떠나기 전 일시적인 슬럼프에 빠졌었다.
팀 동료들도 그 사실을 알고 있는 상황.
휴가에서 복귀한 후 완벽하게 슬럼프를 극복한 모습을 보여주는 것이 꼭 필요했다.
'직구를 노린다!'
평균 구속 160km.
최고 구속 165km에 이르는 채드 브렛의 직구는 빠르고 위력적이었다.

'투 피치 유형의 투수!'

태식이 채드 브렛에 대해 분석했던 것을 떠올렸다.

직구와 슬라이더.

두 가지 구종을 주로 구사하지만, 채드 브렛의 슬라이더는 크게 위력적이지 않았다.

그럼에도 불구하고 채드 브렛이 올 시즌 10승 이상을 올리며 콜로라도 로키스의 2선발로 활약할 수 있었던 결정적인 요인.

직구의 구속이 워낙 빠른 데다가 제구도 좋았기 때문이다.

'바깥쪽!'

오늘 경기가 열리는 곳은 콜로라도 로키스의 홈구장인 쿠어스 필드.

쿠어스 필드의 특징은 고지대에 위치해 있기 때문에 타구의 비거리가 타구장에 비해 길다는 점이었다.

이미 오랫동안 콜로라도 로키스 소속 선수로 활약했던 채드 브렛이 그 사실을 모를 리 없었다.

당연히 장타를 의식할 수밖에 없었고, 몸 쪽 승부에 부담을 느낄 터였다.

그때, 채드 브렛이 세트포지션 투구를 시작했다.

슈아악!

'바깥쪽 직구!'

태식이 두 눈을 빛냈다.

일단 노림수는 통한 셈이었다.

'하나, 둘!'

태식이 마음속으로 타이밍을 계산하며 스윙을 시작했다.

'힘껏 스윙하는 것보다는 정확하게 스윙하자!'

채드 브렛이 쿠어스 필드 구장임을 감안해서 바깥쪽 직구 승부를 펼쳤듯이 태식 역시 쿠어스 필드 구장의 특징을 활용할 필요가 있었다.

그래서 태식은 강하게 스윙하는 것보다 배트 중심에 정확하게 맞히는 데 집중했다.

딱!

타격음이 흘러나온 순간, 태식이 슬쩍 미간을 찌푸렸다.

손바닥에 전해지는 울림이 강렬했다.

그러나 꼭 그 이유 때문만은 아니었다.

'빨라!'

채드 브렛이 세트포지션 투구를 한다는 것을 감안하여 160㎞의 구속이 나오지 않을 것이라 예상하고 타이밍을 가져갔는데.

타이밍이 살짝 밀린 느낌이 들었다.

'파울인가?'

태식이 1루 쪽으로 천천히 달려 나가며 타구의 궤적을 눈으로 좇았다.

살짝 타이밍이 밀린 느낌이었음에도 불구하고 타구의 비거리는 길었다.

만약 방향만 정확하다면 홈런이 될 수도 있는 큰 타구였다.

'확실히 멀리 날아가!'

태식이 새삼 쿠어스 필드 구장에서 때린 타구의 비거리가 다른 구장에 비해서 길다는 것을 느꼈을 때였다.

콰앙!

타구가 폴대를 맞고 떨어졌다.
투런 홈런.
다행히 타이밍은 많이 밀리지 않았고, 태식이 정확하게 맞추는 데 주력한 타구는 홈런으로 이어졌다.
2 : 0.
선취점을 올리는 데 성공한 태식이 안도의 한숨을 내쉬었다.

2 : 0.
태식의 투런 홈런이 터지며 올렸던 득점이 유지된 채로 경기는 후반부로 접어들었다.
6이닝 무실점.
샌디에이고 파드리스의 선발투수로 나선 파넬슨 레이먼은 완벽에 가까운 투구를 펼치며 콜로라도 로키스의 강타선을 무실점으로 막아냈다.
그렇지만 7회 말의 스타트는 불안했다.
풀카운트 승부 끝에 5번 타자 조나단 머피에게 볼넷을 허용했다.
슈악!
딱!
6번 타자 놀란 패터슨은 2루수 앞으로 느리게 굴러가는 진루타를 때려냈다.
1사 2루 상황에서 타석에는 라파엘 타피아가 등장했다.
올 시즌 현재까지 타율은 2할 중반대.
그렇지만 이미 스무 개가 넘는 홈런을 기록하고 있었다.

'힘이 좋아!'

110kg이 넘는다고 알려져 있는 라파엘 타피아의 육중한 체구를 살피며 태식이 신중하게 수비 위치를 변경했다.

원래 수비 위치보다 약 3미터가량 뒤로 물러난 태식이 파넬슨 레이먼과 라파엘 타피아의 대결을 주시했다.

슈악!

부우웅!

라파엘 타피아를 상대로 파넬슨 레이먼을 철저하게 유인구 위주의 승부를 펼쳤다. 그리고 라파엘 타피아는 잇따라 유인구에 헛스윙을 했다.

원 볼 투 스트라이크.

투수에게 유리한 볼카운트에서 파넬슨 레이먼이 선택한 결정구는 바깥쪽 직구였다.

3구 연속으로 브레이킹 볼 승부를 펼쳤기 때문에 라파엘 타피아의 허를 찌르기 위한 공격적인 투구.

나쁘지 않은 볼 배합이었다.

그렇지만 문제는 제구였다.

바깥쪽 직구는 살짝 가운데로 몰렸다.

딱!

라파엘 타피아는 힘껏 타구를 잡아 당겼다.

'크다!'

타격음은 둔탁했다.

그렇지만 태식은 배트에 공이 맞는 순간, 비거리가 클 것이라고 예상했다.

그렇게 판단한 이유는 셋.

일단 공이 가운데로 몰렸다.

그래서 타이밍은 밀렸지만, 배트 중심에 맞았다.

아까 태식이 선제 투런 홈런을 때려냈을 때와 비슷한 상황이었다.

두 번째 이유는 라파엘 타피아가 힘이 좋은 타자였기 때문이다.

그리고 마지막 세 번째 이유는 경기가 열리는 것이 콜로라도 로키스의 홈구장인 쿠어스 필드라는 점이었다.

거기까지 생각이 미친 태식이 지체 없이 몸을 돌려 펜스 쪽으로 달려가기 시작했다. 그리고 펜스 근처에 도착한 후, 고개를 돌려 타구를 찾았다.

'예상보다 더 크다?'

막연히 예상했던 것보다 타구의 비거리가 더 크다는 사실을 알아챈 태식이 점프하며 글러브를 들어 올렸다.

팍!

정확한 타이밍에 점프하며 들어 올렸던 글러브 속으로 타구가 들어왔다.

'잡았다!'

라파엘 타피아가 때려낸 큰 타구를 잡아내는 데 성공한 태식이 본능적으로 2루 주자였던 조나단 머피의 위치를 확인했다.

최소 2루타 코스라고 판단했기 때문일까.

조나단 머피는 3루 베이스 근처까지 달려갔다가 라파엘 타피아의 타구가 잡힌 것을 확인하고서 급히 2루로 귀루하려 하고 있었다.

슈아악!

그 모습을 확인한 태식이 망설이지 않고 공을 송구했다.

빨랫줄처럼 일직선으로 뻗은 송구가 2루에서 기다리고 있던 유격수가 앞으로 쭉 내밀던 글러브 속으로 빨려 들어갔다.

탁!

정확하고 빠른 송구를 확인한 조나단 머피가 귀루하기 위해서 슬라이딩까지 감행했다.

그렇지만 송구가 유격수의 글러브에 도착한 것이 슬라이딩을 한 조나단 머피의 발이 베이스에 닿는 것보다 조금 더 빨랐다.

"아웃!"

2루심이 아웃을 선언하면서 무사 2루였던 상황은 순식간에 2사 주자 없는 상황으로 바뀌었다.

그리고.

와아!

와아아!

오늘 경기가 펼쳐지는 곳은 콜로라도 로키스의 홈구장인 쿠어스 필드였다. 그리고 방금 콜로라도 로키스는 태식의 호수비에 막혀서 아까운 찬스를 날린 상황이었다.

그럼에도 불구하고 쿠어스 필드는 야유가 아닌 환호가 흘러나왔다.

태식의 정확하고 강한 송구에 팬들이 감탄을 금치 못했기 때문이다.

호수비 덕분에 실점 위기를 넘긴 파넬슨 메이슨이 태식을 향해 박수를 쳤다.

태식도 글러브를 들어 올리며 환하게 웃었다.

콜로라도 로키스의 선발투수인 채드 브렛은 8회 초에도 마운드를 지켰다.

경기 초반에 2실점을 허용했던 것이 약이 된 걸까.

최고 구속 164㎞의 빠르고 위력적인 직구를 홈플레이트 구석구석에 마음먹은 대로 찔러 넣으며, 무실점으로 막아냈다.

8회 초, 샌디에이고 파드리스의 공격은 김태식부터 시작이었다.

'추가점이 필요해!'

2점차의 리드.

연패를 끊어내는 승리를 거두었다고 확신하기에는 조금 불안했다.

경기가 열리는 장소가 바로 쿠어스 필드였기 때문이다.

언제든지 장타가 나올 수 있는 쿠어스 필드의 특성상 오늘 경기의 승리를 확정하기 위해서는 추가 득점이 꼭 필요한 시점이었다.

그리고 8회 초 샌디에이고 파드리스 공격의 타순이 김태식부터 시작하기 때문에 마이크 프록터는 기대를 감출 수 없었다.

"장타!"

마이크 프록터가 내심 바라던 바를 불쑥 입 밖으로 내뱉었다가 쓰게 웃었다.

경험이 풍부한 김태식은 타석에서 자신이 해야 할 일을 굳이 알려주지 않더라도 잘 알고 있을 터였기 때문이다.

'정면 승부를 할까?'

마이크 프록터가 마운드 위에 서 있는 채드 브렛을 바라보며 떠올린 의문이었다.

이미 김태식에게 투런 홈런을 허용한 적이 있었던 채드 브렛이었다.

첫 타석에 들어섰던 김태식에게 홈런을 얻어맞은 후, 채드 브렛은 두 번 더 김태식을 상대했다.

그리고 채드 브렛은 철저하게 김태식과 정면 승부를 피했다.

그로 인해 두 개의 볼넷을 허용했었다.

하지만 당시와는 상황이 달랐다.

김태식에게 볼넷을 허용했던 두 타석.

당시 김태식은 2사 주자 없는 상황에서 타석에 등장했었다.

그렇지만 지금은 무사 상황이었다.

김태식과의 정면 승부를 피하면서 출루를 허용하는 것이 부담스러울 수밖에 없었다.

그래서 마이크 프록터가 흥미로운 시선을 던지고 있을 때였다.

슈아악!

채드 브렛이 초구를 던졌다.

바깥쪽 꽉 찬 코스를 통과한 직구에 김태식은 배트를 내밀지 못했다.

"스트라이크!"
주심이 선언한 순간, 마이크 프록터가 작게 고개를 끄덕였다.
"승부하는군!"
초구에 스트라이크를 넣으며 유리한 볼카운트를 만든 것이 채드 브렛이 김태식과 승부하겠다는 의지를 표명한 셈이었다.
슈악!
채드 브렛이 선택한 2구는 슬라이더.
그리고 오늘 경기 채드 브렛의 슬라이더는 평소보다 제구가 잘되는 편이었다.
바깥쪽 스트라이크존을 살짝 걸친 슬라이더를 확인한 주심의 손이 올라갔다.
"스트라이크!"
그 판정을 확인한 마이크 프록터가 눈살을 찌푸렸다.
"너무 빠졌잖아!"
물론 스트라이크존을 살짝 걸치기는 했다. 그렇지만 오늘 경기 주심의 판정은 일관성이 없었다.
경기 초중반까지만 해도 이 정도 코스의 공에 스트라이크 선언을 하지 않았는데.
방금 김태식을 상대로 채드 브렛이 던진 바깥쪽 코스의 공에는 스트라이크 선언을 한 것이었다.
김태식 역시 주심이 이번 공에 스트라이크를 선언할 것을 예상치 못했기 때문일까.
타석에서 물러나며 고개를 갸웃하는 것이 보였다.
"항의라도 좀 할 것이지!"

충분히 주심에게 항의를 할 수 있는 상황이었다.

그렇지만 김태식은 항의하는 대신 다시 타석에 들어섰다.

"더 어려워졌어!"

노 볼 투 스트라이크.

투수에게 압도적으로 유리한 볼카운트였다.

게다가 주심의 판정이 바깥쪽 공에 후해졌다는 것을 마운드에 서 있는 채드 브렛도 알아챘을 터.

김태식에게는 더욱 어려운 승부가 될 수밖에 없었다.

슈아악!

채드 브렛이 선택한 3구는 바깥쪽 직구.

2구째로 던졌던 슬라이더와 거의 흡사한 코스로 파고들었다.

김태식이 배트를 휘두르다가 도중에 멈추었다.

'판정은?'

아까보다 조금 더 빠졌다고 판단한 걸까.

주심은 슬그머니 고개를 돌려 외면했다.

원 볼 투 스트라이크로 볼카운트가 바뀐 순간, 채드 브렛이 아쉬운 기색을 감추지 못하고 드러냈다.

그리고 4구째.

포수와 사인을 주고받은 채드 브렛이 힘껏 고개를 끄덕인 후 와인드업을 했다.

슈아악!

채드 브렛의 손에서 공이 떠난 순간, 마이크 프록터가 두 눈을 치켜떴다.

'몸 쪽?'

오늘 경기에서 채드 브렛은 김태식을 상대로 철저하게 바깥쪽 승부를 펼쳐왔다.

해서 당연히 바깥쪽 승부를 펼칠 것이라 예상했는데.

마이크 프록터의 예상은 빗나갔다.

'의표를 찔렀군!'

채드 브렛이 선택한 과감한 몸 쪽 직구 승부는 마이크 프록터의 허를 찔렀다.

'김태식도 마찬가지가 아닐까?'

이렇게 판단했는데.

따악!

김태식은 마치 몸 쪽 직구가 들어오길 기다리고 있었다는 듯이 힘차게 스윙했다.

타격음은 묵직했다.

굳이 타구를 확인한 필요도 없었다.

마이크 프록터는 맞는 순간, 홈런이 될 것을 직감했다.

배트를 던지고 천천히 1루로 뛰어나가는 김태식을 바라보던 마이크 프록터가 속으로 혀를 내둘렀다.

만약 자신이 김태식을 대신해 타석에 섰다면?

의표를 찌르기 위해서 채드 브렛이 선택한 과감한 몸 쪽 직구 승부에 완벽하게 허를 찔렸으리라.

그렇게 스윙조차 해보지 못하고 루킹 삼진을 당했으리라.

그렇지만 김태식은 달랐다.

몸 쪽 직구 승부가 들어오길 노렸던 것처럼 전혀 당황하지 않고 스윙해서 홈런을 만들어냈다.

'대체 어떻게?'

김태식이 어떻게 몸 쪽 승부가 들어올 것을 예측하고 홈런을 만들어냈는가가 궁금했다.

그렇지만 마이크 프록터는 이내 호기심을 털어냈다.

지금 홈런을 터뜨린 것이 김태식이었기 때문이다.

'잘하네!'

추가점이 가장 필요한 순간에 터져 나온 홈런.

덕분에 경기 후반 스코어 차는 석 점으로 벌어졌다.

천천히 그라운드를 돌고 있는 김태식을 내려다보던 마이크 프록터가 환하게 웃으며 혼잣말을 꺼냈다.

"김태식이 돌아왔다."

최종스코어 3 : 2.

9회 말에 투입된 샌디에이고 파드리스의 마무리 투수 히스 벨은 이안 다이아몬드에게 투런 홈런을 허용했다.

그리고 2사 1, 2루의 위기에 다시 몰렸지만, 7번 타자 라파엘 타피아에게 헛스윙 삼진을 유도해 내면서 어렵게 리드를 지켜냈다.

말 그대로 신승.

만약 김태식이 8회 초에 달아나는 솔로 홈런을 터뜨리지 않았다면, 경기 결과는 뒤집힐 수도 있었다.

"김태식의 존재감이 확실하긴 하네."

유인수의 감상평을 들은 송나영이 고개를 갸웃했다.

"그런데 목소리에 왜 그렇게 힘이 없어요?"

"응?"

"김태식 선수가 복귀하면서 샌디에이고 파드리스가 연패를 끊었으니 캡도 기뻐해야 하는 거 아닌가요?"

"나도 기뻐."

"정말 기뻐요?"

송나영이 두 눈을 가늘게 뜨고 추궁하자, 유인수가 결국 한숨을 내쉬었다.

"솔직히 말해서 마냥 기뻐할 수만은 없지."

"왜요?"

"LA 다저스도 승리를 거두었으니까."

샌디에이고 파드리스는 콜로라도 로키스와의 3연전 마지막 경기에서 신승을 거두며 3연패에서 빠져나왔다.

그렇지만 아쉬운 것은 있었다.

내셔널 리그 서부 지구 선두를 달리고 있는 LA 다저스도 승리를 거두었다는 점이었다.

그로 인해 LA 다저스와 샌디에이고 파드리스의 격차는 네 경기로 유지됐다.

정규 시즌 종료까지 남은 경기 수는 총 9경기.

현실적으로 LA 다저스에 네 경기 차로 뒤져 있는 샌디에이고 파드리스가 지구 우승을 차지하는 것은 어려워져 있었다.

"아무래도… 어렵겠죠?"!

송나영이 조심스럽게 묻자, 유인수가 침통한 표정으로 대답했다.

"어렵지."
"역시 와일드카드를 노리는 게 맞겠죠?"
"현실적으로는 그게 맞지. 그러나… 와일드카드로 진출한다면 샌디에이고 파드리스의 월드 시리즈 우승 가능성은 현저히 낮아지지."
유인수의 진단이었다.
물론 와일드카드로 가을 야구에 진출해서 월드 시리즈 우승을 차지했던 팀이 없었던 것은 아니었다.
그렇지만 샌디에이고 파드리스는 선수층이 얇았다.
정규 시즌과 단기전은 달랐다.
훨씬 더 치열한 승부가 펼쳐질 것이 자명했고, 총력전을 펼칠 수밖에 없었다.
부상자가 발생할 확률은 한층 높아지고, 체력적 소모도 심할 터.
샌디에이고 파드리스가 월드 시리즈 우승 확률을 높이려면 단기전을 한 경기라도 덜 치르는 것이 꼭 필요했다.
이 사실을 샌디에이고 파드리스의 코칭스태프가 모를까?
그럴 리 없었다.
그래서 송나영이 기대에 찬 표정으로 물었다.
"어떤 승부수를 띄우지 않을까요?"
"승부수?"
"마이크 프록터 단장과 팀 셔우드 감독, 그리고 김태식 선수까지. 모두 올 시즌 샌디에이고 파드리스의 월드 시리즈 우승을 목표로 하고 있어요. 그러니까 어떤 승부수를 띄울 가능성이 높지 않을까요?”

송나영의 질문에 유인수가 고개를 흔들며 되물었다.

“과연… 남은 승부수가 있을까?”

16. 4선발 체제

샌프란시스코 자이언츠와의 3연전.

애리조나 다이아몬드 백스와의 3연전.

LA 다저스와의 3연전.

샌디에이고 파드리스의 정규 시즌 남은 일정이었다.

총 아홉 경기.

현재 내셔널 리그 지구 선두에 올라 있는 LA 다저스와의 격차가 네 경기임을 감안하면 지구 우승은 현실적으로 물 건너간 셈이었다.

"아쉽군요."

마이크 프록터가 짤막한 한숨을 내쉰 후 입을 뗐다.

가장 아쉬운 부분은 얼마 전에 당했던 3연패였다.

LA 다저스와의 격차가 한 경기까지 좁아졌을 때, 샌디에이고 파드리스는 내리 3연패를 하면서 격차가 다시 네 게임으로 벌어지고 말았다.

'만약 올 시즌 월드 시리즈 우승을 놓친다면?'

마이크 프록터의 인생에서 두고두고 아쉬운 기억으로 남을 부분이었다.

"단장님의 선택이었습니다."

팀 셔우드 감독의 이야기를 들은 마이크 프록터가 쓰게 웃었다.

그가 지적한 것은 김태식에게 휴가를 준 부분이었다.

가장 결정적인 순간에 김태식에게 휴가를 줬기 때문에 샌디에이고 파드리스는 추격의 동력을 상실한 것이 아니냐?

그로 인해서 내셔널 리그 서부 지구 우승과 멀어진 것이 아니냐?

이런 힐난이 담긴 말이기도 했다.

"제가 부족했던 탓입니다."

마이크 프록터가 반박하는 대신 순순히 인정하자, 팀 셔우드 감독도 거기에 대해 더 추궁하지 않았다.

대신 한발 뒤로 물러섰다.

"저도 동의한 부분이니 책임에서 자유로울 수는 없지요."

팀 셔우드 감독의 말을 끝으로 장내는 침묵이 내려앉았다.

답답하게 내려앉은 침묵이 불편하게 느껴졌을 때, 김태식이 끼어들었다.

"아직 포기하기는 너무 이르다고 생각합니다."

그 말이 끝나기 무섭게 팀 셔우드 감독이 입을 뗐다.

"지난번에 내가 했던 말을 잊었나?"
"어떤 것을 말씀하시는 겁니까?"
"우리 팀은 선수층이 얇아서 와일드카드로 가을 야구에 진출하면 월드 시리즈 우승이 어렵다는 이야기 말일세."
"물론 기억하고 있습니다."
"그런데 왜……?"
"제가 포기하기에 너무 이르다고 말씀드린 것은 다른 부분입니다."
"다른 부분? 뭔가?"
"지구 우승입니다."
팀 셔우드 감독이 당황한 표정을 지었다.
놀란 것은 마이크 프록터도 마찬가지였다.
샌디에이고 파드리스에게 남은 경기 수는 고작 아홉 경기.
LA 다저스와 벌어진 격차는 네 경기.
현실적으로 샌디에이고 파드리스가 지구 우승을 차지하는 것은 불가능하다고 판단하고 있었기 때문이다.
"현실과 이상에는 괴리가 있네."
그래서 마이크 프록터가 입을 뗀 순간, 김태식이 수긍한다는 듯 고개를 끄덕였다.
"물론 저도 알고 있습니다. 그렇지만 가끔은 이상을 좇아야 할 때도 필요하다고 생각합니다."
"그러나……."
지구 우승을 차지하는 것.
마이크 프록터가 가장 원하는 바였다.

그렇지만 현실적인 부분을 감안하지 않을 수 없었다.

지금은 가능성이 희박하더라도 와일드카드로 가을 야구에 진출한 후, 월드 시리즈 우승을 차지하기 위한 준비를 하는 편이 맞다는 생각이 들었다.

"샌디에이고 파드리스의 올 시즌 목표는 무엇입니까?"

하지만 김태식은 생각이 달랐다.

"그야……."

"내셔널 리그 챔피언쉽 시리즈에 진출하는 것이 단장님과 감독님의 목표는 아니지 않습니까?"

마이크 프록터가 혀를 내밀어 바싹 마른 입술을 적셨다.

'와일드카드로 가을 야구에 진출해 봐야 내셔널 리그 챔피언쉽 시리즈에 진출하는 것이 한계일 것이다!'

방금 김태식이 던진 말에 숨어 있는 의미였다.

그리고.

김태식의 말대로였다.

내셔널 리그 챔피언쉽 시리즈에 진출하기 위해서 숱한 비난을 감수하고 트레이드를 감행해 샌디 바에즈를 영입한 것이 아니었다.

올 시즌 샌디에이고 파드리스의 목표는 어디까지나 월드 시리즈 우승이었다.

또, 내셔널 리그 챔피언쉽 시리즈에 진출하는 것만으로는 올 시즌이 끝난 후 김태식을 비롯한 팀의 주축 선수들을 잡을 수 없었다.

"정말… 가능하다고 생각하나?"

"야구에 불가능은 없다고 생각합니다."
"하지만 격차가 너무 벌어져서……."
"LA 다저스와 3연전이 아직 남아 있습니다."
"……?"
"만약 LA 다저스와의 마지막 3연전에서 스윕을 거둘 수 있다면, 실질적인 격차는 한 경기에 불과합니다."
김태식의 말대로였다.
LA 다저스와 남아 있는 3연전에서 샌디에이고 파드리스가 스윕을 거둔다면?
두 팀의 격차는 한 경기에 불과했다.
남은 여섯 경기에서 격차를 한 경기 줄일 수 있다면?
LA 다저스를 제치고 극적인 역전 지구 우승을 차지할 수도 있었다.
그러나 한 가지 전제 조건이 필요했다.
바로 LA 다저스에게 스윕을 거두어야 한다는 점이었다.
물론 말은 쉬웠다.
그러나 현실적으로는 절대 쉽지 않았다.
만약 지구 우승을 빼앗길 위기에 처한다면, LA 다저스 역시 샌디에이고 파드리스와의 마지막 3연전에 총력전을 펼칠 것이었기 때문이다.
'어느 쪽을 택해야 할까?'
현실과 이상.
그 괴리 앞에서 마이크 프록터가 선뜻 결단을 내리지 못하고 망설일 때였다.

"혹시… 생각해 둔 방법이 있나?"
팀 셔우드 감독이 질문했다.
"승부수를 띄울 때가 됐다고 생각합니다."
김태식이 대답했다.

* * *

〈샌디에이고 파드리스 선발 라인업〉
1번. 에릭 아이바
2번. 호세 론돈
3번. 김태식
4번. 코리 스프링어
5번. 티나 코르도바
6번. 하비에르 게레로
7번. 미구엘 마못
8번. 이안 드레이크
9번. 브라이언 스탠튼
피처: 김태식

샌디에이고 파드리스 VS 샌프란시스코 자이언츠.
두 팀의 3연전 첫 경기를 앞두고 팀 셔우드 감독이 선발 라인업을 발표했다. 그리고 팀 셔우드 감독이 발표한 선발 라인업은 파격적이었다.
특히 두 가지 측면이 파격적이었다.

일단 김태식이 선발투수로 등판한 점이었다.

원래 선발 로테이션대로라면 오늘 경기 선발투수는 샌디에이고 파드리스의 5선발인 미구엘 디아즈가 나서야 했다.

그렇지만 팀 셔우드 감독은 미구엘 디아즈를 건너뛰고, 김태식을 선발투수로 투입하는 강수를 두었다.

또 하나 파격적인 점은 김태식의 타순이었다.

인터 리그 경기에서 지명타자로 출전할 때는 김태식이 클린업트리오에 포진했었다. 그렇지만 선발투수로 등판하는 경기에서는 주로 9번 타순으로 출전했었다.

타석에서의 부담을 최대한 줄여주기 위한 선택.

내셔널 리그에서는 일종의 관례나 마찬가지였다.

그렇지만 팀 셔우드 감독은 그 관례를 과감하게 깨뜨리고 선발투수인 김태식을 클린업트리오에 포진시켰다.

"드디어 승부수를 띄운 것 같네요."

팀 셔우드 감독이 발표한 선발 라인업을 확인한 송나영이 입을 뗐다.

그 이야기를 들은 유인수가 두 눈을 빛냈다.

"어떤 승부수를 띄웠다는 거지?"

"4선발 체제로 전환했어요."

"4선발 체제?"

"다른 팀들보다 일찍 단기전에 돌입한 거죠."

7전 4선승제로 펼쳐지는 단기전에서 메이저리그 팀들은 4선발 체제를 가동하는 경우가 일반적이었다.

팀에서 1, 2선발을 맡고 있는 에이스급 투수들을 최대한 많이 활용하기 위함이었다.

"분명히 위험한 승부수이긴 한데… 좋네."

위험하다, 그리고 좋다.

한 문장 안에 공존하기는 어려운 단어들이었다.

그래서 송나영이 의아한 시선을 던지자, 유인수가 멋쩍게 웃으며 설명했다.

"내가 위험한 승부수라고 말했던 이유는 부상 위험이 크기 때문이야. 야구 선수, 특히 투수들은 아주 민감해서 루틴이 평소와 달라지면 탈이 날 가능성이 높아지거든. 그럼에도 불구하고 내가 좋다고 표현했던 이유는 개인적인 감정 때문이야."

"개인적인 감정요?"

"이렇게 위험한 승부수를 띄웠다는 것이 샌디에이고 파드리스가 아직 월드 시리즈 우승을 포기하지 않았다는 증거니까."

"그러니까… 예비 주주의 입장에서는 좋다?"

"맞아!"

노후가 걸렸기 때문일까.

긴장한 기색이 역력한 유인수를 힐끗 살핀 송나영이 물었다.

"이 승부수가 과연 먹힐까요?"

"야잘알 송 기자가 왜 그걸 나한테 물어?"

"경험 많은 캡의 고견이 듣고 싶어서요."

"음, 그럼 알려 줄까?"

잠시 고민하던 유인수가 다시 입을 뗐다.

"예비 주주의 입장이 아니라 스포츠 기자 입장에서 판단할 때는 샌디에이고 파드리스가 나쁘지 않은 승부수를 띄운 것 같아. 그렇지만 이 승부수가 먹히기 위해서는 두 가지 불안 요소를 넘어야 해."

"두 가지 불안 요소?"

"그래."

"그 두 가지 불안 요소가 뭔데요?"

유인수가 대답했다.

"샌디 바에즈, 그리고 브라이언 스탠튼!"

*　　　*　　　*

"4선발 체제를 운용하는 겁니다."

정규 시즌 마무리까지 단 아홉 경기를 남겨둔 시점에서 김태식이 제시했던 승부수였다.

김태식—샌디 바에즈—조셉 바우먼—팻 메이튼.

이렇게 네 명의 투수들만 활용해서 남아 있는 정규 시즌 아홉 경기를 치르자는 뜻이었다.

'나쁘지 않다. 아니, 현 시점에서는 최상의 승부수다!'

당시 팀 셔우드가 떠올린 생각이었다.

주로 챔피언쉽 시리즈나 월드 시리즈 같은 단기전에서 주로 사용되는 것이 바로 4선발 체제였다.

에이스급 투수들을 시리즈 중에 한 번이라도 더 등판시켜서 승률을 최대한 높이기 위해 4선발 체제를 운용하는 것이었다.

그렇지만 단기전에서는 4선발 체제를 운용한다 하더라도 큰 차이가 만들어지지 않는 경우가 대부분이었다.

그 이유는 상대 팀 역시 단기전에서 4선발 체제를 운용하기 때문이었다.

그러나 지금은 정규 시즌이었다.

즉, 챔피언쉽 시리즈나 월드 시리즈 같은 단기전이 아직 시작되지 않은 시점이었다.

정규 시즌인 만큼, 다른 팀들은 5선발 혹은 6선발 체제를 계속 운용할 터.

상대적으로 샌디에이고 파드리스가 선발투수들의 맞대결에서 유리한 지점을 선점할 수 있었다.

그리고 4선발 체제를 운용함으로서 얻을 수 있는 것이 하나 더 있었다.

바로 불펜진 강화였다.

토니 그레이와 앤디 콜.

올 시즌 내내 샌디에이고 파드리스의 필승조로 활약했던 선수들이었다.

그렇지만 정규 시즌 후반기에 접어들면서 지친 기색을 드러냈다.

그로 인해 불안한 마음이 들었는데.

선발 경쟁에서 탈락한 파넬슨 레이먼과 미구엘 디아즈, 그리고 카일 맥그리스까지.

이 세 명의 투수들을 불펜 투수, 혹은 롱 릴리프 투수로 활용한다면, 불펜이 강화되는 효과가 있을 것이었다.

“계산은 섰다. 그렇지만… 야구는 계산처럼 굴러가지 않는다는 것이 문제이지."

팀 셔우드가 그라운드를 살폈다.

그런 그가 바라보는 것.

마운드 위에 서 있는 김태식이 아니었다.

이미 김태식에게는 신뢰가 생긴 상황이었다.

해서 김태식이 초반에 무너질 것은 걱정하지 않았다.

팀 셔우드가 우려 섞인 시선으로 바라본 것은 우익수 수비 위치에 서 있는 브라이언 스탠튼이었다.

"불안 요소!"

팀 셔우드가 혼잣말을 꺼냈을 때였다.

슈악!

따악!

경쾌한 타격음이 흘러나왔다.

2회 초, 무사 1루 상황에서 타석에 들어선 그레고리 파커의 잘 맞은 타구는 하필 우익수 방면으로 향했다.

'빠졌다!'

팀 셔우드가 라인선상 안쪽에 떨어지는 2루타가 될 것이라고 판단한 순간, 브라이언 스탠튼이 맹렬하게 달려와 슬라이딩 캐치를 시도했다.

"안 돼!"

그 모습을 확인한 팀 셔우드가 자리에서 벌떡 일어났다.

아직은 경기 초반이었다.

무리한 수비를 펼칠 때가 아니었다.

안전한 수비를 펼치면서 실점을 최소화하는 수비를 펼쳐야 했다.

그때, 브라이언 스탠튼이 슬라이딩을 하며 글러브를 쭉 내밀었다.

팟. 데구르르.

글러브 끝에 맞은 타구가 바닥을 굴렀다.

벌떡 일어난 브라이언 스탠튼이 공을 다시 주워서 3루로 송구했다.

1루 주자였던 닉 크로포드는 3루까지 내달리지 못하고 2루에서 멈추었다.

그 일련의 전개를 확인한 팀 셔우드가 안도의 한숨을 내쉬었다.

방금 전, 그레고리 파커의 타구는 2루타성 코스였다. 그런데 브라이언 스탠튼이 슬라이딩 캐치를 시도하면서 단타로 만들었다.

결과적으로는 호수비.

그렇지만 팀 셔우드의 찌푸려진 미간은 펴지지 않았다.

너무 위험한 수비였기 때문이다.

"운이… 좋았어!"

만약 브라이언 스탠튼이 타구를 뒤로 빠뜨렸다면?

1루 주자인 닉 크로포드는 여유 있게 홈으로 파고들었을 것이었다. 그리고 타자 주자인 그레고리 파커도 3루에 안착했을 터였다.

"스트라이크아웃!"

다행인 것은 김태식이 후속 타자들을 연속 삼진으로 돌려세우면서 실점을 허용하지 않고 이닝을 마무리했다는 것이었다.

"한마디 해야겠군!"

이대로 내버려 둘 수는 없었다.

더그아웃 쪽으로 뛰어오고 있는 브라이언 스탠튼에게 단단히 주의를 줘야겠다고 팀 셔우드가 결심했을 때였다.

김태식이 더그아웃 앞에서 기다리고 있다가 브라이언 스탠튼에게 말했다.

"잘했다. 아주 좋은 수비였어!"

칭찬을 들은 브라이언 스탠튼이 환하게 웃었다.

'웃어?'

그 모습을 확인한 팀 셔우드가 더욱 미간을 찌푸렸을 때, 김태식이 고개를 흔들었다.

마치 그러지 말라는 듯이.

샌디에이고 파드리스는 정규 시즌 막바지 승부수를 띄웠다.

현 상황에서는 최상의 승부수.

그렇지만 태식은 안심할 수 없었다.

불안 요소들이 분명히 존재했기 때문이다.

'샌디 바에즈와 브라이언 스탠튼!'

태식이 판단하는 샌디에이고 파드리스의 불안 요소들이었다.

우선 트레이드로 시즌 중에 합류한 샌디 바에즈는 아직 샌디에이고 파드리스 팬들의 마음을 얻지 못했다.

올 시즌이 끝나고 자유 계약 선수로 풀리는 샌디 바에즈를 영입하기 위해서 마이크 팀린을 비롯한 유망주들을 트레이드 카드로 활용했던 것.

샌디에이고 파드리스 팬들은 커다란 손해라고 판단했기 때문이다.

그래서일까.

샌디 바에즈에게 팬들은 유독 엄격한 잣대를 들이댔다.

지구 우승과 거리가 멀어지면서 인내심이 사라진 팬들은 샌디 바에즈가 한 경기만 부진하더라도 맹렬한 비난을 쏟아냈다.

이런 상황에서 샌디 바에즈가 부담감을 털어내고 좋은 투구를 펼칠 수 있는 확률은 그리 높지 않았다.

또 하나의 불안 요소는 맷 부쉬의 부상 공백을 메우기 위해 마이너리그에서 콜업된 브라이언 스탠튼이었다.

아직 어린 선수여서일까.

브라이언 스탠튼은 순위 다툼이 치열한 정규 시즌 막바지의 중압감을 이겨내기에는 역부족인 모습을 보였다.

물론 태식이 우익수로 출전하기로 결심했지만, 선발투수로 등판하는 경기에서는 브라이언 스탠튼이 우익수로 출전해야 했다.

언제 결정적인 실수를 범할지 모르는 마치 시한폭탄 같은 존재랄까.

'이 불안 요소들을 어떻게 해결해야 할까?'

경기 시작 전, 태식은 이 부분에 대해 고민했다.

그렇지만 해결 방법을 찾는 것은 쉽지 않았다.

둘 중 어느 것 하나 해결이 어려운 문제였기 때문이다.

장고 끝에 태식이 찾아낸 해법은 순서를 바꾸는 것이었다.

'샌디 바에즈, 그리고 브라이언 스탠튼!'

태식이 우선순위로 분류했던 불안 요소들이었다.

샌디 바에즈가 부담을 털어내고 본래 가진 실력을 마운드에서 드러내는 것이 더 급한 부분이라고 판단했기 때문이다.

'브라이언 스탠튼이 먼저, 그다음이 샌디 바에즈야!'

그러나 우선순위를 바꾸자, 해결 방법이 보이기 시작했다.

"샌디 바에즈에게 팬들이 유독 냉혹한 잣대를 들이대는 이유는 트레이드 과정에서 손해를 봤다는 심리도 있지만, 맷 부쉬의 부상 공백을 메우기 위해서 투입된 브라이언 스탠튼의 부진도 하나의 요인이야."

브라이언 스탠튼은 공수 양면에서 좋지 않은 모습을 보이며, 팀이 연패에 빠지는 원흉이 됐다.

'릭 에스팔토만 있었다면?'

브라이언 스탠튼이 부진한 모습을 보이자, 샌디에이고 파드리스 팬들이 아쉬워한 부분이었다.

마치 당연하다는 듯이 샌디 바에즈를 영입하는 대가로 디트로이트 타이거스에 내준 유망주 릭 에스팔토의 존재감이 커졌다.

그런 아쉬움이 생겼기 때문에, 샌디에이고 파드리스 팬들의 샌디 바에즈에 대한 미움이 더 커진 원인이 된 것이었다.

즉, 브라이언 스탠튼이 제 몫을 해주기 시작한다면, 릭 에스팔토를 그리워하는 팬들은 줄어들 터였다.

그리고.

릭 에스팔토를 비롯한 유망주들을 내주고 영입한 샌디 바에즈에 대한 미움과 비난도 줄어드리라.

"브라이언 스탠튼을 어찌해야 할까?"

거기까지 생각이 미친 태식은 브라이언 스탠튼이 부진의 터널에서 빠져나올 수 있는 방법에 대해 고민하기 시작했다.

잠시 뒤, 태식이 떠올린 것은 자신이었다.

태식이 떠올렸던 자신.

현재 메이저리그에서 뛰고 있는 김태식이 아니었다.

고등학교를 졸업하고 프로 무대에 갓 뛰어들었던 어린 김태식이었다.

그리고 어린 김태식과 지금의 브라이언 스탠튼이 무척 비슷하다는 생각이 들었다.

"첫 시즌이 아니라, 두 번째 시즌에 포커스를 맞춰야 해!"

프로 데뷔 첫 시즌, 어린 김태식은 1군 무대 경기 출전 기회를 거의 얻지 못했다.

시즌 중반부에 찾아왔던 첫 1군 경기 출전에서 코칭스태프들의 기대에 미치지 못하는 부진한 모습을 보였던 것이 컸다.

그렇지만 당시 팬들은 어린 태식에게 큰 실망이나 비난을 보내지 않았다.

아직 어린 선수인 만큼, 프로 무대 적응에는 시간이 필요할 것이라고 판단했기 때문일 터였다.

팬들이 본격적으로 어린 태식에게 실망감을 드러내며 비난을 쏟아낸 것은 프로 2년 차 때부터였다.

적잖은 계약금을 받고 입단했던 어린 태식은 여전히 부진한 모습을 보였고, 팬들의 인내심은 바닥을 드러냈기 때문이다.

"그때는… 막막했지!"

고교 시절과는 전혀 다른 프로야구 적응에 대한 어려움.
도무지 찾기 힘든 부진의 원인.
쏟아지는 팬들의 비난까지.
이제 와 돌이켜 생각해 보면, 어린 태식은 속된 말로 멘붕 상태였다.
결국 어린 태식은 중압감과 부담감을 이기지 못하고 더 성장하지 못했다.
그리고.
지금 브라이언 스탠튼도 비슷한 상황일 거라는 짐작이 갔다.
"어린 김태식이 가장 힘들었던 게 무엇일까?"
태식이 기억을 더듬었다.
잠시 뒤, 태식은 그 질문에 대한 답을 찾아냈다.
중압감, 그리고 부진의 원인조차 찾아내지 못했던 것으로 인한 답답함.
이 두 가지가 어린 태식의 어깨를 가장 무겁게 짓눌렀다.
거기까지 생각을 마친 태식은 브라이언 스탠튼을 찾아갔다.
"브라이언!"
"네, 선배님."
태식이 메이저리그에서 쌓은 성적 때문일까?
아니면, 많은 나이 차 때문일까.
브라이언 스탠튼은 태식을 어려워하는 기색이 역력했다.
'나도 저랬지!'
그 반응을 확인한 태식이 쓰게 웃었다.
어린 태식은 기라성 같은 선배들이 곁으로 다가왔을 때, 부담감을 느꼈다. 그래서 먼저 자리를 피하곤 했었다.

'그러지 말았어야 했는데!'

당시에 먼저 다가왔던 선배들은 어린 태식에게 경험을 바탕으로 한 조언을 해주기 위해서 일부러 찾아왔던 것이었다.

그때 피하지 말고 선배들의 조언을 귀담아들었다면, 태식의 야구 인생은 많이 달라졌을 터였는데.

어쨌든.

어린 태식의 문제만은 아니었다.

당시 선배들은 어린 태식에게 살갑게 대하지 않았다.

좀 더 다정하게 다가왔다면, 어린 태식도 도망치지 않았을 터였다.

'나는 그러지 말아야지!'

태식이 각오를 다지며 입가에 웃음을 머금었다.

"혹시 나 때문에 기분 나쁘지 않아?"

태식이 던진 질문을 받은 브라이언 스탠튼은 영문을 모르겠다는 표정을 지었다.

"내가 우익수로 출전하겠다고 자처한 탓에 어렵게 찾아온 기회가 많이 줄었잖아."

"아, 그것 때문이라면 전혀 기분 나쁘지 않습니다."

"그래?"

"프로의 세계니까요."

"……?"

"더 잘하는 선수가 경기에 출전하는 것이 당연하다고 생각합니다."

당차게 대답하는 브라이언 스탠튼을 확인한 태식이 작게 고개를 끄덕일 때였다.

“솔직히 말씀드리면… 다행이라고 생각합니다.”

“다행?”

“무서웠거든요.”

“경기에 출전하는 게 무서웠다?”

“네. 경기에 출전하는 것이, 실책을 기록하는 것이, 타석에서 무기력하게 물러나는 것이, 또 경기가 끝나고 팬들의 비난을 받는 것까지. 모든 것이 두려웠습니다.”

태식이 재차 고개를 끄덕였다.

어린 태식도 그런 경험이 있었기 때문이다.

그 두려움을 이기지 못하고 어린 태식은 도망쳤다.

그리고.

저니맨의 대명사가 됐다.

“두려운 게… 당연한 거야.”

“하지만…….”

“나도 예전에 경기에 나서는 것이 두려웠던 적이 있었어.”

“그랬습니까?”

“응.”

“그래서… 어떻게 됐습니까?”

“보다시피야.”

“네?”

“서른여덟이란 늦은 나이에 메이저리그 무대의 신인이 됐지.”

제대로 말귀를 알아듣지 못해서일까.

두 눈을 껌벅이고 있는 브라이언 스탠튼에게 태식이 덧붙였다.

"딱 네 나이 때 두려움을 이기지 못하고 도망쳤어. 그리고 지금에야 간신히 두려움을 떨쳐내고 돌아왔지. 그사이 무려 15년이 넘는 시간이 흘렀어. 쉽게 말해 15년이란 긴 시간을 허송세월한 거야."

"……."

"네가 내 전철을 밟지 않았으면 좋겠다."

태식이 브라이언 스탠튼의 두 눈을 바라보며 말했다.

원래 태식이 브라이언 스탠튼을 찾아온 이유는 샌디에이고 파드리스의 불안 요소 중 하나를 제거하기 위함이었다.

그렇지만 그와 이야기를 나누던 도중에 마음이 조금 바뀌었다.

어린 태식과 눈앞의 브라이언 스탠튼.

아까도 생각했듯이 비슷한 점이 많았다.

이미 한 번 실패를 경험했던 적이 있었기에 태식은 브라이언 스탠튼을 돕고 싶었다.

"내 전철을 밟지 않을 수 있는 방법을 알려줄까?"

"그 방법이 무엇입니까?"

"귀를 열어!"

"……?"

"선배들이 하는 말을 잘 들어. 그럼 막막하게 생각했던 문제들을 해결할 수 있는 답이 보일 테니까."

태식이 덧붙인 말을 들은 브라이언 스탠튼이 작게 고개를 끄덕였다.

"알려주십시오."

"욕심을 버려. 모든 것을 잘하려고 하지 말란 뜻이야."

빠른 구속, 완벽한 제구, 그리고 다양한 브레이킹 볼까지.

어린 태식은 프로 무대 적응에 어려움을 겪었다.

'프로 무대에서 적응하고 살아남기 위해서는 더 완벽한 투구를 해야 한다.'

이렇게 판단했기 때문에 자꾸 욕심을 냈다. 그리고 결과적으로는 욕심을 냈던 것이 악수가 됐다.

"네 장점을 살려라. 구속과 구위가 충분히 뛰어나니까 그 장점을 어떻게 활용할까에 대해 고민해 봐."

누구였더라.

이제는 이름조차 가물가물한 이미 오래 전에 은퇴했던 팀 내 고참 선수가 어린 태식에게 건넸던 충고였다.

만약 어린 태식이 귀를 열고 그 충고를 받아들였다면, 태식의 야구 인생은 백팔십도 달라졌으리라.

더 나은 제구를 위해 투구 폼을 수정하지도 않았을 것이고, 무리하게 각종 브레이킹 볼을 익히기 위해서 애쓰다가 부상도 당하지 않았을 테니까.

"그렇지만……."

브라이언 스탠튼이 어두운 표정을 지었다.

맷 부쉬의 부상 공백을 메우기 위해서, 또, 메이저리그라는 세계 최고의 무대에서 살아남기 위해서는 욕심을 버릴 것이 아니라 욕심을 더 내야 하지 않느냐?

아마 브라이언 스탠튼이 하고 싶은 이야기일 터였다.

"천천히 해."

그런 그에게 태식이 충고했다.

"천천히 하라고 하셨습니까?"

"욕심을 낸다고 해서 한꺼번에 갑자기 달라지지는 않더라고. 일단 네가 가진 장점을 살려. 그리고 나머지는 차차 채워가."

"장점을 살려라?"

"그래. 네 장점이 뭔지 알아?"

"저는… 발이 빠릅니다."

브라이언 스탠튼이 잠시 고민하다가 대답을 꺼냈다.

"내 생각도 마찬가지야. 그래서 수비 범위가 넓지. 그게 네가 가진 장점이야."

"수비 범위가 넓다고 하셨습니까?"

"오늘 경기에서는 다른 것은 신경 쓰지 말고 그 장점을 최대한 발휘하는 것에만 집중해 보도록 해."

"그걸로… 충분할까요?"

불안한 기색으로 질문하는 브라이언 스탠튼을 응시하면서 태식이 힘주어 답했다.

"경기가 끝나고 나면 달라졌다는 것을 분명히 느낄 수 있을 거야."

17. 위험한 수비, 최선의 수비

2회 초, 2사 1, 2루 상황.

태식은 8번 타자인 크리스 아로요를 상대했다.

투 볼 투 스트라이크 상황에서 태식은 신중하게 크리스 아로요와 승부를 펼쳤다.

슈악!

부우웅.

태식은 끝까지 방심하지 않고 결정구로 너클볼을 선택했다.

크리스 아로요는 현란한 너클볼의 궤적 변화에 제대로 대처하지 못하고 헛스윙 삼진으로 물러났다.

무사 1, 2루의 실점 위기를 벗어난 태식은 빠르게 더그아웃으로 돌아왔다.

그런 태식이 팀 셔우드 감독을 살폈다.

연속 삼진을 빼앗아내면서 실점 위기를 넘겼음에도 불구하고, 팀 셔우드 감독의 표정은 밝지 않았다.

잔뜩 미간을 찌푸린 채 어딘가를 노려보고 있었다.

'화가 났군!'

그 표정을 통해 태식은 팀 셔우드 감독이 화가 났다는 사실을 알아챘다. 그리고 팀 셔우드 감독이 화가 난 이유도 짐작할 수 있었다.

'나 때문이 아냐!'

팀 셔우드 감독이 화가 난 이유는 경기 초반에 실점 위기를 허용했던 태식 때문이 아니었다.

'위험한 수비였다고 판단한 거야!'

그가 화가 난 대상은 브라이언 스탠튼이었다.

아까 무사 1루 상황에서 그레고리 파커는 우익선상 안쪽에 떨어지는 2루타성 타구를 때렸었다. 그리고 오늘 경기 우익수로 출전한 브라이언 스탠튼은 노 바운드로 타구를 잡아내기 위해서 슬라이딩 캐치를 시도했다.

'만약 타구를 뒤로 빠뜨렸다면?'

1루 주자였던 닉 크로포드는 홈으로 여유 있게 들어왔을 것이고, 타자 주자였던 그레고리 파커도 여유 있게 3루까지 도달했을 터였다.

다행히 브라이언 스탠튼은 타구를 뒤로 빠뜨리지 않았다.

덕분에 2루타성 타구를 단타로 막아냈다.

그렇지만 팀 셔우드 감독은 아까 브라이언 스탠튼의 수비를 너무 위험하고 무모했다고 판단했다.

그래서 화가 난 것이었다.
감독 입장에서는 충분히 화가 날 수 있는 상황.
그렇지만 태식의 생각은 조금 달랐다.
'최선의 수비!'
이것이 태식의 판단이었다.

"내 생각도 마찬가지야. 발이 빠르기 때문에 수비 범위가 넓지. 그게 네가 가진 장점이야. 오늘 경기에서는 다른 것은 신경 쓰지 말고 그 장점을 최대한 발휘하는 것에만 집중해 보도록 해."

아까 브라이언 스탠튼이 선보였던 무모할 정도로 과감했던 수비가 태식이 건넸던 충고에 귀를 기울였다는 증거였다.
그래서 태식은 더그아웃으로 들어가지 않고 브라이언 스탠튼이 돌아오기를 기다렸다. 그리고 브라이언 스탠튼에게 쓴소리를 하려는 팀 셔우드 감독에게 고개를 흔들었다.
지금 질책을 받는 것.
말 그대로 최악의 시점이었기 때문이다.
"잘했다."
대신 태식이 브라이언 스탠튼에게 칭찬을 건넸다.
"네?"
"네 수비 덕분에 실점 위기를 넘길 수 있었어."
태식의 칭찬을 받은 브라이언 스탠튼이 환하게 웃었다.
"조금 늦었습니다."
"응?"

"타구 판단이 조금 늦어서 노 바운드로 처리하지 못했습니다. 그게 아쉽습니다."

브라이언 스탠튼이 아쉬운 기색을 감추지 않고 드러낸 순간, 태식이 고개를 흔들며 입을 뗐다.

"두 걸음."

"……?"

"만약 우익선상 쪽으로 두 걸음만 미리 움직였다면 그레고리 파커의 타구를 노 바운드로 처리할 수 있었을 거야."

"무슨… 뜻입니까?"

"분석이 필요하다는 뜻이지."

"분석… 요?"

"그레고리 파커는 밀어치는 것에 능한 타자지. 그래서 그의 타구는 우익선상 쪽으로 향하는 경우가 잦아. 만약 내가 우익수로 출전했다면 원래 수비 위치보다 우익선상 쪽으로 일 미터가량 이동했을 거야."

비로소 말뜻을 알아들은 그레고리 파커가 두 눈을 빛냈다.

두 걸음은 약 1미터.

큰 차이처럼 느껴지지 않았다.

그렇지만 만약 브라이언 스탠튼이 약 1미터가량 우익선상 쪽으로 미리 이동한 후에 수비했다면?

워낙 수비 범위가 넓은 선수인 만큼, 아까 그레고리 파커의 타구를 막아내는 데서 그치지 않고 여유 있게 처리했으리라.

"무슨 말씀인지… 알겠습니다."

힘껏 고개를 끄덕이는 브라이언 스탠튼을 확인한 태식이 힘주어 덧붙였다.

"그럼 기대하지."

2회 말, 샌디에이고 파드리스는 샌프란시스코 자이언츠의 에이스인 메디슨 범거너를 상대로 절호의 득점 찬스를 맞이했다.

1사 만루 상황에서 타석에는 9번 타자 브라이언 스탠튼이 등장했다.

'평소대로 김태식을 9번 타순에 포진시켰다면?'

천천히 타석을 향해 걸어가는 브라이언 스탠튼의 등을 바라보고 있던 팀 셔우드가 떠올린 후회였다.

그랬다면 경기 초반에 찾아온 찬스에서 기선을 제압할 수 있었을 가능성이 높았는데.

하필이면 1사 만루 절호의 찬스에서 타석에는 브라이언 스탠튼이 들어서고 있었다.

김태식이 아닌 브라이언 스탠튼이 타석에 들어선 만큼, 득점을 올릴 확률이 현저히 떨어지는 것은 어쩔 수 없었다.

그리고.

팀 셔우드의 우려는 기우로 끝나지 않았다.

슈악!

딱!

경험이 부족해서일까.

브라이언 스탠튼은 메디슨 범거너가 던진 유인구에 여지없이 배트가 끌려 나갔다.

유격수 앞으로 굴러가는 평범한 내야 땅볼.

침착하게 포구에 성공한 유격수는 병살 플레이를 노렸다.

브라이언 스탠튼이 필사적으로 1루로 달려갔지만, 2루수의 송구가 1루수의 글러브에 도착하는 것이 더 빨랐다.

"아웃!"

6—4—3으로 이어지는 브라이언 스탠튼의 병살타가 나오면서, 샌디에이고 파드리스는 1사 만루의 절호의 찬스를 허무하게 날려 버렸다.

우우!

우우우!

찬스가 무산된 순간, 펫코 파크를 가득 메우고 있던 홈 팬들이 병살타를 터뜨린 브라이언 스탠튼에게 일제히 야유를 쏟아내기 시작했다.

그 야유 소리를 들으며 더그아웃으로 돌아오고 있는 브라이언 스탠튼을 바라보던 팀 셔우드의 두 눈에 이채가 떠올랐다.

'달라!'

쏟아지는 야유 속에서 더그아웃으로 돌아오고 있는 브라이언 스탠튼의 표정이 어딘가 다르다는 느낌이 들었다.

단순한 느낌이 아니었다.

지난 경기에서 실책을 연발한 후 팬들의 비난을 받았던 브라이언 스탠튼의 표정은 절망적이다 싶을 정도로 어두웠다.

또, 죄인처럼 고개를 푹 숙이고 있었다.

그렇지만 지금 이를 악문 채로 더그아웃으로 돌아오고 있는 브라이언 스탠튼은 절망한 기색이 아니었다.

고개도 숙이지 않았고, 발걸음에도 힘이 실려 있었다.

'지금의 수모를 꼭 만회하겠다!'

브라이언 스탠튼의 비장한 표정에 담긴 각오였다.

'왜 갑자기 달라졌지?'

불과 며칠 새에 브라이언 스탠튼을 달라져 있었다.

그 이유를 찾기 위해 고민하던 팀 셔우드의 눈에 김태식이 보였다.

"잊어버려!"

브라이언 스탠튼의 어깨를 가볍게 두드려 주는 김태식을 바라보던 팀 셔우드가 두 눈을 빛냈다.

3회 말, 샌디에이고 파드리스의 공격은 리드오프인 에릭 아이바부터 시작이었다.

첫 타석에서 풀카운트 승부 끝에 헛스윙 삼진으로 물러났던 에릭 아이바는 두 번째 타석에서는 초구를 노렸다.

슈아악!

따악!

메디슨 범거너가 스트라이크를 넣기 위해서 던진 바깥쪽 직구를 끌어 당겨 1, 2루 간을 꿰뚫는 우전 안타를 만들어냈다.

"잘하네!"

에릭 아이바와 메디슨 범거너의 대결을 지켜보던 태식이 혼잣말을 꺼냈다.

얼핏 살피기에는 그냥 초구를 노렸는데 타구의 코스가 좋아서 우전 안타가 된 것처럼 보였다.

그렇지만 좀 더 자세히 뜯어보면 달랐다.

에릭 아이바는 더그아웃에서 유심히 메디슨 범거너의 투구 패턴을 분석했다. 그리고 그가 스트라이크를 넣기 위해서 바깥쪽 직구를 초구로 사용한다는 것을 알아챈 후 노리고 타석에 들어선 것이었다.

그게 다가 아니었다.

수비 시프트.

에릭 아이바는 밀어 치는 데 능한 타자였다.

그래서 2, 3루 간으로 향하는 타구의 비율이 압도적으로 높았다.

그 사실을 파악한 샌프란시스코 자이언츠는 과감한 수비 시프트를 펼쳤다.

2루수가 2루 베이스 근처까지 극단적으로 수비 위치를 옮기며, 2, 3루 간을 좁혔다.

그 사실을 간파한 에릭 아이바는 의도적으로 당겨 쳐서 타구를 평소에 비해서 한층 넓어진 1, 2루 간으로 보냈던 것이었다.

어쨌든.

3회 말의 선두 타자인 에릭 아이바가 우전 안타로 출루하면서 샌디에이고 파드리스는 다시 선취점을 올릴 기회를 잡았다.

슈악!

타다닷.

팀 셔우드 감독은 희생번트 작전을 지시하는 대신, 더 과감한 작전을 펼쳤다.

투 볼 투 스트라이크 상황에서 1루 주자 에릭 아이바에게 도루를 지시했다.

메디슨 범거너의 유인구는 원 바운드로 들어왔고, 도루를 시도한 에릭 아이바는 여유 있게 2루에 도착했다.

풀카운트에서 호세 론돈은 또 한 번 유인구를 잘 참아내면서, 볼넷을 얻어 비어 있던 1루를 채웠다.

무사 1, 2루로 상황이 바뀐 순간, 태식이 천천히 타석으로 들어섰다.

'이번 타석이 중요해!'

타석에 들어서기 전, 태식이 더그아웃 쪽을 힐끗 살폈다.

그런 태식이 바라본 것은 브라이언 스탠튼이었다.

"공격은 버려라!"

경기 시작 전, 태식이 브라이언 스탠튼에게 건넸던 충고였다.

그렇지만 욕심을 버리는 것은 생각처럼 쉬운 일은 아니었다.

더구나 득점 찬스에서 타석에 들어섰을 때는 더욱 그랬다.

그래서일까.

브라이언 스탠튼은 2회 자신에게 찾아왔던 만루 찬스에서 나름대로 타석에서 집중하며 메디슨 범거너와 승부에 임했다.

그러나 결과는 좋지 않았다.

병살타를 기록하면서 1사 만루의 찬스가 무산됐으니까.

우우.

우우우.

당시 샌디에이고 파드리스 팬들은 병살타를 기록했던 브라이언 스탠튼에게 일제히 야유를 쏟아냈다.

타격 결과가 좋지 않았기 때문이다.

"잊어버려!"

그렇지만 태식은 생각이 조금 달랐다.

비록 병살타가 되긴 했지만, 브라이언 스탠튼의 스윙은 이전 타석들에 비해서 분명히 나아져 있었다.

비록 결과를 만들어내지 못하고 있었지만, 점점 나아지고 있는 과정이었다.

지금 브라이언 스탠튼에게 필요한 것은 시간.

그리고 태식은 그 시간을 벌어주고 싶었다.

'적시타를 때려내야 해!'

브라이언 스탠튼에게 시간을 벌어주기 위해서는 그의 타격 부진이 느껴지지 않도록 샌디에이고 파드리스 타선이 힘을 내야 했다.

이것이 태식이 이번 타석이 중요하다고 판단했던 이유였다.

'정상이 아냐!'

마침내 타석에 들어선 태식이 샌프란시스코 자이언츠의 선발 투수인 메디슨 범거너를 바라보았다.

올 시즌에도 메디슨 범거너는 변함없이 샌프란시스코 자이언츠의 에이스로 좋은 활약을 펼쳤다.

그렇지만 샌프란시스코 자이언츠의 순위는 지구 4위로 처져 있었다. 그리고 메디슨 범거너는 선발로 출전했던 지난 두 경기에서 그답지 않은 부진한 모습을 보였다.

'와일드카드도 물 건너간 후부터야!'

좀처럼 반등하지 못하고 내셔널 리그 서부 지구 4위에 처져 있던 샌프란시스코 자이언츠는 비교적 이른 시점에 와일드카드 경쟁에서 탈락이 확정됐다.

그 후, 메디슨 범거너는 부진한 모습을 보였다.

'목표가 사라졌기 때문이지!'

그런 메이슨 범거너의 부진은 오늘 경기에서도 이어지고 있었다.

매 이닝 주자를 내보냈고, 2회에는 1사 만루의 절체절명의 위기에도 몰렸었다.

빼어난 위기관리 능력을 선보이며 아직 실점을 하지 않고 있기는 했지만, 분명히 평소 메디슨 범거너의 위력적인 모습과는 거리가 있었다.

'실투가 들어올 거야!'

이미 집중력이 흐트러진 상황.

메디슨 범거너는 실투를 던질 가능성이 높았다.

그런 태식의 예상은 적중했다.

에릭 아이바, 그리고 호세 론돈.

발 빠른 두 명의 주자에 신경을 과하게 썼기 때문일까.

슈악!

세트포지션 투구를 한 메디슨 범거너의 3구째 슬라이더는 가운데로 몰렸다.

또, 휘어지는 각이 예리하지 못하고 밋밋했다.

따악!

실투가 들어오기를 기다리고 있던 태식이 놓칠 리 없었다.

배트 중심에 제대로 걸린 타구는 우중간 펜스를 훌쩍 넘기고 떨어졌다.

쓰리런 홈런.

태식이 주먹을 불끈 쥔 채 그라운드를 돌기 시작했다.

3 : 0.

석 점의 격차가 유지된 채 경기는 후반으로 접어들었다.

6이닝 무실점.

오늘 경기에서 선발투수로 출전한 김태식은 팀 셔우드의 기대대로 팀의 에이스다운 호투를 펼쳤다.

그뿐이 아니었다.

타석에서도 선취점을 올리는 쓰리런 홈런을 터뜨렸다.

만점 활약.

팀 셔우드는 공수 양면에서 좋은 활약을 펼친 김태식을 비교적 일찍 마운드에서 내리는 결정을 했다.

4선발 체제로 전환한 상황.

4일 휴식 후 등판은 분명 강행군이었다.

투구 수를 조절해서 체력 관리를 해줄 필요가 분명히 있었다.

그리고 하나 더.

불펜진에 여유가 있는 것도 승리투수 요건을 갖춘 김태식을 비교적 일찍 마운드에서 내리는 결정을 내린 이유였다.

미구엘 디아즈.

김태식을 마운드에서 내린 팀 셔우드가 7회 초에 마운드에 올린 투수였다.

올 시즌 5선발을 맡았던 미구엘 디아즈를 올려서 7회 초 수비를 깔끔하게 마무리하려고 했는데.

팀 셔우드의 계획은 시작부터 어긋났다.

샌프란시스코 자이언츠의 감독인 브루스 보우치는 투구 교체가 단행되자마자, 기다렸다는 듯이 대타자를 기용했다.

메디슨 범거너를 대신해서 타석에는 대타자 세인 로드리게즈가 들어섰다.

슈아악!

따악!

브루스 보우치 감독의 대타 작전은 적중했다.

세인 로드리게즈는 미구엘 디아즈의 2구째 직구를 밀어 쳐서 좌익선상에 떨어지는 2루타를 기록했다.

무사 2루.

미구엘 디아즈는 1번 타자인 제프 파커를 내야 뜬공으로 처리하며 안정을 찾는가 했지만, 2번 타자 미켈 고메스에게 볼넷을 허용했다. 그리고 3번 타자인 켈비 크로포드에게는 몸에 맞는 공을 던졌다.

1사 만루로 상황이 바뀐 순간, 팀 셔우드가 미간을 찌푸리며 일어섰다.

경기가 후반부에 접어든 상황.

석 점차의 리드라면 안정권이라고 판단했다.

그렇지만 불펜 투수로 보직을 바꾼 미구엘 디아즈가 예상치 못한 부진한 모습을 보이며 경기의 양상은 안갯속으로 흘러가기 시작했다.

"투수 교체!"

계속 미구엘 디아즈에게 마운드를 맡길 수는 없었다. 그래서 팀 셔우드는 기존의 필승조인 토니 그레이를 투입했다.

바뀐 투수인 토니 그레이의 첫 상대는 샌프란시스코 자이언츠의 4번 타자인 닉 크로포드였다.

슈악!

따악!

그리고 닉 크로포드는 바뀐 투수인 토니 그레이의 초구를 노려 쳤다.

몸이 덜 풀려서일까.

토니 그레이가 초구로 던진 커브의 무브먼트는 밋밋했다.

경쾌한 타격음을 듣고 안타를 허용했다고 판단했던 팀 셔우드가 이내 안도의 한숨을 내쉬었다.

닉 크로포드의 잘 맞은 타구가 유격수 정면으로 향했기 때문이다.

라인 드라이브 아웃.

'운이 좋았어!'

팀 셔우드가 안도의 한숨을 내쉬었다.

2사 만루로 바뀐 상황.

타석에는 5번 타자인 그레고리 파커가 들어섰다.

'너무… 일찍 내렸나?'

팀 셔우드가 손가락으로 지끈거리는 관자놀이 부근을 꾹꾹 눌렀다.

경기 후반부에 접어든 시점에 석 점차의 리드.

샌프란시스코 자이언츠의 침체된 팀 분위기.

나름대로 탄탄하다고 판단한 불펜진.

팀 셔우드가 호투하던 선발투수 김태식을 마운드에서 내렸던 이유들이었다.

그렇지만 상황이 이렇게 변하고 나니, 김태식을 너무 일찍 내렸던 것이 아닌가 하는 후회가 들었다.

'막아라!'

그렇지만 후회란 아무리 빨라도 늦은 법이었다.

선발투수 김태식을 강판한 것을 다시 무를 수는 없었다.

지금은 마운드에 서 있는 토니 그레이가 실점을 허용하지 않고 막아주기를 바라는 수밖에 없었다.

그렇지만 샌프란시스코 자이언츠의 5번 타자인 그레고리 파커는 결코 만만한 타자가 아니었다.

슈악!

투 볼 투 스트라이크 상황에서 토니 그레이가 던진 회심의 유인구를 잘 참아냈다.

풀카운트 승부.

슈아악!

토니 그레이는 바깥쪽 직구를 던졌다.

그 순간, 마치 기다렸다는 듯이 그레고리 파커가 배트를 휘둘렀다.

따악!

경쾌한 타격음을 들은 팀 셔우드의 낯빛이 창백하게 질렸다.

적시타를 허용했다고 판단했기 때문이다.

자리에서 벌떡 일어난 팀 셔우드가 타구의 궤적을 눈으로 좇았다.

'우익선상 안쪽에 떨어지는 타구!'

최소 2루타 코스였다.

더구나 2사 후의 상황인 만큼, 루상의 주자들은 일찌감치 스타트를 끊은 후였다.

루상의 주자들을 모두 홈으로 불러들이는 싹쓸이 2루타를 허용했다고 판단한 팀 셔우드의 눈앞이 하얗게 변했을 때였다.

타다다닷.

우익수로 출전한 브라이언 스탠튼이 타구의 궤적을 눈으로 좇고 있는 팀 셔우드의 시야에 불쑥 끼어들었다.

그런 그가 과감하게 몸을 날리며 슬라이딩 캐치를 시도했다.

브라이언 스탠튼의 오늘 경기 두 번째 슬라이딩 캐치.

아까와는 달랐다.

브라이언 스탠튼이 첫 슬라이딩 캐치를 시도했을 때, 팀 셔우드는 못마땅한 기색을 드러냈었다.

그 이유는 너무 과감하고, 또 위험한 수비라고 판단했기 때문이다.

그렇지만 지금은 아까와 상황이 달랐다.

경기 초반이 아닌 경기 후반부.

더구나 무사 상황이 아니라, 2사 상황이었다.

지금 브라이언 스탠튼의 과감한 슬라이딩 캐치 시도는 시의적절했다.

'잡아라!'

팀 셔우드가 두 주먹을 불끈 움켜쥔 순간, 브라이언 스탠튼이 쭉 뻗은 글러브 속으로 그레고리 파커의 잘 맞은 타구가 빨려 들어갔다.

퍽!

경기 후반 동점을 만들 수도 있는 안타를 빼앗긴 것이 분해서일까.

1루 베이스 근처까지 도달해 있던 그레고리 파커가 헬멧을 벗어서 거칠게 바닥에 내팽개치는 것이 보였다.

"야구, 참 모르겠군!"

그 순간, 팀 셔우드가 혼잣말을 꺼냈다.

브라이언 스탠튼은 샌디에이고 파드리스의 불안 요소라고 판단했다.

그렇지만 브라이언 스탠튼은 가장 결정적인 순간에 극적인 호수비를 펼치면서 샌디에이고 파드리스를 위기에서 구해냈다.

와아!

와아아!

"이래서 야구는 모르는 거지!"

펫코 파크를 가득 메우고 있던 홈 팬들이 쏟아내는 함성 소리를 들으며 팀 셔우드가 쓰게 웃었다.

바로 조금 전까지 브라이언 스탠튼에게 야유를 쏟아냈던 홈 팬들의 마음은 이번 호수비로 돌아섰다.

조금은 마음이 편해진 걸까.

환하게 웃으며 더그아웃으로 돌아오는 브라이언 스탠튼을 바라보던 팀 셔우드가 박수를 쳐주었다.

* * *

슈아악!

따악!

묵직한 타격음이 흘러나온 순간, 마이크 프록터가 참지 못하고 자리에서 벌떡 일어났다.

"넘어가라!"

중계 화면을 지켜보며 마이크 프록터가 간절히 바랐다.

그 바람이 통했을까?

콜로라도 로키스의 3번 타자인 이안 다이아몬드가 때린 타구는 펜스를 살짝 넘기고 떨어졌다.

"끝내기 홈런이다!"

마이크 프록터가 양팔을 들어 올리며 만세를 불렀다.

LA 다저스에 한 점 뒤진 상황에서 시작된 콜로라도 로키스의 9회 말 공격.

2사 2루 상황에서 타석에 들어선 이안 다이아몬드는 내셔널리그 최고의 마무리 투수로 손꼽히는 칼리 젠슨을 무너뜨리는 끝내기 홈런을 터뜨렸다.

콜로라도 로키스의 홈구장인 쿠어스 필드는 팬들의 함성 소리로 떠나갈 듯했다.

그렇지만 지금 이 순간 가장 기쁜 것은 마이크 프록터였다.

3 : 0.

샌디에이고 파드리스와 샌프란시스코 자이언츠의 3연전 첫 경기의 최종 스코어였다.

6이닝 무실점을 기록한 김태식의 호투와 브라이언 스탠튼의 기막힌 호수비 덕분에 샌디에이고 파드리스는 귀중한 승리를 거두었다.

반면 LA 다저스는 콜로라도 로키스와의 대결에서 방금 끝내기 홈런을 얻어맞으면서 뼈아픈 역전패를 당했다.

덕분에 내셔널 리그 서부 지구 선두를 달리고 있는 LA 다저스와 2위 샌디에이고 파드리스의 격차가 세 경기로 줄었다.

양 팀의 정규 시즌 남은 경기 수는 여덟 경기였다.

세 경기의 격차를 따라잡고 역전 우승을 차지하는 것.

여전히 쉽지 않았다.

그렇지만 조금 더 역전 우승에 가까워졌다는 것은 부인할 수 없었다.

"내일 경기가 중요하겠군!"

마이크 프록터가 두 눈을 빛냈다.

내일 경기 샌디에이고 파드리스의 선발투수로 출전하는 것은 샌디 바에즈.

그리고 팀 셔우드 감독은 샌디 바에즈를 역전 우승을 노리고 있는 샌디에이고 파드리스의 불안 요소 가운데 하나라고 지목했다.

"샌디 바에즈가 부담감을 털어내고 호투를 펼칠 수 있느냐? 여기에 따라 올 시즌 우리 팀의 최종 성적이 결정될 겁니다."

'만약… 내가 샌디 바에즈라면?'
마이크 프록터가 팔짱을 낀 채 가정했다.
샌디 바에즈는 샌디에이고 파드리스에 자신의 의지로 합류한 것이 아니었다.
더구나 샌디에이고 파드리스의 팬들에게 환영도 받지 못하고 있었다.
이런 상황에서 팀에 대한 애정이 생길 가능성이 얼마나 될까.
"나라도… 애정이 생기지 않을 거야!"
마이크 프록터가 한숨을 내쉬었다.
그럼에도 불구하고 그는 희망의 끈을 놓지 못했다.
샌디 바에즈와 함께 샌디에이고 파드리스의 불안 요소로 꼽혔던 또 한 명의 선수인 브라이언 스탠튼은 오늘 경기에서 기가 막힌 호수비를 잇따라 펼치면서 미운 오리에서 백조로 거듭났다.
'샌디 바에즈도 불안 요소에서 긍정적인 요소로 바뀔 수 있지 않을까?'
마이크 프록터가 기대를 놓지 못한 채 맥주캔을 들어 올렸다.

*　　*　　*

샌디에이고 파드리스 VS 샌프란시스코 자이언츠.

양 팀의 마지막 3연전 2경기가 시작됐다.

샌디에이고 파드리스의 선발투수인 샌디 바에즈는 1회 초부터 위기에 봉착했다.

샌프란시스코 자이언츠의 테이블 세터진인 제프 파커와 미켈 고메스에게 연속 안타를 허용했기 때문이다.

무사 1, 2루.

우우!

우우우!

샌디 바에즈가 1회 초부터 실점 위기에 몰리자, 펫코 파크를 가득 메운 홈 팬들이 야유를 쏟아내기 시작했다.

그 야유 소리를 들은 팀 셔우드의 낯빛이 어두워졌다.

“지금은… 야유가 아니라 응원이 필요할 때거늘.”

홈 팬들이 쏟아내고 있는 야유.

지금 마운드에 서 있는 샌디 바에즈에게 독이 될 것이 틀림없었다.

가뜩이나 부담감이 클 샌디 바에즈는 홈 팬들이 쏟아내는 야유 소리로 인해 경기에 더욱 집중하지 못할 가능성이 높았다.

그때였다.

슈악!

샌디 바에즈가 3번 타자인 켈비 크로익에게 초구를 던진 순간, 루상의 주자들이 움직이기 시작했다.

타다닷.

타다다닷.

‘더블스틸!’

샌프란시스코 자이언츠를 이끌고 있는 브루스 보우치 감독은 기습적인 더블스틸 작전을 펼쳤다.
어수선한 경기장의 분위기.
경기 초반부터 흔들리고 있는 선발투수 샌디 바에즈는 오롯이 경기에 집중하지 못할 것이다.
이렇게 판단을 내린 브루스 보우치 감독은 빈틈을 노려서 더블스틸 작전을 지시했다.
그런 브루스 보우치 감독의 작전 지시는 샌디에이고 파드리스 수비진의 허를 찔렀다.
"당했군!"
팀 셔우드가 한숨을 내쉬었다.
무사 1, 2루였던 상황이 무사 2, 3루로 바뀐 상황.
선취점을 허용할 확률이 한층 더 높아져 있었다.
그보다 더 우려스러운 부분은 샌디 바에즈의 멘탈이었다.
"괜찮을까?"
팀 셔우드가 우려의 시선을 던지고 있는 사이, 샌디 바에즈가 켈비 크로익을 상대로 2구를 던졌다.
슈아악!
팀 셔우드의 선택은 몸 쪽 직구.
그렇지만 제구가 뜻대로 되지 않았다.
퍽!
몸 쪽으로 너무 붙은 공은 켈비 크로익의 허벅지를 맞추고 말았다.
무사 만루.

우우!

우우우!

절체절명의 위기에 몰리는 순간이었다.

한층 거세진 야유 소리를 들은 팀 셔우드가 미간을 잔뜩 찌푸렸다.

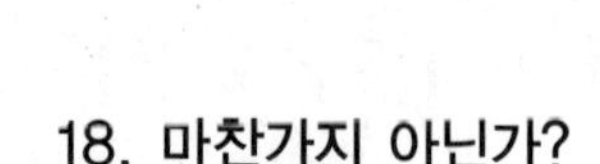

18. 마찬가지 아닌가?

무사 만루 상황.

선발투수 샌디 바에즈는 샌프란시스코 자이언츠의 4번 타자인 닉 크로포드와의 대결을 앞두고 있었다.

그 순간, 태식이 더그아웃 쪽을 힐끗 살폈다.

불안한 걸까.

팀 셔우드 감독은 잔뜩 미간을 찌푸리고 있었다.

그렇지만 태식은 전혀 불안한 기색을 내비치지 않았다.

샌디 바에즈를 믿었기 때문이다.

"괜찮아!"

태식이 마운드에 서 있는 샌디 바에즈의 등을 보며 작게 혼잣말을 꺼냈다.

얼핏 살피기에는 샌디 바에즈의 구위나 제구에 문제가 있는 것처럼 느껴졌다.

그렇지만 태식이 보기에는 샌디 바에즈에게는 아무런 문제도 없었다.

'제프 파커에게 내줬던 첫 안타는 코스가 좋았어!'

배트 중심에 걸린 정타가 아니었다.

그렇지만 제프 파커가 때린 타구의 코스가 좋았다.

유격수와 3루수 중 누구도 처리하기 힘든 코스로 타구가 향했기에 내야안타가 됐던 것이었다.

'미켈 고메스에게 허용한 안타는 노림수가 통한 거야.'

미켈 고메스를 상대로 샌디 바에즈가 던졌던 커브의 궤적은 날카로웠다.

그러나 커브에 노림수를 갖고 타석에 등장한 미켈 고메스는 정교한 타격으로 깔끔한 우전 안타를 만들어냈다.

그리고.

켈비 크로익에 몸 쪽 직구를 던지다가 사구를 허용한 것은… 제구 미스가 아니었다.

태식이 판단하기에 샌디 바에즈는 고의로 사구를 던졌다.

'한 점도 허용하지 않기 위해서 비어 있던 1루를 채운 거야. 또, 몸 쪽 승부를 한다는 것을 주지시키고 싶었던 것이기도 했고!'

샌디 바에즈는 노련한 투수.

그리고 태식 역시 경험이 풍부한 투수였다.

그래서 샌디 바에즈의 심리를 읽을 수 있었다.

"닉 크로포드와의 승부가 중요해!'

단단한 각오가 느껴지는 샌디 바에즈의 등을 바라보던 태식이 지난밤에 있었던 만남을 떠올렸다.

맥주와 음료, 와인, 그리고 위스키.

선택지는 많았다.

그 가운데 샌디 바에즈가 택한 것은 음료였다.

태식 역시 음료를 선택했다.

마치 당연하다는 듯이 맥주를 마시려고 했던 브라이언 스탠튼은 눈치를 살피다가 음료를 선택했다.

"맥주를 마셔도 괜찮아!"

태식이 말했지만, 브라이언 스탠튼은 고개를 흔들었다.

"저도 음료로 마시겠습니다."

"그래?"

"솔직히 말씀드리면 좀 놀랐습니다."

"뭐가?"

"두 분이 음료를 마시는 것을 보고서요."

"시즌이 끝나지 않았으니까 당연한 거야."

"네? 네."

"아직 젊어서 모르겠지만, 나이가 들면 들수록 더 철저하게 몸 관리를 해야 하거든."

브라이언 스탠튼이 두 눈을 빛내며 태식의 이야기에 귀를 기울였다.

그 반응을 확인한 태식이 물었다.

"그나저나 내 말이 맞았지?"

"무슨 말씀이십니까?"

"네가 잘하는 것에 집중하니까 팬들의 반응이 달라지지 않았어?"

브라이언 스탠튼이 결정적인 호수비를 펼쳐 팀을 구해낸 순간, 팬들이 쏟아내는 야유는 환호로 바뀌었다.

그제야 말귀를 알아들은 브라이언 스탠튼이 환하게 웃었다.

"짜릿했습니다."

"짜릿했다?"

"네."

"이제 두려움은 좀 가셨나?"

"예전보다는 그렇습니다."

브라이언 스탠튼의 대답을 들은 태식이 웃으며 덧붙였다.

"지금부터가 중요해. 팬들의 환호를 계속 받으려면 지금보다 더 나은 플레이를 펼치기 위해서 노력해야 하거든."

"더 나은 플레이요?"

"넓은 수비 범위를 활용한 과감한 수비는 분명히 매력적이야. 그렇지만 안정적인 수비도 필요해."

"네."

"그리고 하나 더."

"또 뭐가 있습니까?"

"반쪽짜리 선수는 결국 메이저리그에서 살아남을 수 없다."

"……?"

"타석에서도 활약할 준비를 시작해."

태식이 조언을 마치자, 브라이언 스탠튼이 힘껏 고개를 끄덕였다.

머릿속으로 훈련 스케줄을 짜는 걸까.

음료를 마시며 골몰히 생각에 잠긴 브라이언 스탠튼을 힐끗 살핀 태식이 샌디 바에즈에게로 고개를 돌렸다.

샌디 바에즈와 브라이언 스탠튼.

샌디에이고 파드리스의 불안 요소라는 점에서는 같았다.

그렇지만 두 선수는 많은 부분이 달랐다.

우선 포지션이 투수와 야수로 달랐고, 팀 내에서 차지하는 비중도 달랐다.

하지만 가장 결정적인 차이는 바로 경험적인 측면이었다.

브라이언 스탠튼은 이제 갓 메이저리그에 데뷔한 초짜 신인이었다.

반면 샌디 바에즈는 메이저리그에서 산전수전을 다 겪은 노장이었다.

그래서 샌디 바에즈에게 어떤 조언을 건네는 것이 더욱 조심스러웠다.

"왜 아무 말도 하지 않는 건가?"

"……?"

"내게 하고 싶은 말이 있어서 부른 것이 아닌가?"

태식이 선뜻 입을 떼지 못하고 망설일 때, 샌디 바에즈가 먼저 물었다.

그제야 태식이 쓰게 웃으며 입을 뗐다.

"나는 메이저리그의 신인이다. 네게 어떤 조언이나 충고를 할 입장이 아니라는 것은 잘 알고 있다. 그렇지만 내가 너보다 하나 더 경험이 많은 것이 있다."

"뭐지?"

"트레이드."

저니맨 김태식.

한때 KBO 리그에서 저니맨의 대명사로 불렸던 만큼, 트레이드 경험만큼은 샌디 바에즈에 비해 풍부했다.

"그래서 야유를 쏟아내고 있는 팬들에게 서운한 마음이 들 것을 알고 있다. 그리고 억울한 마음도 이해한다. 네가 원해서 이루어진 트레이드가 아니었으니까."

"……."

"나도 여러 차례 비슷한 상황을 겪어보았기에 이미 알고 있다."

"내게 하고 싶은 말이 무엇인가?"

"알려주고 싶다."

"무엇을 알려주고 싶다는 거지?"

"팬들의 야유를 환호로 바꾸는 방법."

"어떤 방법인가?"

"트레이드가 손해가 아니었음을 증명하는 것이다."

트레이드를 통해 팀에 합류한 샌디 바에즈가 샌디에이고 파드리스의 팬들에게 환영을 받지 못하는 가장 큰 이유.

샌디 바에즈를 영입하는 대가로 디트로이트 타이거스에 내준 마이크 팀린을 비롯한 유망주들을 내준 것이 팬들은 손해라고 판단하고 있기 때문이다.

그리고 하나 더.

하필 이 시점에 맷 부쉬가 부상을 당한 것도 컸다.

맷 부쉬를 대신해서 우익수로 출전한 브라이언 스탠튼은 부담과 긴장을 이기지 못하고 결정적인 실책들을 남발했다.

이것이 샌디 바에즈를 영입하는 대가로 내주었던 유망주 릭 에스팔토의 공백을 팬들이 더욱 크게 느끼게 만들었다.

그러나 이제는 상황을 변화시킬 계기가 마련됐다.

태식이 선발투수로 출전하지 않을 때 우익수로 출전하고, 또 브라이언 스탠튼도 메이저리그라는 무대에 서서히 적응하기 시작했기 때문이다.

다시 말해 디트로이트 타이거스로 향한 유망주 릭 에스팔토의 공백이 어느 정도 지워진 만큼, 샌디 바에즈가 제대로 된 평가를 받을 수 있는 기회가 마련된 셈이었다.

"좋은 투구를 펼치라는 건가?"

"아니."

"그럼……?"

"좋은 투구를 펼치는 것으로는 부족하다."

"……?"

"압도적인 투구를 펼쳐야 팬들의 마음을 돌릴 수 있다."

태식이 조언을 마친 순간, 샌디 바에즈가 음료를 한 모금 마셨다.

태식의 조언이 마음에 들지 않은 걸까.

샌디 바에즈는 영 내키지 않는다는 표정을 지은 채로 입을 열었다.

"내가… 왜 그래야 하지?"

'왜냐고?'

이건 예상치 못했던 반응이었다.

그래서 태식이 당혹스러운 기색을 드러냈을 때, 샌디 바에즈가 다시 말했다.

"올 시즌이 끝나고 나면 나는 자유계약 선수가 된다. 그때는 새로운 팀으로 옮기게 될 가능성이 높다. 그런데 내가 왜 샌디에이고 파드리스 팬들의 마음을 돌리기 위해서 최선을 다해야 하는 건가?"

그 질문을 들은 태식의 말문이 순간 막혔다.

충분히 일리가 있는 이야기였기 때문이다.

샌디 바에즈는 올 시즌 좋은 성적을 거두면서, 어깨 부상 후유증에서 완전히 회복했다는 것을 증명했다.

그런 만큼, 투수력 강화를 노리고 있는 여러 팀들이 샌디 바에즈에게 군침을 흘리며 영입 제안을 할 터였다.

스몰 마켓인 샌디에이고 파드리스의 열악한 재정 구조상 자유계약 선수로 풀리는 샌디 바에즈를 계속 지킬 수 있는 가능성은 현실적으로 낮았다. 그리고 샌디 바에즈는 이런 현실적인 부분을 감안해서 지적한 것이었다.

"그쪽도 마찬가지 아닌가?"

그때, 샌디 바에즈가 다시 질문했다.

"마찬가지?"

"1년 계약을 맺은 것으로 알고 있다."

"……?"

"올 시즌 이 정도로 대단한 활약을 펼쳤으니 빅 마켓들이 당신을 영입하기 위해서 움직일 것이다. 솔직히 말하면 그래서 난 당신이 잘 이해가 가지 않는다. 이미 몸값은 충분히 올린 상황인데 왜 그렇게 열심히 하는 거지?"

'이미 메이저리그에서도 충분히 통한다는 것을 검증한 상황이다. 그런데 굳이 부상 위험을 감수하고 투타 겸업까지 할 필요가 있느냐?'

방금 샌디 바에즈가 던진 질문에 숨은 속뜻이었다.

"우승!"

태식이 대답했다.

"우승?"

"월드 시리즈 우승을 차지하고 싶다."

"……?"

"선수 생활을 하는 동안 우승을 차지해 본 적이 없다. 그래서 이번에 찾아온 기회를 놓치고 싶지 않다."

"그래서… 그렇게 열심히 하고 있다?"

"맞다."

"하지만……."

"마찬가지 아닌가?"

"마찬가지라니?"

"너도 우승을 해본 적이 없잖아."

노장 축에 속하는 샌디 바에즈였지만, 그 역시 우승 경험은 없었다.

그만큼 월드 시리즈 우승 반지를 끼는 것은 어려운 일이었다.

"나는… 나는……."

"적기라고 생각한다."

"적기?"

"또 언제 우승을 할 수 있는 기회가 찾아올지 모른다는 뜻이지. 아니, 어쩌면 영원히 찾아오지 않을 수도 있지."

샌디 바에즈도 노장.

그래서 월드 시리즈 우승을 노릴 수 있는 기회가 자주 찾아오지 않는다는 사실을 잘 알고 있었다.

입을 꾹 다문 채 고민에 잠긴 샌디 바에즈를 보며 태식이 다시 말했다.

"나중에 생각하는 게 어떨까?"

"무슨 뜻이지?"

태식이 대답했다.

"일단 기회를 놓치지 않기 위해서 최선을 다하고 난 후에 다른 부분을 생각해 보는 게 좋지 않을까?"

1회 초 무사 만루 상황.

샌디 바에즈와 닉 크로포드는 풀카운트 승부를 펼쳤다.

슈악!

밀어내기 볼넷을 허용할 수도 있는 상황에서 샌디 바에즈가 선택한 결정구는 스크류볼이었다.

딱!

타자의 몸 쪽으로 휘어져 들어가는 스크류볼은 닉 크로포드가 휘두른 배트의 손목 부근에 맞았다.

타구를 잡아낸 3루수는 홈으로 송구했다.

"아웃!"

샌디 바에즈가 첫 아웃 카운트를 잡아낸 순간, 태식이 안도했다.

1사 만루.

아직 위기는 계속 이어지고 있었다.

그렇지만 큰 산 하나를 넘었다는 것은 분명한 사실이었다.

범타로 물러난 닉 크로포드에 이어서 타석에 들어선 것은 샌프란시스코 자이언츠의 5번 타자인 그레고리 파커였다. 그리고 그레고리 파커가 타석에 들어선 순간, 태식은 선상 쪽으로 두 걸음을 옮기며 수비 위치를 변경했다.

그런 태식의 대처는 효과를 거두었다.

슈악!

따악!

정규 시즌 후반부터 좋은 타격감을 이어가고 있는 그레고리 파커는 첫 타석에서 커브를 배트 중심에 정확히 맞추었다.

원래라면 우익선상 안쪽에 떨어지는 안타성 타구였지만, 미리 수비 위치를 변경했던 태식은 여유 있게 타구를 잡아내는 데 성공했다.

타다닷.

태식이 타구를 잡은 순간, 3루 주자였던 미켈 고메스가 태그업을 시도했다.

'됐다!'

그것을 확인한 태식이 속으로 쾌재를 부르며 지체 없이 홈으로 송구했다.

슈아악!

빨랫줄처럼 쭉 뻗은 송구가 포수인 이안 드레이크가 앞으로 내밀고 있던 미트에 원 바운드로 정확히 연결됐다.

미켈 고메스가 필사적으로 슬라이딩을 시도했지만, 이안 드레이크는 침착하게 태그를 성공시켰다.

"아웃!"

주심이 아웃을 선언한 순간, 태식이 주먹을 불끈 움켜쥐었다.

KBO 리그에서는 여러 차례 보살을 성공시켰다.

그렇지만 메이저리그에서는 이번이 첫 보살 성공이었다.

"결과적으로는… 좋은 선택이 됐네!"

정규 시즌이 후반부에 접어든 시점에 투타 겸업을 시도한 것.

오히려 득이 됐다는 생각이 들었다.

태식의 빼어난 송구 능력에 대해 미처 파악이 되지 않았기에, 미켈 고메스가 태그업을 시도했고 덕분에 보살을 성공시킬 수 있었기 때문이다.

와아!

와아아!

태식의 홈 송구에 감탄한 홈 팬들이 일제히 환호를 내질렀다.

그 환호를 들으며 태식이 더그아웃으로 돌아왔다.

태식의 도움 덕분에 만루 위기를 무실점으로 넘긴 샌디 바에즈가 더그아웃 앞에서 기다리고 있었다.

"기가 막힌 송구였다."

"최선을 다한다고 했잖아."

"고맙다."

태식이 주먹을 내밀어 샌디 바에즈가 내밀고 있는 주먹에 부딪쳤다.

"월드 시리즈 우승을 위해서."

태식이 꺼낸 말을 들은 샌디 바에즈의 입가로 희미한 미소가 떠올랐다.

"나도 최선을 다하겠다."

『저니맨 김태식』 13권에 계속…

초대형 24시 만화방

신간 100%, 샤워실, 흡연실, 수면실(침대석), 커플석, 세탁기 완비

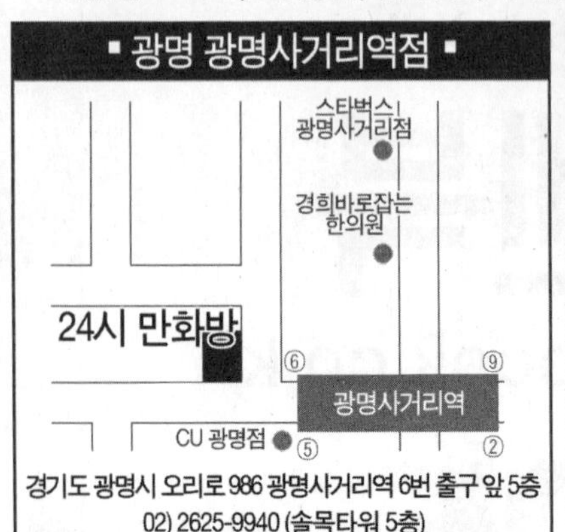

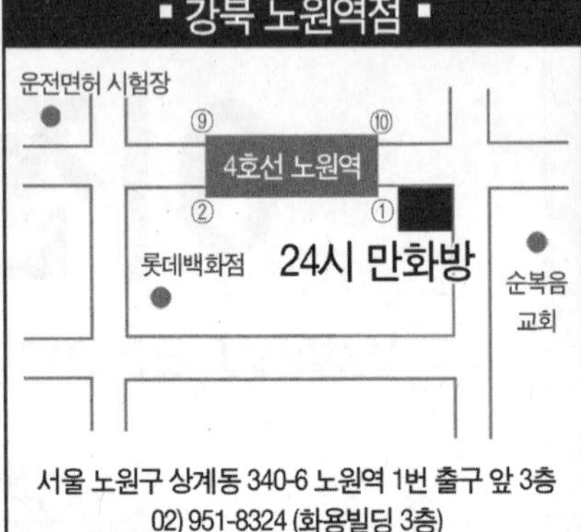

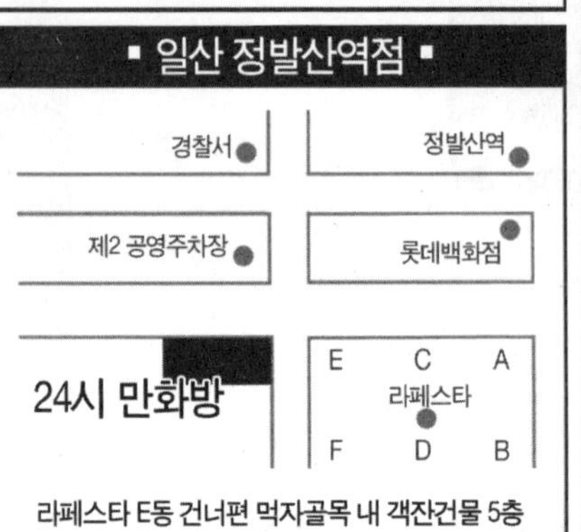

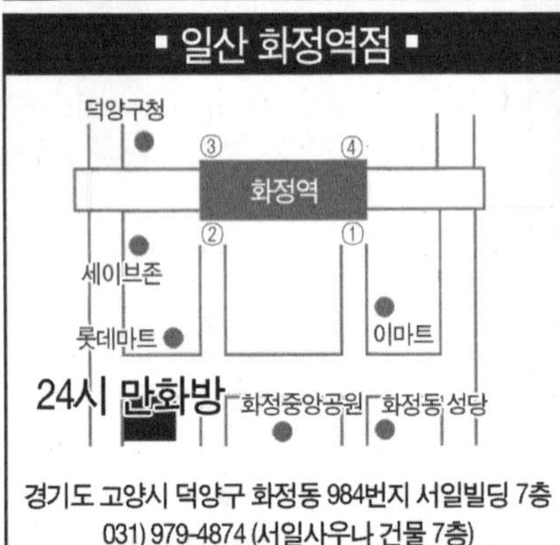

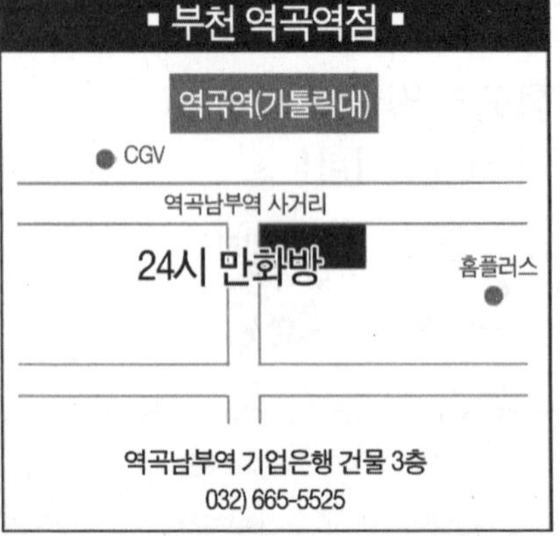

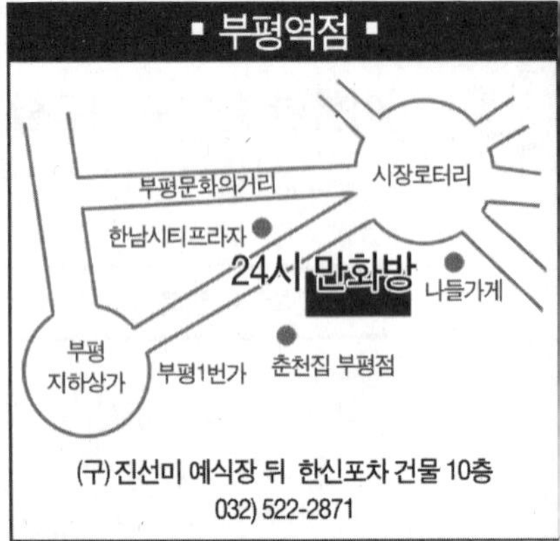